Nous remercions le ministère du Patrimoine canadien,
la SODEC et le Conseil des Arts du Canada
de l'aide accordée à notre programme de publication

Patrimoine   Canadian
canadien   Heritage

Conseil des Arts   Canada Council
du Canada   for the Arts

ainsi que le Gouvernement du Québec
– Programme de crédit d'impôt
pour l'édition de livres
– Gestion SODEC.

Nous reconnaissons l'aide financière
du Gouvernement du Canada
par l'entremise du Programme d'aide au développement
de l'industrie de l'édition (PADIÉ) pour ce projet.

Illustration de la couverture:
William Hamiau

Couverture:
Conception Grafikar

Édition électronique:
Infographie DN

STORINE, L'ORPHELINE DES ÉTOILES

VOLUME 6
Le triangle d'Ébraïs

DU MÊME AUTEUR
AUX ÉDITIONS PIERRE TISSEYRE

Collection Chacal

Storine, l'orpheline des étoiles, volume 1 :
Le lion blanc (2002).

Storine, l'orpheline des étoiles, volume 2 :
Les marécages de l'âme (2003).

Storine, l'orpheline des étoiles, volume 3 :
Le maître des frayeurs (2004).

Storine, l'orpheline des étoiles, volume 4 :
Les naufragés d'Illophène (2004).

Storine, l'orpheline des étoiles, volume 5 :
La planète du savoir (2005).

Données de catalogage avant publication (Canada)

D'Anterny, Fredrick, 1967-

   Le triangle d'Ébraïs

   Collection Chacal, n° 34
   Storine, l'orpheline des étoiles, v. 6
   Pour les jeunes de 12 ans et plus.

   ISBN 2-89051-953-8

   I. Titre   II. Collection   III. Collection : D'Anterny,
   Fredrick, 1967- . Storine, l'orpheline des étoiles, v. 6.

PS8557.A576T74 2005   jC843'.54   C2005-941454-5
PS9557.A576T74 2005

STORINE, L'ORPHELINE DES ÉTOILES

VOLUME 6
Le triangle d'Ébraïs

Fredrick D'Anterny

Roman

ÉDITIONS PIERRE TISSEYRE

5757, rue Cypihot, Saint-Laurent (Québec) H4S 1R3
Téléphone: (514) 334-2690 – Télécopieur: (514) 334-8395
Courriel: ed.tisseyre@erpi.com

Résumé du volume 1:
Le lion blanc

Storine, onze ans et demi, est arrachée à sa famille par un agent secret à la solde du gouvernement impérial. Accompagnée par Griffo, son jeune lion blanc, elle se retrouve esclave à bord du *Grand Centaure,* le vaisseau amiral de Marsor, un pirate recherché par toutes les polices de l'empire.

Lorsque Marsor, bouleversant toutes les lois de la piraterie, en fait sa fille adoptive, de nombreuses rumeurs prétendent que l'enfant, annoncée par les prophéties d'Étyss Nostruss, est promise à une fabuleuse destinée. Initiée au maniement du sabre ainsi qu'au pilotage, Storine voyage de longs mois dans l'espace en compagnie de Griffo et de son père adoptif. Malheureusement, la flotte pirate est attaquée par l'armée impériale aux abords de la planète Phobia, et Storine doit fuir le *Grand Centaure* en perdition.

Résumé du volume 2:
Les marécages de l'âme

Après un atterrissage forcé sur Phobia, Storine, Griffo et Eldride, leur amie, sont capturés par Caltéis, un marchand d'esclaves. S'échappant du château de lave afin de retrouver Griffo qui erre au milieu des orages de feu, Storine fait la connaissance de Solarion, un garçon mystérieux en quête du Marécage de l'Âme, cet endroit mythique où Vina, la déesse mère, donne l'oracle aux voyageurs.

L'armée impériale, qui n'arrive pas à vaincre la résistance des princes phobiens, décide de faire sauter la capitale alors que Solarion, séparé de Storine, cherche en vain à la retrouver.

Sauvée grâce à l'intervention du dieu Vinor qui l'a prise sous sa protection, la fillette parvient à fuir la planète, sans savoir que Solarion, dont elle est secrètement tombée amoureuse, n'est nul autre que l'héritier du trône impérial.

Résumé du volume 3:
Le maître des frayeurs

Les jours puis les mois s'écoulent dans l'angoisse à bord de l'*Érauliane*, le vaisseau aux voiles d'or qui emporte Storine, Griffo et une douzaine d'anciens esclaves. Après avoir échappé à un contrôle de l'armée impériale, Ekal Doum, l'armateur, leur annonce qu'un virus inconnu s'est répandu à bord. Un à un, les compagnons de Storine meurent dans d'effroyables souffrances.

Forcée d'accompagner Doum sur sa planète natale, la jeune fille découvre la cité d'Yrex 3 ainsi que le surf mental. Alors qu'elle croit pouvoir repartir à la recherche de son père, l'armateur, qu'elle prenait pour un homme d'honneur, lui fait subir un pénible chantage : soit elle utilise ses pouvoirs psychiques pour l'aider dans ses sombres projets, soit elle perd Griffo, dont l'âme est retenue en otage par deux créatures à la solde de Doum.

Aidée par un mystérieux maître missionnaire qui lui révèle qu'elle est l'Élue des dieux, Storine, qui n'a pas pu empêcher Doum de fuir la planète en emmenant Griffo, décide de le poursuivre à bord du *Mirlira II* afin de récupérer son lion blanc…

Résumé du volume 4:
Les naufragés d'Illophène

À bord du *Mirlira II*, l'immense paquebot spatial, Storine et ses amis essayent de faire arrêter Doum par le commandant de bord.

D'étoiles en planètes mystérieuses, Storine tente de contacter Griffo par télépathie. Sans succès. Le lion blanc, dont l'âme est retenue en otage par deux korks, semble être devenu le jouet de Doum, qui l'exhibe pour amuser les passagers.

Tout bascule quand maître Santus apprend à la jeune fille qu'elle est l'Élue de Vinor, et que sa venue est annoncée par les prophéties d'Étyss Nostruss. Nullement ébranlée par cette révélation, Storine ne veut qu'une chose : retrouver Griffo et punir Ekal Doum.

C'est alors que le luxueux paquebot dérive dans les terribles champs d'attraction de la mer d'Illophène. Dans la cohue et la panique, Storine se bat pour récupérer Griffo. Alors que le paquebot, écartelé de toute part, est sur le point de s'écraser sur des météorites, Storine retrouve le garçon qui n'a cessé de la suivre et qui se révèle être Solarion, qu'elle a connu sur la planète Phobia. Aidés par *Le Livre de Vina* qui renferme les psaumes sacrés des anciens sages d'Éphronia, Storine et Solarion décident de faire appel aux dieux, qui les sauvent de la catastrophe.

Séparée de Solarion, Storine n'espère qu'une chose : le retrouver sur la planète Delax, comme l'a promis maître Santus !

9

Résumé du volume 5:
La planète du savoir

Devenue élève du célèbre collège impérial de Hauzarex, Storine n'est pas heureuse. Ses compagnons de classe l'ignorent ou la rejettent, Griffo vit dans le parc d'animaux sauvages avoisinant les terres du collège et maître Santus, devenu un de ses principaux professeurs, lui a menti au sujet de Solarion.

Quand elle apprend que le prince impérial vient étudier au collège, Storine est au comble de la colère. Décidée de se venger de celui qui a fait tant de torts à son père, elle s'introduit dans ses appartements... pour réaliser que son pire ennemi et celui qu'elle aime depuis si longtemps ne font qu'un !

Mais comment, lorsque l'on a quinze ans et demi, dire «Je t'aime ?» à un prince impérial, surtout quand on est la fille d'un célèbre criminel ? En découvrant le Mur du Destin et les fresques peintes par les dieux, Storine et Solarion trouvent enfin le courage de s'aimer au grand jour, malgré la grande duchesse Anastara et ses gardes noirs.

Storine et Solarion sont enfin prêts à se fiancer officiellement lorsque survient le drame : propulsée par la perfidie de la grande duchesse dans le triangle d'Ébraïs, Storine et Griffo se retrouvent perdus dans une dimension parallèle…

« Toi qui viens, sois sans crainte
des épreuves annoncées
car elles font partie de ton chemin. »

Épître douze des prophéties
d'Étyss Nostruss sur l'avènement
de la grande Lionne blanche.

« Le garçon au bras qui pousse
souffrira dans sa chair.
Sous un ciel illuminé d'éclairs,
l'ami exposera sa vie pour son ami.
Le lion blanc rugira.
Celui des trois qui te regardera
sans peur, celui-là accomplira
la prophétie des pierres. »

*Prophétie des fresques de Vinoros,
traduite de l'ancien vinorien
par le grand sage de Totonia.*

*Pour Angèle Delaunois,
la tante terrestre de Storine.*

1

La bulle de lumière

Haute atmosphère
de la sphère fantôme d'Ébraïs

L'espace explosa autour d'eux.

« L'espace, mais pas nous ! » songea Storine, les mains crispées sur les manettes de contrôle de sa navette. Avait-elle eu une brève perte de conscience ? Cela ne faisait aucun doute, car un instant auparavant, le dos collé contre la carlingue de l'appareil par la force centrifuge, elle priait les dieux de les sauver. L'horloge de bord affichait trois heures soixante-quatre en temps sidéral. « Je suis restée dans les vapes pendant huit minutes ! en déduisit la jeune fille. J'ai traversé la coursive et je me suis assise aux commandes sans m'en apercevoir. » Les écrans ne mentionnaient plus

 15

aucune trace ni de la planète Delax, ni des trois lunes du triangle d'Ébraïs, ni même de Deana, l'étoile bleue.

Se crispant davantage sur les commandes, ce qui lui procurait un faux sentiment de sécurité, l'adolescente fit rapidement le point sur la situation. « Avant l'explosion, nous dérivions en direction de Doumos. Nous n'atteindrons plus la station Cyrex 4 où m'attend Solarion. Éri a saboté notre système de navigation. » Elle tourna la tête, aperçut le cadavre de leur pilote et, plus loin dans la coursive, son ami Éridess, recroquevillé contre la paroi, la tête entre les genoux. « Il peut bien se lamenter, le traître ! » Où était Griffo ? Une présence rassurante, à ses côtés, amena un faible sourire sur son visage moite de sueur. Elle souffla sur les épaisses mèches orange qui barraient son front.

— Tu es là, mon bébé !

Coincé entre les sièges de pilotage, le grand lion blanc menaçait de basculer sur elle.

La jeune fille huma l'odeur forte du fauve. Retrouvant aussitôt toute sa lucidité, elle jeta un coup d'œil sur les écrans digitaux et constata qu'un épais brouillard grisâtre enveloppait la navette.

«Nous sommes supposés être en plein espace sidéral. D'où peut bien provenir toute cette brume?»

Quelques minutes plus tôt, l'appareil s'était mis à trembler de toutes ses tôles, comme s'il allait exploser. «Et c'est ce qui a dû se produire…» Storine se revit, *Le Livre de Vina* à la main, en train d'entonner les deux formules de la Déesse : «*Manourah Atis Kamarh-ta Ouvouré. Mâatos Siné Ouvouré Kosinar-tari.*» La première permettait à l'Élu d'entrer en contact avec l'âme de la déesse ; la seconde, de voyager dans l'espace interdimensionnel. «Nous ne mourrons pas!» avait-elle alors décidé.

Ensuite, était venue la douleur : dans sa tête, dans chacun de ses muscles. Une chaleur intense avait inondé son cerveau.

«Pourquoi la Déesse nous a-t-elle transportés dans cet endroit brumeux?»

À l'extérieur, le brouillard s'éclairait de longs rubans jaunes et bleus. Storine serrait tellement fort les manettes qu'elle eut du mal à relâcher la pression de ses doigts. Pour l'encourager, Griffo lui donna un grand coup de langue dans le cou.

Intriguée de n'entendre ni grincement de tôle ni frottement d'air contre le fuselage extérieur, elle posa ses mains à plat sur le tableau de bord.

« Aucun frémissement, même le plus léger. Ce n'est vraiment pas normal. »

Elle souleva une des pattes du lion blanc pour se dégager, puis elle se leva de son siège. Le plancher gîtait d'environ vingt-cinq degrés.

« Donc, nous descendons. La question est de savoir où ? »

— Nous ne sommes pas seuls, déclara-t-elle soudain, si faiblement qu'elle ne fut pas certaine d'avoir parlé à voix haute.

Dans la coursive, elle buta contre le cadavre de leur pilote, tué par une force mystérieuse peu avant qu'ils ne dérivent de leur trajectoire. La tête cachée dans les épaules, Éridess ne l'aidait pas. « Tout est de sa faute ! S'il n'avait pas saboté le système de navigation, nous n'en serions pas là ! » ragea Storine en le fusillant des yeux.

Elle voulut lui donner un coup de pied, ne serait-ce que pour le forcer à réagir, quand un éclat de lumière, ricochant contre le hublot de tribord, attira son attention. La navette s'enfonçait de plus en plus dans les épaisses volutes de brumes. « Des nuages ! Pourtant, la lune de Doumos ne possède aucune atmosphère. »

L'étrange comportement de la navette, qui donnait l'impression de se mouvoir toute seule, ne laissait aucune place au doute.

— Cette lumière, dehors, est un champ magnétique, ajouta Storine. Nous sommes remorqués à distance.

Il y eut un léger choc, suffisamment inattendu, toutefois, pour qu'elle perde l'équilibre et tombe sur Éridess.

— Ça y est !

Et elle pensa :

« Nous avons atterri. »

Éridess releva la tête. Ses cheveux noirs en bataille et ses yeux sombres scintillaient sous la lumière émanant du champ magnétique. Cela donnait à sa peau légèrement verdâtre une coloration inquiétante, presque lugubre. Avec ses traits sans finesse et ses lèvres un peu trop grosses pour son visage, l'adolescent n'était pas beau, et il le savait. Après s'être lâchement laissé aller au désespoir, il reprenait peu à peu la maîtrise de ses nerfs.

Comme Storine s'apprêtait à débloquer le sas d'accès, il se leva d'un bond et l'en empêcha d'un geste brusque. Ils se dévisagèrent férocement.

— Par les cornes du Grand Centaure, ôte ta main de mon bras ! lui ordonna la jeune fille.

Ses yeux verts s'injectaient d'encre noire, signe qu'elle n'était pas d'humeur à plaisanter. Afin de lui mettre les points sur les « i », elle pointa le manche de son sabre psychique sur sa gorge, geste qui lui était devenu coutumier lorsqu'elle entendait se faire obéir. Le sabre était éteint mais la menace, elle, était bien réelle. Reconnaissant qu'elle avait raison, cette fois, de le traiter en ennemi, Éridess déglutit avec difficulté.

— Sto, ce n'est pas prudent d'ouvrir le sas, laissa-t-il tomber. Les instruments de bord sont morts, nous ne savons pas où nous sommes. Nous ignorons même si l'atmosphère est respirable !

Elle le poussa violemment de côté.

— Je t'ai déjà dit de ne pas m'appeler comme ça !

Comment lui expliquer que si la Déesse Vina les avait conduits jusqu'ici, ce n'était pas pour leur jouer un mauvais tour ? N'était-elle pas l'Élue des dieux ? Pourquoi parler à Éridess, d'ailleurs, puisqu'elle lui en voulait à mort !

Griffo à ses côtés, son sabre éteint dans la main, elle débloqua le sas extérieur de la navette. Aussitôt, un air vif et humide s'introduisit dans la cabine. Vêtue d'un chandail jaune, d'un pantalon noir serré et de bottines en peau de gronovore, Storine frissonna. Elle ouvrit un des placards du poste de pilotage, en sortit une longue cape vert émeraude brodée d'or ornée d'un capuchon en laine, une paire de gants fins et contempla, extasiée, la magnifique robe de soie bleue qu'elle devait porter à l'occasion de ses fiançailles avec Solarion. Son cœur se serra. Sans la traîtrise d'Éridess, elle serait en ce moment dans les bras du prince. Elle serait devenue une Altesse impériale ! Au lieu de ça, elle grelottait dans un monde inconnu, avec pour triste compagnie celui qui était la cause de tous ses malheurs. Dégoûtée, elle prit machinalement le sac de toile dans lequel elle avait placé la curieuse petite couronne ciselée que lui avait offerte son amie Lâane.

Une pluie battante l'accueillit à sa descente de la navette.

— Attends, je viens aussi ! s'exclama Éridess en s'équipant d'un mnénotron qu'il se
posa en visière sur son front. Il se munit également d'un manteau, de gants, de bottes à
semelles spéciales ainsi que de plusieurs
accessoires dont une seringue translucide,
une trousse pleine de minuscules tubes
lumineux, deux mortiers et une ceinture
atmosphérique brevetée de l'armée impériale.
Puis il jeta le tout dans un sac en bandoulière.

Griffo s'ébroua. Il préférait le froid à la
pluie. Surtout une pluie comme celle-là :
cinglante et mêlée d'éclats de givre qui vous
blessaient le visage comme autant de lames
de rasoir. Alors que Storine tentait de percer
les volutes de brume qui, malgré l'humidité,
masquaient d'énormes pans du paysage,
Éridess prenait une lecture de la topographie
environnante.

— Par tous les trous noirs de la galaxie !
s'écria-t-il en retenant la jeune fille par la
cape. Un pas de plus, Sto, et tu es morte !

Comme sortis d'un cauchemar apparurent, sous une vive clarté ocre et orangée,
des parois de roches découpées au couteau,
des cimes escarpées s'élevant très loin au-
dessus de leurs têtes, ainsi qu'une gorge béante
qui s'ouvrait à leurs pieds ; véritable gouffre

au bord duquel la navette s'était posée le nez dans le vide, dans un équilibre si précaire que son fuselage craquait doucement sous l'assaut des vents.

— La bulle de lumière, dans laquelle nous avons voyagé, a disparu, se contenta de répondre Storine, comme si elle parlait du départ d'une amie.

Malgré le danger latent, Éridess s'engouffra dans la navette. Il en ressortit quelques minutes plus tard en tenant dans son unique main une sorte de contenant métallique de couleur verte.

— Le cerveau de propulsion de la navette, déclara-t-il fièrement en le plaçant sous le nez de Storine.

« Que ce paysage semble triste et désolé ! songea la jeune fille. Froid et désert où tourbillonnent les vents et la brume évanescente. Un décor coupé au sabre dans une pierre brute, lézardée, noire et brune veinée de… » S'apercevant qu'elle décrivait surtout l'état d'âme dans lequel elle se débattait, elle se mordit les lèvres. « Tais-toi, ferme-la, et agit ! » s'ordonna-t-elle.

Oui, mais que faire ? Comment regagner leur monde dimensionnel ? Et Solarion qui devait se ronger les sangs d'inquiétude !

 23

— Vina ! s'exclama-t-elle soudain.

— Quoi ?

— J'essaie de contacter la Déesse. C'est pour nous sauver d'Anastara qu'elle nous a téléportés dans cet univers, expliqua Storine en pénétrant à son tour dans la navette.

La carlingue grinça furieusement. Une violente bourrasque de vent souleva Éridess du sol. Dans un mouvement instinctif, il s'accrocha à l'encolure de Griffo qui, pour ne pas être emporté à son tour, planta ses griffes dans la pierre.

— La navette va basculer… murmura l'adolescent d'une voix blanche en sentant celle-ci glisser un peu plus vers le bord du précipice. Sto !

Son *Livre de Vina* à la main, la jeune fille jaillit de l'appareil et s'agenouilla au sol sous la pluie battante. Elle essayait de protéger les pages manuscrites du livre sacré sous les pans de sa cape, sans beaucoup de succès. Le Phobien l'entendit murmurer les mots qu'elle avait déjà prononcés, plus tôt, dans la navette, alors qu'il avait cru leur dernière heure arrivée.

— *«Manourah Atis Kamarh-Ta Ouvouré. Mâatos Siné Ouvouré Kosinar-tari.»*

Comme après quelques secondes de recueillement, l'adolescente ne ressentait toujours pas la présence de la Déesse et fit une grimace de dépit. Espérant sauver la situation et se racheter un peu, Éridess brandit la servo-direction de la navette.

— Regarde ! Je le remets à sa place dans la console de direction, et nous repartons !

Il ajouta, comme s'il parlait à une enfant un peu dérangée :

— C'est dangereux de rester ici !

C'en était trop !

Bouillonnant de rage, Storine sentit un influx d'énergie courir dans ses veines. Montant de son ventre à sa colonne vertébrale, c'était toujours la même sensation d'étouffement et de chaleur combinée : les premières manifestations de son glortex, cette mystérieuse force télépathique qui lui venait de sa relation intime avec le peuple des lions blancs.

Éridess se mit à trembler, puis ouvrit la bouche toute grande, comme un poisson hors de l'eau. Storine se dressait devant lui tandis que Griffo, toujours un peu surpris de les voir se disputer sans arrêt, leur tournait autour en grondant et en hochant sa lourde tête de gauche à droite.

 25

L'adolescent tendit la main vers Storine. Il voulait parler, mais il ne le pouvait plus. Les nerfs de son cerveau se nouaient, son cœur battait à tout rompre. Faisant un effort surhumain pour se calmer, la jeune fille se mit à extérioriser sa peine et sa colère.

— Espèce de sale gronovore! Tu complotes avec Anastara contre moi et Solarion, tu m'accompagnes traîtreusement dans la navette, tu sabotes notre appareil, tu gâches mes fiançailles et ma vie, tu, tu… (n'en pouvant plus, elle reprit son souffle). Et en plus, tu as le culot, après me l'avoir caché, de me montrer la pièce qui aurait pu nous sauver!

Éridess sentit un flux de sang brûlant lui monter au nez. Sa vue se brouilla. Était-ce déjà la fin du jour? Il s'étouffa en gémissant:

— Sto!

Craignant qu'il n'arrive un malheur, Griffo geignit comme lorsqu'il était bébé et se plaça entre sa petite maîtresse et le garçon. Mais Storine n'était pas en état d'entendre raison. La main pleine de sang, Éridess tomba à genoux. Griffo n'hésita plus: donnant un coup de tête à la jeune fille, il l'envoya rouler sur le sol.

Soudainement libérée d'une partie de sa colère, Storine se frotta les coudes.

— Tu as raison, Griffo. Avec ce traître, je n'ai pas besoin d'utiliser le glortex, ni même mon sabre.

Elle laissa tomber son arme par terre, puis ajouta :

— Si tu veux, même, je me battrai avec un seul bras, comme toi !

Venu des entrailles de la terre, un grondement sourd emplit le défilé. Un roulement de tonnerre se répercuta jusqu'à eux, faisant basculer un peu plus la navette en direction du vide.

— Écoute !

Storine crut qu'il voulait encore se justifier. Mais comme Griffo reniflait l'air et collait sa lourde tête contre le sol, elle devina qu'Éridess parlait de toute autre chose. Surgie des profondeurs, une onde de choc déchira la croûte rocheuse sous leurs pieds, la soulevant d'une bonne cinquantaine de centimètres. La secousse projeta Storine contre Éridess. Se raccrochant l'un à l'autre, ils se dévisagèrent.

— Un séisme ! s'écria l'adolescent.

Autour d'eux, les parois se mirent à scintiller de l'intérieur, comme si elles vivaient une transformation moléculaire. Puis, les unes après les autres, elles tremblèrent sur leurs assises dans des grondements épouvantables.

— Tout va s'écrouler ! Il faut partir ! Viens !

Storine ne bougeait pas. Elle écoutait. Centimètre par centimètre, la navette se rapprochait du bord du gouffre.

— Tu es folle ! s'écria Éridess.

Il la tira vers lui.

— Griffo ! Dis-lui, toi !

Mais le grand lion blanc écoutait, lui aussi.

Éridess ramassa son mnénotron, le sac de Storine, le sien, ainsi que le sabre psychique, avant que les crevasses qui s'ouvraient tout autour d'eux ne les engloutissent. Terrifié, il regardait les parois osciller et entendait leurs grincements s'intensifier. Il remarqua que leur couleur passait du brun rouge au brun jaune dans un miroitement sombre, comme si elles étaient chauffées au soufre. Le visage de Storine, sur lequel jouaient ces teintes d'or et de feu, était tendu à l'extrême. À quoi pensait-elle ? Que voyait-t-elle que lui ne distinguait pas ?

Atteignant la limite extrême de son inclinaison, la navette plongea soudain vers le vide dans un grondement d'acier. Éridess sentit le déplacement d'air jusque dans les fibres de son corps.

Storine et Griffo ne bougeaient toujours pas. Le fauve grondait. Il se passait sûrement quelque chose de grave, mais quoi ? Le grondement du fauve, pourtant impressionnant, était couvert par ceux, plus inquiétants encore, des murs de granit qui menaçaient de s'effondrer.

Enfin, Storine déclara, en lui prenant la main :

— Ce n'est pas un séisme ordinaire. Nous ne sommes pas dans un monde ordinaire.

— Mais…

Éridess sentit les mots se coincer dans sa gorge car, dans l'instant suivant, des visages terrifiants se dessinèrent dans la pierre. Leurs yeux jetaient des éclairs. De leurs bouches jaillissaient ces grondements furieux qu'ils entendaient depuis les premières secousses sismiques. Puis, une dizaine de ces créatures repoussantes, chacune enveloppée d'un nuage sombre, se dégagèrent de leur gangue granitique en hurlant de rage.

— Tu voulais courir ? C'est le moment ! lui cria Storine en le tirant par le bras.

2

La longue marche

Griffo leur ouvrit le chemin. Ils lui emboîtèrent le pas sans réfléchir, tandis que la pluie se changeait en bruine et que le ciel, obscurci par le coucher de l'étoile Deana, se teintait de masses nuageuses brunes et rouges. Empruntant un étroit défilé surplombant le ravin dans lequel avait disparu leur navette, ils sentirent le sol s'effriter sous leurs talons. Encombré par les sacs et les deux mortiers portatifs qu'il avait sauvés de l'appareil, Éridess traînait derrière Storine.

Soudain, une pince de pierre se referma sur sa cheville droite. Déséquilibré, son bras unique tendu vers la jeune fille, il laissa échapper un cri de détresse.

— Éri ! s'exclama Storine en se retournant.

 31

D'un même regard, elle vit l'affreuse créature de pierre et le sabre éteint qu'Éridess tenait dans sa main.

— Mon sabre !

Il le lui lança, puis tomba à genoux. Elle attrapa l'arme au vol et l'alluma. En jaillissant, la lame en duralium ajouta dans le défilé un éclair rouge vif aux lueurs déjà produites par les monstres. D'un même élan, elle trancha le tentacule de pierre. Poussant son ami devant elle, elle assura leur fuite.

Après cette première attaque, la créature disparut en geignant dans la paroi rocheuse. Le sol précaire de la corniche se désagrégeant de plus en plus, Storine se remit à courir.

À bout de souffle, les jeunes gens atteignirent l'extrémité du défilé et découvrirent une plaine de roches aussi polies qu'un miroir de glace sur laquelle la pluie dessinait d'étranges arabesques liquides.

— Regroupons-nous ! ordonna la jeune fille.

Ayant mis une bonne centaine de mètres entre eux et le canyon, ils attendirent, haletants, que survienne une seconde attaque.

Éridess se laissa choir sur le sol. Sabre au poing, Storine surveillait l'entrée du défilé. À leurs côtés, Griffo grondait. Affalé au milieu de ses sacs, le garçon chargea d'une main son premier mortier. L'arme était coulée dans un métal très léger. Gêné par le moignon de son bras gauche enveloppé dans sa gaine de plastique, Éridess se débrouillait tant bien que mal. Storine le dévisagea.

— Pour quand ils reviendront! déclara le garçon, en souriant à demi.

Griffo s'était calmé. La jeune fille ne sentait plus en lui aucune tension. La pluie aussi avait cessé.

— Ils ne reviendront pas, déclara-t-elle en essuyant la sueur glacée qui perlait sur son front.

— Par les marais putrides de Phobia! Mais quelles sont ces créatures? s'étonna Éridess.

Il frotta sa cheville, puis sortit son mnénotron de son sac. Encore sous le choc de l'émotion qu'ils venaient de vivre, Storine regardait au loin les feux mourants de ces étranges ectoplasmes de lumière qui avaient accompagné l'attaque des créatures. Leurs grondements de rage décroissaient eux aussi. «Comme s'ils se calmaient! Peut-être avons-nous violé leur territoire? Peut-être que cette attaque n'était qu'une forme d'autodéfense?»

Son lecteur digital posé sur le front, Éridess grommela.

— Nous ne sommes sur aucune des lunes du triangle d'Ébraïs. Les informations spatio-géographiques transmises par le mnénotron sont formelles. Par contre, ce monde est éclairé par l'étoile Deana. Demain matin, lorsque le jour sera levé, nous verrons apparaître dans le ciel Deana les trois lunes mortes, et même la planète Delax.

Storine éteignit son sabre psychique. Une quasi-obscurité les enveloppa aussitôt, et la température chuta encore de plusieurs degrés.

— Mais alors, quelle est cette planète ?

Griffo s'ébroua. Avait-il froid, lui aussi ?

— Je lis que, d'après la légende, il existe une quatrième lune, invisible, celle-là, nommée Ébraïs.

— Invisible ? Que vois-tu au-delà de cette grande plaine ? interrogea encore Storine.

Le garçon rabattit la visière de son appareil sur ses yeux.

— Des kilomètres de plaine dans toutes les directions, sauf dans celle du canyon. Au nord, la plaine se noie dans des masses brumeuses que les senseurs du mnénotron ne peuvent pas transpercer.

— Marchons ! décida Storine en refermant les pans de son capuchon autour de son cou.

Éridess se plaignit d'être éreinté. Elle le vit attacher autour de sa taille une ceinture atmosphérique. Enfin, il essayait, car avec une seule main, ce n'était pas évident.

— Attends.

Elle la lui noua, puis elle régla la dimension du champ de force sur une circonférence de six mètres, ce qui leur permettrait de marcher tous ensemble et d'être en même temps protégés du froid. La bulle du champ énergétique et ses teintes d'or rose, parsemées d'éclairs bleus, leur fournissait également de la lumière. Les doigts engourdis par le froid, Éridess avait hâte que la ceinture réchauffe l'air à l'intérieur du périmètre.

— Allons-y !

Le Phobien haussa les épaules. Connaissant Storine et son attitude de «mère poule» dès qu'il s'agissait de Griffo, il était inutile de lui demander de monter sur le lion pour leur éviter de se fatiguer davantage. Un instant, il fut tenté de lui dire que la ceinture atmosphérique ne leur fournirait de l'énergie que pour quelques heures seulement et qu'à terme, marchant vers l'inconnu, ils allaient, au mieux, mourir de froid, au pire, finir dans le ventre des mystérieuses créatures de pierre. Storine affichait cette expression farouche qu'elle prenait toujours lorsqu'elle était, comme disait Éridess, en « mode de survie ». Ce n'était donc pas le moment d'en rajouter avec son pessimisme naturel.

Elle réaliserait bien vite elle-même toute l'absurdité de leur errance...

Le jour se leva sur la plaine, bleu saphir puis bleu opale, irradiant la brume de serpentins ocre qui filaient dans le ciel comme des météores silencieux. D'après la lecture prise par le mnénotron, ils avaient marché pendant plus de quatre heures et couvert une distance d'environ douze kilomètres.

— Moi, je n'en peux plus ! geignit Éridess.

Faute d'énergie, la puissance du champ de protection de la ceinture décroissait de minute en minute, réduisant leur cocon de chaleur d'environ cinquante pour cent. L'adolescent ajouta :

— Je n'en peux plus et j'ai envie !

Comme si elle émergeait d'une transe profonde – elle n'avait pas prononcé un seul mot depuis le début de leur marche harassante –, Storine s'étonna :

— Envie de quoi ?

Le garçon haussa les épaules.

— Tourne-toi, veux-tu !

Et, de sa main valide, il ouvrit sa braguette.

« Pas une seule parole depuis des heures ! ronchonna-t-il intérieurement. Elle est faite en quoi, cette fille ! Je sais qu'elle a mal aux pieds : elle boite. Moi aussi, j'ai mal. Mon bras gauche m'élance. Mais, bien sûr, pas question de fatiguer ce pauvre Griffo en montant sur son dos. Elle préférerait se laisser crever et moi avec, plutôt que de fatiguer son lion adoré ! »

— Tu as fini ? On peut repartir ? s'impatienta la jeune fille.

Ils reprirent leur marche.

« Avec ses bottines de luxe, se dit Éridess, elle doit avoir les pieds en compote. Mais elle préfère souffrir le martyre plutôt que de me demander de la soigner. »

— Sais-tu où on va, au moins ?

— Tout droit ! Puis, elle murmura à l'oreille de Griffo des choses qu'il n'entendit pas. Le fauve se mit à gronder doucement.

 37

« Et en plus, ils se fichent de moi ! » Éridess rajusta la visière de son appareil de lecture, et se réfugia dans l'étude topographique de leur environnement.

À la surprise du garçon, le sol s'incurva bientôt, et ils entreprirent une longue descente qui les conduisit jusqu'à une gorge au fond de laquelle coulait une rivière. Méfiant, Éridess tâta les parois rocheuses, aussi lisses qu'un mur de glace.

— C'est tiède, constata-t-il.

— Je savais bien qu'on trouverait quelque chose ! s'exclama Storine en flattant la crinière de Griffo. Désespérer ne sert à rien. Ça me rappelle un poème appris au collège. Il parlait d'un sage Delaxien qui se jette du haut d'une tour et qui espère, au cours de sa chute, que des ailes vont lui pousser dans le dos. Personne ne croyait qu'il survivrait. Et tu sais ce qui lui est arrivé ?

— C'est tiède, mais aride. Aucun végétal ne pousse à cent kilomètres à la ronde !

Éridess n'était pas fâché de la faire languir.

— Pas d'arbres, pas d'herbe et pas de vie animale non plus. Rien que des cailloux.

Puis il ajouta, insouciant :

— Il s'est écrasé la tête, ton gars ?

Storine s'assit sur un rocher et retira une de ses bottines en grimaçant de douleur. Si elle se souvenait bien, dans les moments périlleux de sa vie, elle avait toujours éprouvé des ennuis de chaussures !

— Des ailes lui ont poussé dans le dos et nous, nous avons découvert cette oasis. Tu saisis le parallèle ?

— Tu appelles ça une « oasis » !

Éridess fit semblant d'ignorer que son amie saignait de la plante des pieds. Par endroits, le sol était constitué de sable fin d'une jolie couleur ocre.

— Il doit être dix heures du matin, ajouta l'adolescent en tendant sa figure verdâtre coiffée de l'éternel mnénotron en direction des chauds rayons de l'étoile. Cette planète connaît des écarts de températures extrêmes. Nuits glaciales, jours écrasants de chaleur.

Il ouvrit son long manteau en fibres de verre et s'épongea le front.

Le décor était enchanteur : des gorges polies, faites d'une roche ivoirine tiède et douce, une rivière murmurante, du sable déjà brûlant, une lumière bleue et blanche filtrée par la dense atmosphère et quelques ultimes rubans de brume qui se déchiraient lentement sur les aspérités granitiques.

Storine se lava les pieds dans la rivière. En voyant l'eau se teinter de rouge, Éridess sentit son cœur se serrer, mais se garda bien de lui proposer son aide.

— J'ai faim. Je *meurs* de faim, déclara-t-il.

— Et Griffo, comment crois-tu qu'il se sent?

Le garçon grommela que le fauve était bien capable, en effet, de les bouffer tous les deux pour le petit-déjeuner, lui en particulier, s'ils ne trouvaient pas rapidement quelque chose à se mettre sous la dent. Il fit le tour de ce que Storine appelait leur « oasis ». Puis, dépité, il se laissa tomber sur une petite roche rouge aux arêtes rugueuses. Affamé, il s'imaginait devant un festin lorsqu'une information, projetée en trois dimensions devant ses yeux par le mnénotron, le fit bondir de joie.

— J'ai trouvé!

Storine et Griffo le dévisagèrent comme s'il avait perdu l'esprit. Un pied sur la roche, Éridess exulta:

— Cette roche n'est pas ordinaire. Mon lecteur optique m'affirme qu'elle contient un liquide nutritif. Un jus très riche en vitamines et en minéraux. Tout ce dont on a besoin pour reprendre des forces!

Il se saisit maladroitement de la roche avec son bras, puis tenta de la fracasser contre une autre pierre.

— Raté !

— Elle est pleine de jus, je te dis !

— Recule !

Toujours pieds nus, Storine dégaina son sabre. L'arme psychique n'était pas mue, comme les sabres ordinaires, par l'énergie électrique ou au moyen d'un laser, mais par la puissance mentale de celui ou celle qui la tenait dans ses mains. Comme toujours, Éridess resta ébahi en voyant jaillir la lame en duralium. D'un geste précis, la jeune fille abattit sa lame sur la roche en question, qui se scinda en deux parties presque égales. Voyant qu'un liquide jaunâtre s'en écoulait avant de disparaître dans le sable, elle s'écria :

— Recueille-le vite avant qu'il n'y en ait plus !

Ayant une confiance absolue en son mnénotron, Éridess donna l'exemple, et porta le premier la coque de pierre à ses lèvres.

— Dé-li-cieux ! Vraiment ! s'exclama-t-il en recrachant quelques éclats de roche. Ça a le même goût qu'un jus de fruit, mais en beaucoup plus velouté.

Ils rassemblèrent au centre de l'oasis une douzaine de ces pierres rouges, qu'ils éventrèrent une à une pour en boire la liqueur.

— Je me demande comment les gens d'ici appellent ce breuvage ? se demanda Storinc.

— Moi, j'appelle ça «Délicieux», tout simplement. Je ne veux pas te faire de peine, mais je doute qu'il y ait des «gens» dans le coin. Ou alors, si j'en juge par l'environnement, ils ne sont vraiment pas comme nous !

Mis de bonne humeur par cette boisson inattendue, Éridess entreprit de faire le point.

— Pendant que nous marchions comme des bêtes, j'ai fait un scan complet de ce bled. Nous nous trouvons effectivement sur la lune fantôme d'Ébraïs. Une planète qui n'existe pas dans notre univers dimensionnel. Tu ne t'en rappelles sans doute pas, mais au collège, en cours d'astronomie, Proto Mazurik nous a dit qu'il existait autrefois un quatrième satellite. Mazurik racontait que des tribus autochtones de Delax évoquaient encore, dans leurs légendes, l'histoire de cette quatrième lune. Un beau jour, sans que personne ne sache pourquoi, elle a disparu. C'est à compter de ce moment que les trois autres ont commencé à dérailler dans l'espace.

— «Dérailler» ?

— Leurs champs d'attraction se sont affolés. Des navires spatiaux ont disparu. La légende du triangle d'Ébraïs vient de là.

« Éridess n'a aucun talent de conteur. Tout le contraire de Solarion », se dit Storine. Pourtant, ce qu'il racontait n'était pas dénué de sens.

— Nous ne sommes pas ici par hasard, réfléchit tout haut Storine en enveloppant ses pieds nus dans un morceau de tissu arraché à sa chemise. Notre navette a été effacée de l'espace, puis projetée dans cette autre dimension quand j'ai invoqué la déesse Vina. Il était moins une, car nous allions exploser.

Éridess se mordit la lèvre inférieure : avec honte, il se rappelait sa propre responsabilité dans ce naufrage. Mais Storine poursuivit, cette fois, sans l'accuser de quoi que ce soit.

— Notre navette a été guidée par la déesse. J'ai vu la bulle d'énergie qui nous enveloppait. Ensuite, lorsque j'ai tenté de l'invoquer à nouveau pour qu'elle nous ramène dans notre univers, je…

Storine resta songeuse. Il lui était si facile, à présent, de parler des dieux comme s'ils existaient vraiment ! Elle qui, durant si longtemps, avait refusé de croire en eux ! « Tu es la reine des sceptiques ! lui disait Solarion en souriant. Comment peux-tu encore douter d'eux alors qu'ils nous ont sauvé la vie à plusieurs reprises ? »

— Ça a foiré ? termina Éridess.

La réplique de son ami la ramena sur terre.

— Lorsque nous marchions, avoua-t-elle en murmurant, je savais où nous allions. Peu avant le lever du jour, j'ai entendu la voix de la déesse dans ma tête. J'ai vu un œil immense. Elle…

Éridess leva son bras.

— Tu entends des voix, à présent !

En fait de voix, le sol se mit à trembler sous leurs pieds. Les grondements qu'ils avaient déjà entendus dans le défilé de roche s'élevèrent de nouveau.

— Encore eux ! laissa tomber Éridess en se précipitant sur son arme portative.

Storine n'eut pas le temps de les compter, mais elle évalua par la suite qu'ils étaient au moins cinq. Ils surgirent des parois polies et des plaques de roches qui dallaient le sol.

D'énormes créatures au visage grimaçant, aux yeux aussi rouges que ceux de Griffo, mais plus vifs et plus gros. On ne voyait jamais leurs corps en entier, car s'ils s'extrayaient des roches dans lesquelles ils semblaient vivre, ils ne pouvaient s'en détacher tout à fait, comme s'ils devaient rester connectés à quelque mystérieuse source énergétique.

— Derrière toi !

Éridess roula sur lui-même, assura la prise de son arme entre son coude et son aisselle, et tira. La décharge pulvérisa la créature en une gerbe de rocailles qui fusèrent dans toutes les directions. Le visage égratigné par les éclats coupants, Storine brandit son sabre et frappa. Le fauve réagit de la même façon, mais à coup de griffes.

Très vite cependant, il s'avéra que la lame en duralium ne faisait qu'entamer la carapace des créatures ; comme, d'ailleurs, les crocs du lion. Devant cette réalité qui les prenait de court, l'adolescente tenta alors d'alimenter sa lame en rassemblant dans ses veines la force de son glortex. Tandis qu'Éridess parvenait, avec son mortier, à détruire l'une après l'autre plusieurs créatures, Storine sentit son énergie passer de sa main à son sabre, puis de sa lame à la créature qui lui tournait autour

 45

comme si celle-ci se nourrissait de son influx mental… comme si elle se jouait du glortex !

— Attrape ! lui lança Éridess.

Storine se saisit du second mortier. Au même moment, lacérant de ses griffes ces corps faits de roches, le grand lion blanc comprit que, pour la première fois de sa vie, il était impuissant à défendre sa petite maîtresse.

Aussi violente et soudaine qu'ait été l'attaque des créatures, elle cessa bientôt comme le vent après la tempête. Quelques secondes plus tard, elles avaient de nouveau réintégré les parois de pierre ; il ne subsistait plus, en suspension dans l'air chaud, qu'une fine poussière multicolore.

Ils quittèrent l'oasis. Cette fois, Éridess insista pour que Storine chevauche Griffo, car durant l'assaut des créatures, ses blessures aux pieds s'étaient rouvertes. Le lion blanc ressentait l'humeur en dents de scie de sa jeune maîtresse. Colère, puis abattement. Impuissance et surprise mélangées. Des sentiments qu'elle lui communiquait et qu'il partageait. Devant l'état d'hébétude dans lequel Storine semblait plongée, Éridess consulta son mnénotron et décida de la direction à prendre.

— Au sud.

— Non !

Les yeux mi-clos, Storine avait parlé dans un souffle.

— À environ trois kilomètres en aval, je capte l'existence de ce qui s'apparente à une forêt, insista Éridess.

La jeune fille pointa un doigt dans la direction opposée.

— Au nord ? Mais il n'y a rien, au nord !

Couchée sur l'échine de Griffo, la jeune fille soupira. Ses pieds nus bandés s'étaient remis à saigner et pendaient, pitoyables, contre le flanc du grand lion. Chargé de ses sacs et des deux précieux mortiers, Éridess s'approcha. Storine tenait toujours dans sa main droite le sabre psychique qui, cette fois, ne lui avait été d'aucune utilité.

— Les lueurs… murmura-t-elle.

L'adolescent resta songeur. Puis il se rappela que chaque créature était enveloppée d'un halo de couleur tantôt rouge, tantôt noirâtre, tantôt brun.

— Quand on les dérouillait et qu'ils explosaient, ces espèces de nuages explosaient eux aussi, répondit-il, heureux d'avoir pu suivre, croyait-il, la pensée de son amie.

— Non, haleta Storine. La lueur… L'œil de Vina… Allons au nord.

«Tête de gronovore !» songea Éridess en comprenant que l'adolescente, sans doute fiévreuse, se remettait à avoir des visions.

Mais Storine ne rêvait pas. Relié par télépathie à sa petite maîtresse, Griffo lui-même sentait une présence invisible autour d'eux. Pour lui, cette présence se traduisait par une odeur agréable. Ne sachant trop quoi en penser, il résolut de suivre cet œil de lumière suspendu dans l'air qu'il était le seul, avec Storine, à entrapercevoir, et qui leur montrait la route à suivre.

Dans la tête de l'adolescente résonnait la voix à la fois forte, douce et tendre de la déesse.

«Bienvenue en terre d'Ébraïs, ma fille…»

3

Les pyramides d'argent

« Le soleil n'en finit pas de se coucher ! songea Éridess. Ça doit être à cause de la lenteur de la révolution de la sphère d'Ébraïs. »

Ce n'était pas une critique, bien au contraire. Dans ces champs parsemés de haut tumulus en pierre, un halo de brume permanent recouvrait le paysage, créant autour d'eux de magnifiques phénomènes atmosphériques, comme ces mélanges de bleu, de rose et de magenta. Toute la journée, ils avaient marché et transpiré. « Enfin, *moi*, j'ai marché ! Car Sto a enfin cessé de faire sa tête de gronovore et elle est restée allongée sur le dos de Griffo. »

Ce qui inquiétait l'adolescent, c'était qu'avec le coucher de l'étoile revienne le froid glacial de la nuit. Pour tromper sa faim, il avait tenté de trouver un moyen de recharger les batteries de sa ceinture atmosphérique, mais sans aucun résultat. Son mnénotron rabattu en visière sur son front, il voyait clignoter, devant ses yeux, en trois dimensions, l'indice de la température ambiante qui décroissait de minute en minute.

— Est-ce que tes visions nous promettent un endroit chaud où passer la nuit ?

Il n'osa pas ajouter : « Et quelque chose à nous mettre sous la dent ! » Car il craignait, en prononçant le mot « nourriture », d'aiguiser davantage le féroce appétit du fauve. Pourtant, Griffo faisait preuve de plus de stoïcisme que lui dans cette épreuve. En même temps, l'adolescent ne pouvait s'empêcher de se compter chanceux. Ils allaient probablement mourir, mais tant pis. Il était heureux de vivre cette aventure exotique avec Storine. Seul avec elle et Griffo, comme si personne d'autre n'existait – et surtout pas Solarion, le prince impérial dont Storine était follement amoureuse. « Même si elle n'en parle plus, elle doit m'en vouloir à mort de l'avoir empêchée de se fiancer au prince ! »

Au fait, Storine lui avait-elle répondu ? Sa joue enfouie dans la crinière du lion, elle semblait dormir. En vérité, elle était en transe. Parfois, elle bredouillait des paroles inintelligibles. Voyait-elle réellement flotter devant eux l'œil de la déesse Vina ? Un peu plus tôt, il avait cru l'entendre murmurer des mots comme « manger » et « nourriture ».

« Elle n'a pas dormi depuis trente-six heures, elle est affamée, blessée, elle a de la fièvre et, pour tout dire, moi aussi j'en ai marre de marcher dans ce brouillard de merd… »

Soudain, Griffo redressa l'échine. Un battement d'ailes déchira les épais rubans de brume. Ils entendirent distinctement une sorte de croassement aigu. Une ombre rasante les survola. Griffo tressaillit.

— Aide-moi ! bredouilla Storine en lui tendant les mains.

Quand elle se laissa glisser au bas de l'échine du lion, Éridess la retint de son bras. Recroquevillée au sol, elle leva sur lui un visage blafard. Ses yeux étaient si pâles, si verts, qu'il la crut au bord de l'évanouissement.

— Griffo…

— Il vient de déguerpir. Quelle mouche l'a piqué ?

Dix secondes plus tard, ils entendirent une sorte de collision. Le croassement se changea en cri de stupeur, puis en cri de douleur : Griffo venait de bondir sur sa proie. Interloqué, Éridess alluma son mnénotron.

— Incroyable !

Il ne put ajouter un mot tant l'apparition de cet oiseau géant lui semblait providentielle.

— Tu as vu ?

Non, bien sûr que non ! Storine n'était plus qu'à demi-consciente.

— Cet oiseau est apparu brusquement et…

Éridess ne put s'empêcher d'éclater de rire.

— Il a percuté un des tumulus de plein fouet !

Peu après, Griffo les rejoignit, traînant sa proie morte dans sa gueule. Le volatile était une prise de choix : six mètres d'envergure, des serres à vous briser les os, un long bec cerclé d'une centaine de petites dents aiguisées comme des rasoirs ; une chair coriace mais appétissante, pour quiconque était aussi affamé que lui.

Lorsque le lion eut prit sa part, Storine sembla reprendre quelques couleurs. De prime abord, Éridess avait grimacé en voyant les chairs déchiquetées et gluantes du rapace géant. « En plus, c'est bourré de plumes !

Dégoûtant!» Mais cédant à sa faim dévorante, il finit par découper un morceau de viande en utilisant son canif de poche.

— Je ne boufferai pas ça cru! décida-t-il.

Grâce à une lecture topographique prise par le mnénotron, il repéra des bosquets qui ressemblaient vaguement à du feuillage. Un feuillage et des branchages blancs aussi fins au toucher qu'une aile de colombe, mais qui devaient sûrement donner une belle flamme. Storine alluma son sabre psychique. Ils purent ainsi faire cuire la viande rouge, presque noire, du grand rapace. Tout le temps que dura la cuisson, Éridess se répéta combien Storine était courageuse d'utiliser ainsi son sabre pour raviver la flamme, alors même que cette énergie qui leur permettait de faire griller la viande épuisait les dernières forces qui lui restaient!

La jeune fille sentait battre son cœur dans tout son corps. Elle tremblait si fort qu'Éridess dut l'aider à tenir son sabre au-dessus des quartiers de viande. Elle sourit faiblement.

— Nos ailes... ont poussé. La déesse m'avait promis de la nourriture.

Sans s'en être rendu compte, ils s'étaient laissés tomber à l'ombre du tumulus de pierre, à l'endroit même où le rapace était mort sous les griffes du fauve. Griffo achevait de dépecer la carcasse et plantait avidement ses crocs dans la chair gorgée de sang.

— Tu crois que c'est la déesse qui a téléporté ce monstre jusqu'à nous ?

Storine n'eut pas la force de lui répondre. Lorsqu'il jugea que leur repas était cuit à point, Éridess découpa deux parts.

— À toi l'honneur !

Du bout de son couteau, il tendit à la jeune fille un morceau grésillant, mais elle avait visiblement épuisé ses dernières forces. Alors, Éridess trancha de fines lamelles, puis il les lui donna à manger comme à un bébé. Le plus surprenant, c'est qu'elle se laissa faire sans broncher, tandis que l'étoile bleue, en se couchant majestueusement sur la plaine, dispersait les nappes de brouillard. Débarrassés de leur gangue brunâtre, les hauts tumulus n'en parurent que plus menaçants. Leurs silhouettes escarpées prirent des reflets métalliques, à tel point qu'Éridess les crut faits de glace. Mais ce n'était qu'une illusion d'optique. Un courant d'air ascendant balaya la plaine, effilochant les derniers rubans de brume. Lorsque la nuit fut totale, le froid tomba comme une masse sur leurs épaules.

Éridess n'osait pas aborder la question, mais comment allaient-ils s'arranger pour dormir ? Et d'ailleurs, considérant la possibilité d'une nouvelle attaque des créatures de pierre, pouvaient-ils vraiment songer à dormir ?

Griffo décida pour eux.

Après s'être longuement léché, le fauve vint les rejoindre. Le feu se mourait. Ses flammes n'étaient plus que de pitoyables serpentins rouges et noirs.

« Ces végétaux sont quand même de bons combustibles », se dit Éridess en sortant de son sac une fine couverture thermique qu'il déroula comme il put avec sa main. Il avait du mal à penser objectivement. Bien que rassasié, il se sentait trop épuisé pour réaliser que s'endormir dans de pareilles conditions équivalait presque à un suicide. Par acquit de conscience, il demanda une dernière lecture topographique à son mnénotron.

— Aucun danger à l'horizon, déclarat-il en songeant qu'il avait l'estomac un peu lourd et que des lamelles de viande restaient prises entre ses dents – ce dont il avait horreur.

Comme la température était descendue au-dessous du point de congélation, il s'agenouilla auprès de Storine. Griffo s'était couché sur le flanc. Blottie en chien de fusil entre les pattes antérieures du fauve, la jeune fille semblait dormir. Le lion le fixa de ses yeux rouges légèrement plissés. «Ma parole, mais il se fiche de moi!» se dit le Phobien. Griffo riait-il vraiment? C'était en tout cas l'impression qu'il donnait, surtout avec son oreille droite plus longue que la gauche. «Ou bien est-ce le contraire? Je ne sais plus.» Comprenant que la jeune fille, lorsqu'elle était loin de Solarion, appartenait toujours autant à Griffo qu'autrefois, Éridess cracha par terre. Puis il s'enroula maladroitement dans sa couverture thermique.

Plongée dans un profond sommeil, Storine se mit à rêver de Solarion. Ils venaient de faire l'amour à l'ombre du grand vévituvier. Elle se sentait en sécurité, entre ses bras; le prince lui fredonnait à l'oreille une vieille mélodie que lui avait apprise sa grand-mère, l'impératrice…

— Je suis heureux d'être de nouveau avec toi comme avant, Sto!

La jeune fille, qui courait dans un champ dont le sol était doux et moutonné comme peut l'être un nuage d'été, se retourna brusquement. Ses longues mèches orange retombèrent au ralenti autour de son visage. Elle se trouvait sûrement dans une dimension où le temps… prenait son temps ! Fâchée de n'avoir pas pu manger toute seule – quelle humiliation de devoir se laisser donner la becquée, et par Éridess, en plus ! –, Storine allait vertement répondre quand elle s'aperçut que son interlocuteur n'était autre que… Griffo !

Le grand lion blanc courait à ses côtés, aussi léger, aussi libéré et heureux qu'elle-même pouvait l'être. Elle s'arrêta pour enlacer son cou musclé. Sa joue contre la gorge du fauve, elle respira profondément un air limpide riche en énergie. L'air pénétra dans ses poumons. Elle se sentit inondée d'un bonheur sans pareil.

— Moi aussi, Griffo, moi aussi. Tiens ! Qu'est-ce que c'est ?

Elle se pencha et ramassa… *Le Livre de Vina !* Elle n'était pas étonnée de rêver de ce livre magique qu'elle traînait avec elle depuis des années. Maître Santus, son mentor, lui avait dit qu'un jour, elle comprendrait le dessein des dieux. Ce jour était-il arrivé ? Elle feuilleta le livre et tomba en arrêt devant une des illustrations.

— L'œil ! C'est l'œil de Vina !

Ce même œil qui l'avait guidée depuis leur arrivée sur Ébraïs ; cet œil de flammes douces dans lequel se cachait la voix de la déesse.

« Storine… » entendit-elle. Jamais encore elle n'avait été aussi heureuse d'entendre prononcer son prénom, même dans les bras de Solarion. L'illustration suivante, quoique plus mystérieuse, n'en était pas moins étonnante.

— On dirait des sortes de constructions métalliques. Qu'en penses-tu, Griffo ?

— Ce sont des pyramides ou de grands triangles. Vois ces éclairs à leurs sommets. Il s'agit peut-être d'énergies venues du ciel.

Dans son rêve, Storine n'était pas surprise d'entendre Griffo lui parler, car à ses yeux, son lion blanc avait toujours été plus vivant que tous les gens qu'elle avait pu rencontrer. Elle se fit d'ailleurs la réflexion intérieure que ce n'était pas la première fois qu'il lui semblait « entendre la voix » de Griffo.

— Crois-tu que la déesse désire que nous découvrions ces triangles d'argent, petite maîtresse ? Et pourquoi ?

Autour d'eux, l'œil de Vina, pareil à un trou noir crépitant de flammes mauves et tournant sur lui-même à toute vitesse, se mit à briller plus tendrement, comme si la déesse elle-même voulait les bercer dans ses bras immenses.

— Je les sens ! Je les sens ! s'exclama Storine.

Une douce chaleur l'envahit. Cela ressemblait à un feu lumineux, un feu qui ne brûlait pas, une sensation de sécurité et de bien-être absolus. «Je connais ce sentiment. C'est comme quand on fait l'amour, Solarion et moi. C'est… libérateur, puissant, énergisant, épuisant aussi, mais libérateur.»

Elle sourit dans son rêve. L'énergie envahissait son front, ses joues. Quand elle embrasa aussi ses pieds, elle se demanda pourquoi l'énergie pénétrait dans son corps par les pieds.

Un peu surprise, elle s'éveilla en sursaut.

Elle était toujours allongée contre le flanc de Griffo. Aussi froide et silencieuse que la mort elle-même, la nuit s'allumait d'une clarté diaphane qui irradiait… de ses pieds ! Flairant un danger, elle se redressa brusquement, chercha le manche de son sabre psychique.

— Chut ! Ne dis rien.

Stupéfaite, elle considéra Éridess age-
nouillé sur le sol glacé. Le garçon gardait ses
paupières closes et tenait les pieds blessés de
Storine dans sa main. La jeune fille comprit
alors que cette sensation de bien-être provenait du toucher thérapeutique d'Éridess.

Ses joues rosirent. «Il a dû soigner aussi
mes égratignures au visage», songea-t-elle
en s'allongeant de nouveau. La fourrure de
Griffo était douce. Elle souleva une des pattes
du lion et la posa doucement sur son ventre.
Sachant que ses entailles aux pieds allaient
cicatriser en quelques minutes, elle voulut
s'abandonner au sommeil. La main d'Éridess
était si chaude qu'elle avait l'impression que
ses pieds reposaient sur une roche brûlante.
Après l'avoir soignée, le jeune Phobien jeta ses
pansements. Puis, il retourna se coucher sur
sa couverture thermique sans ajouter un mot.

Lorsqu'ils se rendormirent, un léger tremblement secoua la plaine. À hauteur d'homme,
le tumulus voisin s'anima. Un œil, puis deux,
puis un visage tout entier, taillé dans une
étrange matière translucide, apparurent dans
la pierre. La tête de la créature s'extirpa du
tumulus. Un long cou de quartz s'étira silen-
cieusement jusqu'à la verticale des dormeurs.

Griffo fut le seul à sentir cette présence

60

étrangère. Il ouvrit les yeux mais ne gronda pas. Le fauve et la créature se dévisagèrent. Autour de cette créature, les ectoplasmes étaient d'un joli bleu pâle avec, à l'intérieur, des reflets jaunes et oranges. Si un regard humain avait pu étudier l'expression de la créature de pierre, il y aurait lu de la surprise, de la prudence, de la curiosité, mais pas une once d'agressivité. Le visage se balança lentement au-dessus d'Éridess puis s'approcha de Storine, jusqu'à la frôler. Enfin, sans quitter le lion des yeux, il se rétracta dans sa roche-mère sans déplacer le moindre souffle d'air.

La créature disparue, Griffo se rendormit sans crainte…

Le lendemain matin, Storine se sentit en meilleure forme. Lorsqu'ils reprirent la route du nord, Deana se profilait derrière le rideau de brume comme une grosse pomme bleuâtre suspendue dans le ciel par des fils invisibles. Éridess se cura les dents avec la pointe de son canif. Constitué des reliefs du repas de la veille, leur petit-déjeuner ne payait pas de mine.

— Cette viande, c'est de la carne! s'exclama le garçon.

— Arrête de râler et marche!

Storine ne trouvait rien de gentil à dire à son compagnon, et, pour la première fois depuis qu'ils se connaissaient, cela la dérangeait. Ses pieds ne la faisaient plus souffrir et cela aussi, d'une certaine manière, la mettait mal à l'aise. Griffo marchait au pas à ses côtés. Leur rêve commun de la nuit les rapprochait. Tous deux se souvenaient parfaitement de l'œil de Vina et des illustrations qu'ils avaient vues dans le livre de la déesse. Au loin grondait un orage.

«Je pourrais lui dire merci. Ce n'est pas la mort, un "merci"!»

Mais si Storine demeurait silencieuse, c'était surtout à cause des émotions qu'elle avait ressenties cette nuit-là. Ne pouvant ni les accepter, ni les expliquer, ni les nier, elle préférait ne pas trop regarder Éridess en face.

«Solarion me manque tellement!» Elle se rappela les merveilleux moments qu'ils avaient passés ensemble sur la planète Delax. «Peut-être qu'il me croit morte!» Cette idée lui fit si mal qu'elle eut envie de vomir.

Semblable à une détonation, l'orage gronda de nouveau. Éridess ne cessait de tripoter le bandage en plastique qui enveloppait le moignon de son bras gauche.

« Un bras, ça ne repousse pas comme une fleur. Ça doit lui faire mal », pensa Storine.

— Tu ne peux pas te soigner toi-même ? lui demanda-t-elle.

Le garçon cracha par terre.

— Ce n'est pas aussi simple.

— Cordonnier mal chaussé ?

« Incroyable ! C'est tout ce que je suis capable de lui dire de gentil ! »

Elle se serait giflée.

— Avant de partir, reprit Éridess, Lâane m'a donné des injections sous forme de cartouches. Ça soulage mais... Oh !

Abasourdis par les pointes d'acier qui venaient de surgir tout à coup de la brume, ils s'arrêtèrent. Une à une, des architectures métalliques se détachaient du brouillard comme si elles planaient, en apesanteur dans le paysage. De temps à autre, un éclair jaillissait du ciel et faisait étinceler leurs sommets.

— Qu'est-ce que ça peut bien être ? se demanda Éridess en rabattant sur ses yeux la visière de son mnénotron.

— Les pyramides d'argent ! s'exclama la jeune fille. Nous avons atteint la frontière du territoire des créatures de pierre.

— Hein ?

Le jeune Phobien en resta bouche bée. Comment savait-elle cela ?

— Mon rêve, expliqua-t-elle. Avec Griffo, on a rêvé à cet endroit, la nuit dernière.

Autour d'eux s'élevaient une trentaine de pyramides métalliques. Hautes d'une cinquantaine de mètres chacune, elles partaient à l'assaut du ciel en déchirant sans vergogne les nappes de brume. Éridess consulta les informations que lui transmettait son décodeur.

— Ce sont des transformateurs d'énergie. Vois ! Les bases s'enfoncent dans le sol tandis que les pointes s'élancent vers le ciel.

— Et alors ?

— Alors, ces pyramides de métal captent les énergies cosmiques et celles venues du tréfonds de la terre.

Son visage se contracta.

— Il faut s'éloigner, Sto ! Ce champ reçoit et transforme des quantités phénoménales d'énergie. D'après mon mnénotron, un paroxysme d'échange est atteint toutes les dix minutes. Ces grondements que nous avons entendus ne proviennent pas d'un orage. Il la tira par la manche. Viens !

Elle se libéra d'un geste brusque.

— Il faut rester, au contraire ! Nous avons été guidés jusqu'ici par la déesse. Elle veut que nous restions.

— Elle veut qu'on se fasse griller, oui ! Tu ne comprends donc rien ?

La jeune fille souffla sur ses mèches rebelles.

— C'est toi qui ne comprends rien. Ces pyramides ne sont pas naturelles. Elles sont semblables à celles construites sur les îles du Lac sacré, sur la planète Phobia, sur Yrex et sur Paradius. Les dieux les ont érigées. Nous sommes sur leur territoire. Je vais enfin contempler leur visage et savoir ce qu'ils me veulent vraiment !

Éridess serra les mâchoires.

— Encore trois minutes, Sto ! Je ne sais pas ce que tu vas voir, mais si tu restes ici, tu vas griller vive, espère de sale tête de gronovore !

Ébranlée par les avertissements de son ami, elle consulta Griffo du regard. Le fauve lui sourit.

— Pars si tu veux. Moi, je reste, décida-t-elle.

Le garçon se prit le visage dans la main.

— Têtue ! Têtue comme un drognard de Phobia !

 65

Sous ses yeux, le mnénotron affichait le décompte.

— Cinquante-trois secondes !

Il tenta une nouvelle fois de l'entraîner avec lui, mais, dégainant son sabre psychique, elle le menaça.

— Si tu n'as pas confiance, va te mettre à l'abri, espèce de melou. Nous, on reste !

Storine lui avait expliqué comment les dieux l'avaient sauvée une première fois lors de l'explosion de Phobianapolis, puis une seconde fois juste avant que le *Mirlira II* ne s'écrase contre un énorme météorite. Et, pas plus tard que la veille, comment Vina les avait protégés, dans la navette, quand l'espace avait explosé autour d'eux. Paralysé par deux instincts contraires – le premier le poussant à sauver sa peau, le second à faire confiance en Storine –, Éridess ne savait que faire.

Comme pour le narguer davantage, la jeune fille s'approcha plus près de la pyramide d'argent. Griffo lui emboîta le pas.

— Vous êtes cinglés, tous les deux ! s'exclama-t-il en voyant étinceler, loin au-dessus de leurs têtes, la pointe de la pyramide.

Dix secondes.

Il recula d'un pas.

— Ton histoire de déesse, je n'y crois pas !

— En tombant du précipice, les ailes du poète ont repoussé, répliqua l'adolescente. Il ne s'est pas écrasé !

Comprenant qu'elle faisait référence à ce poème qu'ils avaient appris au collège, Éridess se dit qu'elle était soit follement courageuse, soit folle tout court.

Il s'éloigna de trois autres pas.

— Sto, tu…

Elle le dévisagea avec mépris.

« L'éclat dur de ses yeux verts ! » songea-t-il en reculant encore.

Soudain, la pyramide de métal fut enveloppée d'une clarté si brillante qu'il dut cligner des paupières.

« L'échange d'énergie ! »

L'explosion qui suivit le propulsa à vingt pas de là.

Lorsque le souffle de la détonation fut passé, Storine et Griffo avaient disparu…

4

Biouk

Le prince Solarion n'avait ni dormi ni mangé depuis plus de trente-six heures. Pendant tout ce temps, il avait enquêté sur la mystérieuse disparition de la navette qui devait conduire Storine, Griffo et Éridess jusque sur la station Cyrex 4, où devait se tenir la fastueuse cérémonie des fiançailles.

Tout d'abord, les centaines d'invités furent laissés dans l'ignorance de la gravité de la situation. Les journalistes piétinaient sans relâche devant les portes des luxueux salons et attendaient impatiemment, comme des milliards de spatio-spectateurs dans tout l'empire, de faire la connaissance de l'énigmatique jeune fille dont le prince impérial était tombé si subitement amoureux.

Solarion n'avait pas perdu de temps. Le premier choc passé, il était retourné se planter devant les écrans de contrôle, dans l'espoir de repérer l'épave de la navette.

— Que s'est-il passé ?

Les techniciens de la station étaient restés muets. Maître Santus, le mentor de Storine, avait pris le prince par le bras.

— C'est l'espace qui a explosé, pas la navette…

Que voulait-il dire, au juste ? Alors que s'écroulaient ses projets de fiançailles, le jeune prince n'était pas d'humeur à philosopher. Comme tous les maîtres missionnaires, Santus avait le visage recouvert d'une cagoule. Plus que jamais auparavant, Solarion était frustré de ne pouvoir, en cet instant, le regarder droit dans les yeux.

« L'espace, mais pas la navette… »

Soudain, il comprit les paroles du maître.

— Storine est l'Élue ! s'exclama-t-il. Elle ne peut donc pas mourir. Que l'on fasse venir le commandor Sériac !

Depuis, trois jours delaxiens s'étaient écoulés. La théorie de Solarion était simple et basée sur des faits réels. En communication avec Storine juste avant l'explosion, il savait que la navette avait été sabotée. La servo-direction ayant été dérobée, l'appareil avait dévié de sa trajectoire et dérivé en direction des trois lunes du triangle d'Ébraïs. La jeune fille l'avait informé que leur pilote était mort. Les senseurs de la station n'avaient retrouvé aucuns débris de la navette. Sériac l'avait appelé pour lui dire qu'Anastara, sa cousine, s'était livrée à une pratique de sorcellerie. «Au même moment, Storine perdait le contrôle de sa navette. Il y a donc eu complot.»

Dans les secondes qui avaient précédé l'explosion, Solarion avait tenté de livrer un message à Storine. «*Le Livre de Vina*. Les deux formules de Vinor.»

«Il faut faire confiance aux dieux...» avait ajouté le maître missionnaire.

Trois jours...

Solarion avait fait le raisonnement suivant : tout d'abord, pas vraiment d'explosion, donc personne n'est mort. Storine a dû se servir des formules pour prendre contact avec l'esprit de la déesse. Celle-ci les a donc téléportés, elle et sa navette, dans un endroit sécuritaire.

«Elle l'a bien fait lorsque nous étions à bord du *Mirlira II* !»

Aussitôt, le prince avait demandé à toutes les stations en orbite autour de la planète de surveiller leurs secteurs respectifs, au cas où la navette réapparaîtrait dans l'espace.

Trois jours.

Mais la navette restait introuvable. Physiquement et nerveusement épuisé, Solarion avait refusé de recevoir les journalistes et n'avait pris aucune des communications que lui adressaient les membres de sa famille ; pas même celles de sa grand-mère, l'impératrice. Il avait fallu renvoyer les invités. Sans communiqués de presse précis, les spacio-journalistes y allaient chacun de leur interprétation. Solarion repassait chaque détail dans sa tête, encore et encore. Finalement, à bout de force, il tomba évanoui.

En faction devant la porte des appartements impériaux, le commandor Sériac, flanqué de Corvéus, son second, empêchait quiconque de troubler le sommeil du prince. Offusquée de se voir interdire le passage, la grande duchesse Anastara était furieuse.

— Ouvrez ! C'est un ordre !

Sériac resta immobile, mais Corvéus, le géant au visage de poupon, fit un pas en avant. Devant la menace à peine déguisée, la grande duchesse pâlit. Elle jouait à l'offensée mais, en vérité, la disparition de Storine la comblait de joie. Son plan avait réussi. Sériac était intervenu trop tard. Sakkéré s'était chargé de détruire la fille aux cheveux orange et son pitoyable lion blanc. Satisfaite, elle tourna le coin du corridor et s'adossa contre la paroi.

« Laissons passer l'orage. Quand Solarion aura fini de pleurer, il me reviendra. »

Dans l'attente de ce moment, il lui faudrait jouer serrer.

« Pas de déclarations à la presse. Reste discrète et attentionnée envers Sol. »

Elle serra dans sa main le petit pendentif à l'effigie du dieu des Ténèbres qui pendait à son cou.

« Je suis la promise du prince. La véritable Élue. Moi, et moi seule ! »

Au même moment, Solarion s'éveilla en sursaut. Il venait de rêver de Storine. Elle marchait dans un paysage embrumé ; elle avait froid et faim, mais elle était vivante. Il s'en réjouissait lorsqu'il entendit soudain une immense détonation. Englobant Storine et Griffo, une lumière éblouissante envahit son champ de vision. Le hurlement de la jeune fille l'arracha à son sommeil.

À moitié vêtu, il jaillit de ses appartements et se heurta au commandor.

— Votre Altesse ?

Le prince s'accrocha à son garde du corps.

— Sto est vivante. Je l'ai vue. Elle marchait…

— Vous êtes brûlant de fièvre.

— Allez me chercher maître Santus !

— Il est reparti, Altesse.

— Comment ?

— Il a regagné Ésotéria. Une convocation du grand conseil des maîtres missionnaires…

Le départ précipité et même suspect de Santus qui, pourtant, était très attaché à Storine, assomma littéralement le prince. Ses jambes s'affaissèrent. Sériac le retint contre lui.

— Altesse, la presse interstellaire s'impatiente. Je crains que votre cousine ne leur accorde des entrevues. Mieux vaudrait publier un communiqué officiel sinon, la situation risque de devenir incontrôlable.

Sériac avait la bouche sèche. Lui aussi tenait à Storine, et sa mystérieuse disparition le bouleversait. La situation commandait une décision énergique et, pour la première fois de sa longue carrière d'officier, il ne savait pas quoi faire.

Solarion pouvait-il révéler aux médias l'affreuse vérité ? Accuser sa cousine Anastara de complot, de sorcellerie et de tentative de meurtre reviendrait à jeter le discrédit sur sa propre famille.

— Altesse ? s'inquiéta le commandor.

Mais Solarion restait hébété d'angoisse.

Après s'être assuré qu'il était encore en un seul morceau, Éridess se releva. À perte de vue, le décor restait immuable. Les dizaines de pyramides d'argent se dressaient toujours, semblables à d'augustes guetteurs silencieux.

« L'explosion n'a rien détruit. Il s'agissait donc vraiment d'un processus de transformation de l'énergie. »

Au sommet des constructions métalliques, le ciel se zébrait d'éclairs blancs et bleus.

« Dans dix minutes, il y aura une nouvelle détonation. »

Son mnénotron était formel : Storine et Griffo avaient bel et bien été rayés de la carte. De la sueur perlait sur ses tempes. Il procéda à un nouveau balayage des environs, sans découvrir la moindre trace de présence humaine. Des visions de bouillie sanglante, de bras et de jambes arrachés lui vinrent à l'esprit. Persuadé que ses compagnons avaient

été désintégrés par la puissance de la détonation, il se retint de vomir.

« Sto… »

Sa vie entière ne tenait-elle pas dans ce
seul prénom ? Le rire de Storine, le son grave
de sa voix, la froideur de son regard… Depuis
qu'il l'avait rencontrée sur la planète Phobia,
ils ne cessaient de se disputer puis de se sauver
la vie à tour de rôle. Il avait tellement l'habitude de sentir sa présence à ses côtés que,
machinalement, il se retourna pour lui dire
qu'elle était aussi têtue qu'un vieux gronovore.

La prochaine détonation n'allait pas tarder
à se produire. Un instant, afin d'imiter Storine
et Griffo, il pensa s'approcher de la pyramide
dont le sommet brillait le plus. Ainsi, lors du
prochain transfert d'énergie, il subirait le
même sort que ses amis. « La déesse m'est
apparue. Elle nous a guidés », lui avait dit
Storine.

« Comment a-t-elle pu croire ces bobards ? »
Quatre minutes.

Sans savoir pourquoi, l'image de son père
agonisant vint flotter devant ses yeux. « Reste
avec Storine. Tu connaîtras une fabuleuse
destinée », lui avait-il murmuré.

Que restait-il, aujourd'hui, de ces vaines
prédictions ? Il n'avait plus qu'à mourir, lui

aussi. Ayant repéré la pyramide qui allait bientôt transmuer son énergie, il résolut de se sacrifier.

Deux minutes.

Mais ce fut plus fort que lui. Il n'avait jamais eu ni la foi ni le courage (ou la folie!) de Storine. Rebroussant chemin, il se mit à l'abri. Qu'avait dit l'adolescente? Le poète s'est laissé tomber du haut de la falaise. Dans sa chute, une paire d'ailes lui avaient poussé dans le dos.

«Stupide!»

Il ferma les yeux.

La détonation illumina l'immense champ de pyramides.

Mourir ne servirait à rien.

«Il doit y avoir une autre solution. Il y en a toujours une.»

La première pensée de Storine fut pour Griffo; la seconde pour la déesse Vina. Ouvrir les yeux. Mais en avait-elle encore la force? Combien de temps s'était-il écoulé depuis que la lumière, devenue insoutenable, l'avait forcée à se blottir contre son lion blanc? La sensation de déplacement, ressentie juste après la détonation, était semblable à celles vécues lors de ses expériences interdimensionnelles précédentes. Rassurée par ce raisonnement, elle en conclut qu'elle était toujours en vie.

Chancelante sur ses jambes, elle s'adossa contre une paroi incurvée et granuleuse. Ses mains tâtonnèrent une sorte de métal froid. Par contre, l'endroit où la déesse l'avait transportée était plongé dans une totale obscurité.

« Je peux respirer. C'est déjà ça ! »

— Griffo ?

Elle tenta de le contacter par télépathie, sans succès.

Sa voix se répercuta en écho. Peu à peu, comme ses yeux s'habituaient aux ténèbres, elle entrevit les formes élancées de plusieurs colonnes. Ses pieds reposaient sur un sol dallé. Les mains tendues en avant, elle fit quelques pas.

— Hé ! Ho ! Ohé !

Sa voix explosa en centaines d'éclats métalliques. Méthodiquement, elle compta trois cents pas et vingt colonnes. Cette salle immense devait contenir d'innombrables rangées de colonnes.

« Je suis peut-être chez les dieux. Enfin ! »

Elle se tut et réfléchit. «Je vais savoir d'où vient le *Livre de Vina,* pourquoi il me suit partout, si je suis vraiment l'Élue et qu'est-ce que cela signifie. Et aussi, quelle est la mission que je suis supposée accomplir. Ah oui! Et vais-je vraiment me fiancer avec Solarion?»

Comme il faisait un peu frais, elle s'enlaça le corps de ses bras. Une sorte de gong sourd retentit au loin. Storine tendit l'oreille afin de situer sa provenance, mais elle se rendit très vite à l'évidence:

«Je ne sais pas ce que c'est, mais ça se rapproche.»

D'instinct, elle dégaina puis alluma son sabre psychique. Une grande salle soutenue par des colonnes dorées se dévoila sous ses yeux. À la lueur de sa lame, le métal des piliers se teinta de flammes rousses.

«Un temple! J'aurais dû y penser plus tôt!»

L'instant d'après, elle étouffa un cri de surprise, car une ombre gigantesque se profilait entre les colonnes. Comme la menace progressait rapidement dans sa direction, elle serra le manche de son sabre et se prépara à l'assaut, attendant avec angoisse de voir apparaître une fois encore les horribles visages des créatures de pierre. Le gong sourd retentit de nouveau. Soudain, quelque chose de rond et de métallique tomba à ses pieds. Déséquilibrée, elle lâcha son arme. L'objet rebondit sur les dalles puis disparut entre les colonnes. Rampant jusqu'à son sabre qui continuait à rougeoyer, la jeune fille s'écria :

— Qui est là ?

Silence.

Puis, elle entendit une petite voix chevrotante et mécanique qui demanda :

— Toi pas faire mal à moi ?

Décontenancée, Storine se remit en garde.

— Qui es-tu ?

— Moi, Biouk.

La jeune fille entendit plusieurs autres gongs, comme si la « chose » se déplaçait en rebondissant d'un endroit à un autre. Un rebond, puis deux, puis un autre. Storine calcula que la « chose » devait maintenant se trouver tout près d'elle.

— Toi pas méchante ?

Elle leva les yeux. En suspension dans l'air, à deux mètres de son visage, elle découvrit l'être le plus inoffensif, le plus drôle et le plus charmant qu'elle ait jamais vu.

5

Totonia

Un enfant. C'est le premier mot qui lui vint à l'esprit. Un enfant enjoué, curieux, craintif, espiègle, émerveillé. La comparaison s'arrêtait là car, pour le reste, il surgissait véritablement d'un autre monde. « Et pourtant, se dit Storine, j'en ai visité quelques-uns ! »

Tout d'abord, son corps avait la forme d'une quille dont la hauteur ne dépassait pas les soixante-dix centimètres. La partie inférieure, arrondie, planait en apesanteur dans l'air, ce qui donnait l'impression qu'il était très grand. Il avait trois bras de proportions relativement humaines et, en y regardant bien, ses mains ressemblaient à des moufles d'hiver, sauf que des doigts rétractables à volonté jaillissaient de cette étrange main.

«Un peu comme les griffes de mon lion», songea Storine. Sa tête, très ronde, semblait avoir été posée au sommet de la quille par quelque artisan pressé de terminer son ouvrage.

Devant autant de bizarreries, Storine hésitait entre le sérieux et le fou rire. Elle avait, certes, l'habitude de rencontrer toutes sortes d'êtres vivants. Des trois-yeux, des têtes allongées, des quatre-oreilles, des peaux, des cheveux, des traits extrêmement variés de formes et de couleurs. Elle s'était toujours dit que cela n'avait aucune importance, du moment que toutes ces créatures pouvaient communiquer ensemble, rire et partager des émotions.

Ce qui semblait être le cas avec ce drôle d'enfant. Storine avança sa main. Depuis qu'elle l'avait rencontré, la texture de son corps l'intriguait. D'abord, il était nu. Ce qui ne voulait pas dire qu'on était gêné de le regarder.

— N'aie pas peur…

Elle toucha un de ses bras. C'était lisse comme du métal, dur comme du bois et pourtant aussi doux et tiède qu'une aile d'oiseau. Quant à la couleur, elle semblait changer de seconde en seconde, passant du bleu nuit au noir, puis virant à l'ocre, avec des reflets rouges et roux.

— Mais… tu es un robot !

« Ou bien une sorte d'androïde », se dit-elle en essayant de le comparer avec une des races intelligentes qu'elle avait rencontrées dans l'empire.

— À toi, maintenant !

Elle lui tendit sa main.

Lentement, l'enfant-robot s'approcha. Des doigts boudinés émergèrent de sa moufle de métal. Storine en compta sept. Ils se frôlèrent doucement. Biouk tressaillit, comme si ce contact venait de l'électriser. Il laissa échapper une cascade de sons aigus dans lesquels Storine décrypta tout à la fois la surprise et l'émerveillement. Constatant qu'elle ne voyait presque rien à l'intérieur du temple, elle attrapa la main du robot aux multiples doigts et l'attira vers elle.

— Où est-ce qu'on peut mieux se voir ? Où est la sortie ?

Biouk se raidit. Ses doigts se rétractèrent aussitôt et sa main elle-même disparut dans son bras ; il rebondit plusieurs fois sur le plancher dallé, faisant retentir ce bruit de gong métallique que Storine avait déjà entendu précédemment.

— Tu n'as pas à avoir peur !

Comme il ne répondait pas – il s'était caché derrière une des colonnes –, elle dirigea vers lui la lumière rougeâtre de son sabre. Ce qu'elle lut sur son visage rond d'enfant – car il avait tout de même deux yeux et ce qui ressemblait vaguement à un nez et à une bouche – la laissa pantelante de surprise.

Ça n'était pas vraiment de la peur mais de l'appréhension. Comme s'il craignait de désobéir à une loi dont elle ignorait tout.

— Toi pas aller. Toi, recherchée.

Biouk tentait de s'exprimer en ésotérien. « Voilà bien un autre mystère ! » Entre les mots qu'il rassemblait de son mieux, il laissait échapper des sons métalliques, peut-être sa langue maternelle. Ne comprenant vraiment pas ce qu'il tentait de lui dire, elle avança en direction de ce qui ressemblait, au loin dans la salle obscure, à un filet de jour.

— Est-ce qu'on est dans le temple de la déesse Vina, ici ? interrogea-t-elle en continuant à marcher.

L'éclat de son sabre léchait les hautes colonnes dorées. Biouk rebondissait devant elle, comme pour la décourager de continuer.

— Connais-tu la déesse ? Ton peuple est-il à son service ?

Le rai de lumière se précisait. «C'est une porte!» Elle posa une main sur le battant. La texture de cette porte était semblable à celle du corps de Biouk.

Le jeune robot rebondit frénétiquement autour d'elle. Telles des billes marbrées, ses yeux grossissaient puis rétrécissaient à une folle cadence. Sa manière à lui, sans doute, de manifester son émotion.

— Toi pas! Toi pas!

Storine haussa les épaules. Ayant éteint son sabre, elle en fixa le manche sur sa ceinture magnétique, puis elle s'arc-bouta contre le battant. Comme toutes les portes, celle-ci grinça, ce qui sembla la rassurer. Aussitôt, une vive clarté emplit le porche du grand temple. L'air était vif et gorgé d'énergie. Elle se rappela son rêve de la nuit précédente.

«Je suis bien chez les dieux!»

Construit à flanc de montagne, le temple dominait une ville immense constituée de bâtiments aux formes arrondies, au milieu desquels flottait une brume blanche et jaune, tandis que la lumière bleutée de Deana jetait, çà et là, quelques touches d'aquarelle. Des sons profonds et apaisants, «comme ceux des cors», se dit Storine, faisaient vibrer l'air comme l'immense respiration d'un géant invisible.

Émerveillée devant tant de beauté, d'équilibre et de grâce, elle restait bouche bée.

«Quel monde merveilleux!»

Derrière elle, Biouk n'arrêtait pas de baragouiner ses onomatopées auxquelles elle ne comprenait rien. Elle se retourna pour l'interroger, quand la lumière du ciel s'obscurcit tout à coup. La jeune fille n'eut pas le temps de se poser la moindre question. Une dizaine de quilles géantes l'entourèrent brusquement; leurs multiples bras ressemblaient à des tentacules et leurs visages, à ceux de sévères soldats.

Un de ces «soldats» emprisonna son corps dans ses longs tentacules. Puis, elle fut soulevée du sol et emportée dans le ciel comme un fétu de paille.

Éridess ne sentait plus ses jambes. Son mnénotron rabattu sur les yeux, il ne se préoccupait ni du champ de pyramides, ni des éclairs menaçants qui s'amoncelaient à leurs sommets. Depuis des heures, il marchait. Au début, il avait pris la direction du nord. Mais de pyramide en pyramide, chacune distante d'environ deux cents mètres, il devait se rendre à l'évidence : ce paysage monotone était bien foutu, comme le dirait Storine, de s'étaler sur des dizaines, voire des centaines de kilomètres. Il s'en rendait compte avec une sorte de rage froide et marchait non plus pour atteindre un but précis, mais bel et bien pour se laisser mourir d'épuisement. Sans Storine, la vie ressemblait à ce vaste champ semé de pyramides : une étendue vide et glacée, même si la chaleur de Deana le faisait transpirer à grosses gouttes ; même si les détonations, si régulières qu'elles semblaient le fruit d'une gigantesque horlogerie de précision, battaient la mesure sous le ciel embrumé.

Il se serait sûrement conduit avec plus de prudence s'il avait su qu'une dizaine de caméras invisibles l'accompagnaient dans son errance, et, surtout, que Storine pouvait le voir, en direct et en trois dimensions, sur une projection holographique.

— Ainsi, depuis notre arrivée sur votre planète vous nous espionnez ! s'insurgea Storine, offusquée par le procédé et, para-doxalement, intriguée et fascinée par les êtres qui l'entouraient.

Après son enlèvement dans les airs, elle avait été conduite dans un second bâtiment dont la forme géométrique lui était inconnue. Il s'agissait d'une grande salle hypostyle.

Cet hémicycle solennel, aux dorures anciennes polies par le temps, résonnait de sifflements aigus et de sons incompréhensibles au commun des mortels : la langue de ce peuple de robots intelligents et cultivés, les maîtres de cette partie de la planète, qui répondaient au nom bizarre de «Totonites».

Une trentaine de ces grands robots étaient rassemblés. Contrairement à ses ravisseurs, ceux-ci ressemblaient à des humains auxquels il ne manquait ni bras, ni jambes, ni mains. Ils arboraient de belles têtes nobles, certaines chauves ou coiffées de casques, d'autres étrangement chevelus ; des cheveux stratifiés aux reflets bleus, verts ou ocre, moulés différemment pour chacun d'eux, comme une lointaine et parfois grotesque imitation des coiffures humaines. Sculptés dans un métal très mince, leurs traits avaient la souplesse et l'expressivité d'un visage humain. Leurs poitrines athlétiques revêtues de toges à plis multiples leur donnaient l'air de magistrats, ce qu'ils étaient peut-être, car il se dégageait de cette assemblée une sensation de puissance, de sagesse et de sérénité. À force de les écouter débattre entre eux, Storine crut un moment saisir la portée de leurs discours.

Elle ferma les yeux et se concentra. Cette compréhension qu'elle avait de la langue totonite était purement émotionnelle. Sans en reconnaître toutes les nuances idiomatiques, elle en percevait le sens global. Repensant à ce que Santus lui avait révélé à bord du *Mirlira II,* elle songea à son implant cervical. « Ce doit être grâce à lui que je peux « sentir » ce qu'ils se disent. »

— Nous ne sommes pas des ennemis ! clama-t-elle soudain à haute voix, dans leur propre langue.

Les conversations cessèrent brusquement ; leur écho nourrit pendant encore quelques secondes l'air vif du grand hémicycle. Où était passé Biouk ? Et, surtout, Griffo ? Les robots, sans doute les sages de ce peuple, la dévisagèrent. Debout au centre du péristyle, Storine se sentait toute petite et ridiculement vulnérable, parmi ces êtres dont le plus petit mesurait près de deux mètres vingt. Elle s'en voulut, car il ne fallait pas. Après tout, elle était la fille de Marsor le pirate et l'Élue de Vina.

Elle comprenait à présent que les dieux ne vivaient pas sur Ébraïs. Cette cité, Totonia, était la métropole de cette race de grands robots à forme humaine, et si l'on en jugeait par l'expression de leurs visages, ils ne semblaient pas très heureux à la perspective de se faire envahir par des êtres venus d'une autre dimension. Devant elle, la projection holographique géante continuait à diffuser des images de leur arrivée sur Ébraïs.

Storine revit leur navette entourée par la bulle d'énergie envoyée par la déesse pour les protéger ; elle revécut le premier assaut des créatures de pierre.

« Ce sont des Cristalotes », lui dit, un des robots.

Cristalotes et Totonites se partageaient donc la planète. Deux races opposées, l'une guerrière et sauvage, l'autre pacifique, éclairée et instruite. « Et nous, au beau milieu ! » se dit Storine en se demandant pourquoi la déesse l'avait guidée jusque chez les Totonites.

Lorsque les projections holographiques montrèrent leur découverte de l'oasis, puis celle des roches à jus, les sages Totonites, effrayés, s'exclamèrent :

— Vous avez bu le contenu de ces roches rouges !

— On avait soif. C'était bon.

Une clameur indignée s'éleva dans l'hémi-cycle, si puissante que les colonnes trem-blèrent sur leurs socles. Un des robots, le même que celui qui lui avait déjà adressé la parole en ésotérien, lui expliqua que ce qu'ils avaient pris pour du jus était, en fait, le sang primal des cristalotes. Les roches rouges étaient, quant à elles, les matrices femelles à l'intérieur desquelles les embryons cristalotes se développaient jusqu'à leur naissance.

— Ces pierres étaient donc des sortes d'œufs !

Storine eut un haut-le-cœur.

— Pas étonnant qu'ils aient cherché à nous détruire.

Que dire de plus ? On s'excuse ! On ne savait pas ! Nous sommes des étrangers de passage ! Des sauvages incultes !

Les discussions en langue totonite repri-rent de plus belle. Les sages débattaient à présent des conséquences de ces actes de bar-barie, et, plus grave encore pour leur peuple, de la présence de ces humains aux mœurs dégénérées qui pouvait entraîner une action militaire punitive des Cristalotes contre leur cité.

Totonites, Cristalotes : ces noms faisaient sourire Storine. Pourtant, l'heure n'était pas à la plaisanterie. Éridess réapparut sur l'image holographique. Le ton des échanges monta d'un cran. Lorsque le grand robot s'adressa de nouveau à elle en ésotérien, Storine remarqua le ton grave de sa voix, ainsi que la puissance de sa stature. Était-il le chef des sages ou bien une sorte de prélat parmi tant d'autres ? Sa longue toge cendrée, rehaussée de fil d'argent, cachait à peine les miroitements de couleurs qui éclairaient son torse comme un kaléidoscope permanent. Toujours est-il que la présence d'un être qui parlait sa langue était rassurante. Ses traits d'acier, bien découpés, exprimaient une noblesse un peu raide. « Le genre d'homme – oups ! de *robot* –, songea Storine, qui sait ce qu'il veut et comment l'obtenir. »

— Mademoiselle… (cette manière de s'adresser à elle la stupéfia), votre ami Éridess constitue un danger pour notre société.

Avant qu'elle ait pu protester, il leva un bras.

— Voyez-vous, l'appareil qu'il porte en visière sur le front crée des interférences avec notre centrale. En un mot, il perturbe la bonne transformation des énergies. Ces perturbations ont déjà créé des brèches dans nos boucliers de défense.

« Nul besoin de dessin pour comprendre l'importance primordiale de ces pyramides de métal dans le bon fonctionnement de leur société, se dit Storine. Aussi vitales pour eux que l'eau pour nous. Ainsi donc, ces boucliers d'énergie dont parle le robot les protègent des Cristalotes. »

— Mais Éri ignore cela ! Il n'a aucune intention hostile. Il ignore même votre existence !

Les sages reprirent leurs débats. Certains proposèrent des mesures d'urgence ; d'autres, dont le grand robot faisait partie, souhaitaient poursuivre l'interrogatoire de la petite humaine. Tout en lui perturbait Storine. Sa façon de la regarder, sa voix grave et plus encore, sa manière de s'exprimer en ésotérien, avec grâce, pondération, et avec un accent parfait.

La projection holographique se poursuivait. Storine sentit son cœur sauter dans sa poitrine.

— Griffo ! s'exclama-t-elle en voyant apparaître la silhouette familière de son lion blanc.

Le fauve déambulait librement dans la basse-ville, au milieu d'une population de robots effrayée par une telle apparition dans leurs rues. Les commentaires totonites à son sujet firent frémir Storine d'indignation.

— Ce n'est pas un monstre ! tonna-t-elle. Griffo est mon ami ; lui non plus n'a aucune intention hostile à votre égard !

Ils la dévisagèrent. Leurs regards étaient lourds de reproches. Le sage totonite reprit la parole.

— Ce lion blanc est apparu dans nos murs aussi soudainement que vous dans notre temple. Aussitôt après, des animaux de chair et de sang ont surgi. Le lion les a dévorés.

Ce n'était ni une accusation ni une question : simplement une constatation avec, cependant, une vive curiosité dans le ton. Storine perçut même un inquiétant sous-entendu.

« Il se demande pourquoi trois membres de la race humaine ont fait irruption dans leur monde. »

Le grand robot la dévisageait. Storine soutint son regard sans ciller. Derrière eux, les conversations reprirent, plus animées que jamais. La jeune fille crut comprendre qu'ils allaient envoyer des « troupes » ou en tout cas des sortes d'agents de sécurité pour empêcher Griffo et Éridess de nuire.

Soudain, elle eut très peur.

«Je ne sais ni comment ni pourquoi, mais ces robots ont une âme semblable à la nôtre. Si Griffo se sent menacé, il utilisera la force de son glortex ! Et que vont-ils faire à Éri ? »

Elle s'approcha du grand sage qui tentait de faire entendre sa voix dans le tumulte.

— Je vous en prie, n'usez pas de violence, sinon je ne réponds de rien.

Le grand robot – il mesurait près de deux mètres cinquante – posa une main sur son épaule.

— Nous sommes un peuple pacifique. Je me nomme Var Korum.

À cet instant précis, Storine sentit que ce robot n'était pas son ennemi. Elle comprit aussi qu'il en savait davantage que ses congénères sur les humains, et qu'il avait une idée précise derrière la tête.

Les sages Totonites se tournèrent en bloc dans sa direction. Un de leurs «agents de sécurité», muni de longs tentacules, surgit et enleva la jeune fille dans les airs.

Var Korum s'interposa.

En vain.

La sentence venait de tomber.

6

Prisonniers

Storine fut jetée dans une cellule. Un espace de trois mètres sur quatre, totalement nu, dont les murs froids produisaient leur propre lumière. L'endroit ne dégageait aucune odeur animale ou végétale, et la luminosité était trop crue à son goût. On lui avait, par contre, laissé son sabre. « À croire qu'ils ne savent pas à quoi ça sert ! » Après un rapide examen des lieux, Storine constata que la seule voie d'accès, outre la porte, consistait en une petite lucarne percée dans une des parois, à plus de vingt mètres du sol.

— Par les cornes du Grand Centaure ! s'écria-t-elle en frappant rageusement la porte du poing.

Elle se rendit très vite compte que sa réaction manquait de maturité. Alors, elle s'age-nouilla dans un des angles de la pièce et se concentra sur l'image de Griffo. « Où es-tu, mon bébé ? Comment allons-nous nous en sortir, cette fois ? » Pourquoi la déesse l'avait-elle mise dans une pareille situation ? Elle y réfléchit tant et si bien que cette question obsédante l'empêcha d'entrer en contact avec son lion blanc.

L'étoile Deana baissait à l'horizon, colorant le ciel de jolies teintes pourpres et bleues, lorsque la porte de la cellule grinça sur ses gongs, Storine, qui tentait autant que possible de garder les yeux clos à cause de la lumière trop vive, distingua une silhouette que l'on poussait dans la cellule.

— Éri ! s'exclama-t-elle, soulagée.

Toujours chargé de ses sacs, l'adolescent s'écroula sur le sol dallé en geignant de douleur.

Revoir, en chair et en os, celle qu'il croyait perdue à jamais le priva momentanément du sens de la parole. Ils restèrent là, à se dévisager bêtement, contents l'un l'autre de se revoir mais sans oser se le dire ou se l'avouer. À l'éclat de ses yeux noirs qui brillaient plus que d'habitude, Storine sentit que son ami était ému. Elle fut tentée de lui prendre la main. Son besoin de toucher autre chose que du métal, de sentir une odeur humaine était très fort. La gorge serrée, elle ne parvint qu'à lui sourire à demi, de ce sourire fraternel qui le rendait mélancolique. Puis, elle l'aida à remettre de l'ordre dans ses sacs.

Éridess était habitué à la retenue naturelle avec laquelle Storine le traitait. Il ravala son amertume et se contenta de lui montrer le mortier que les robots, par ignorance ou par stupidité, lui avaient laissé. Il n'y eut aucun geste, aucun mot. Et, tandis qu'ils dressaient un inventaire exhaustif des effets qu'il leur restaient, chacun fit semblant d'ignorer la tristesse ou la gêne de l'autre.

La nuit était tombée depuis longtemps, sans que la vive luminosité de la cellule changeât pour autant. Brisant enfin ce silence qui menaçait de s'éterniser, Éridess s'emporta :

— Mais enfin, que nous veulent-ils ? D'abord, tu me dis qu'on est chez Vinor et Vina. Que la déesse t'a guidée. Pourquoi, dans ce cas-là, sommes-nous traités en ennemis ? Ils me sont tombés dessus sans crier gare. Je te jure, c'était pas reposant ! Là où je ne comprends plus, c'est pourquoi ils nous ont laissé nos affaires !

Il fouilla dans le sac de Storine et en sortit la petite couronne ciselée, offerte par Lâane et Florus.

— On va moisir ici. Ah ! elle est bonne, ta déesse !

Storine releva la tête. L'espace d'une seconde, elle prit entre ses doigts le médaillon que lui avait offert Solarion sur la planète Delax.

— On est foutus uniquement si on pense qu'on l'est !

Son père disait souvent que face à toute situation d'urgence, il y a plusieurs angles d'approche.

Marsor le pirate se souvenait-il d'elle ? Que faisait-il en ce moment ? Storine revit, dans sa mémoire, la masse imposante du *Grand Centaure*, le vaisseau de proue de la flotte pirate. « Quand j'étais plus jeune et que je vivais des situations difficiles, je croyais que le *Grand Centaure* pouvait surgir, me sauver et régler tous mes problèmes. C'était un rêve. Une illusion. Aujourd'hui, je sais bien que je dois me débrouiller toute seule. »

— Dis, tu as faim ? lui demanda Éridess.

La tête entre ses bras, Storine revit en pensée la fantastique silhouette du vaisseau de son enfance. Elle ressentit sa force, sa noblesse, sa puissance, et goûta une fois encore à ce sentiment de bien-être et de sécurité totale qu'elle connaissait jadis et auquel elle aspirait tant. L'émotion était si vive qu'elle frissonna.

— Et puis, il n'y a pas de toilettes ! se plaignit son ami. Tu l'as remarqué, ça ?

Mais la jeune fille était emmurée dans son silence. Cette attitude était bien conforme à son esprit obstiné et à sa façon de toujours l'exclure de sa vie.

« De toute manière, se dit-il, je n'ai pas envie. Et puis, j'ai ni faim ni soif. »

Cette constatation plutôt encourageante, considérant leur situation, l'inquiéta au lieu de le rassurer. Il se demandait depuis combien de temps il n'avait pas bu ni mangé, quand une brûlure soudaine le fit crier de douleur.

« Mon bras ! »

Depuis que, sur la planète Delax, Lâane et Florus avaient mené sur lui une toute nouvelle expérience de régénération cellulaire, Éridess éprouvait des douleurs presque constantes.

« C'est normal, l'avait prévenu Lâane. Le processus sera long et douloureux. Ton bras gauche va repousser. Mais des veines, des os, des muscles, ça ne se régénère pas en claquant des doigts. »

Éridess, qui voulait par-dessus tout rede-
venir un adolescent normal, avait accepté les
risques.

« J'ai été stupide ! Avant de trahir Sto,
j'aurai dû penser à ça. Je croyais tellement
que nous allions mourir tous les deux ! »

Comme la douleur avait encore monté
d'un cran, il fouilla dans son sac, à la recherche
de son injection de pellastiline, une substance
mise au point par leurs deux amis.

« Deux apprentis scientifiques ! » se dit
Éridess avant de constater, terrifié, que ses
cartouches de médicament avaient disparu.

Après sa fugue de ce que l'on pourrait
appeler, dans la langue totonite, une « école »,
et sa rencontre fortuite dans le temple avec
cette drôle de créature qui portait sur la tête
de longs poils orange, Biouk était rentré chez
lui. Sachant que son tuteur reviendrait tard
du sénat, l'enfant-robot fit le moins de bruit
possible en rebondissant dans l'entrée de leur
logement.

D'où venait cette créature dont la voix
chantait encore à ses oreilles ? Elle était si dif-

férente de tout ce qu'il avait connu jusqu'à présent qu'il se sentait incapable d'étudier.

« Sa peau était douce et tiède. »

Dévoré par la curiosité, il se demandait également pourquoi les Sages étaient venus l'enlever sur les marches du temple. Il se doutait bien que la présence d'une créature semblable ne pourrait pas passer inaperçue dans la cité. Malgré cela, et sans doute parce qu'il était encore jeune et naïf, il avait espéré la conduire chez lui en cachette.

Par une de ces associations d'idées qui faisaient dire à ses camarades robots qu'il était « bizarre », Biouk songea à son tuteur et à ses travaux scientifiques. Tendant l'oreille, il s'assura qu'il était bien seul. Puis, il rebondit doucement en direction du bureau de celui qui, dans la société totonite, lui tenait lieu de père.

Biouk se posait des milliers de questions. Ses copains, eux, n'en éprouvaient ni l'envie ni le besoin. C'est une des choses qui le caractérisaient et dont il était très fier, même si ça n'était pas toujours facile à vivre au quotidien.

Dans la pièce aseptisée se trouvaient de nombreux instruments de mesure ou d'observation, mis au point par son tuteur. Biouk aimait se tenir à ses côtés, la nuit, pour assister aux travaux de son aîné. Il ne disait rien, ne bougeait pas ; il ne faisait qu'apprendre. La connaissance coulait dans son âme, tel le jus des roches rouges des Cristalotes dont son tuteur lui avait parlé. Et il s'en abreuvait.

« Je ne veux pas rester inculte et idiot comme mes copains ! »

Biouk se rappelait avoir vu des sortes de plans ou de gravures dans le bureau de celui qu'à défaut de père – concept inconnu à Totonia –, il appelait affectueusement Varum. À ce nom, une douce chaleur inonda sa poitrine. Un observateur extérieur aurait alors observé des changements de teintes sur son corps de métal. Var Korum enseignait à Biouk. Depuis que le petit avait l'âge de se faire des souvenirs, c'était la corpulence et le visage de ce grand robot qui apparaissaient sur l'écran de sa conscience.

L'enfant mit finalement la main sur deux plaquettes métalliques sur lesquelles avaient été gravés des symboles. En les examinant de plus près, il réalisa que ces symboles étaient en fait des dessins. Des dessins de créatures comme celle qu'il avait rencontrée dans le temple. Bouche bée, ne sachant quoi penser, l'enfant-robot ne pouvait pas détacher son regard de ces corps si différents de ceux de sa race ; très différents, même, des Cristalotes, leurs ennemis.

Un bruit sourd le tira de ses réflexions.

— Ainsi, tu as trouvé mes gravures, déclara une voix grave.

Comme Var Korum n'avait pas l'air trop fâché, Biouk, qui était une véritable machine à questions, lui demanda pourquoi. Pourquoi ça et ça et ça et ça. À tel point que le grand robot éclata de rire.

— La jeune humaine se nomme Storine, Biouk. Elle vit dans cet autre univers, parallèle au nôtre, dont je t'ai déjà parlé.

L'enfant se rappelait que son tuteur, une sommité totonite en matière d'histoire, de sciences et d'anthropologie, lui avait appris que des « gens » vivaient sur la grande planète Delax, mais qu'ils y vivaient sur un plan vibratoire différent de celui sur lequel ils vivaient eux-mêmes.

— Ça veut dire qu'ils ignorent que l'on existe et vice versa ?

— Sauf si l'on possède la technologie adéquate pour les étudier, ce qui est justement notre cas, répondit son tuteur.

Cette notion d'univers parallèle n'était pas très claire dans l'esprit de Biouk. Et à cet instant, il était bien plus intéressé par la « créature orange ».

— Où est-elle, maintenant ?

Var Korum garda le silence. Comme il s'agissait d'une attitude peu habituelle chez lui, Biouk répéta sa question. Le grand robot était très embarrassé. Le conseil des sages avait jugé la « créature et ses deux complices » coupables d'avoir troublé l'ordre public. Le compagnon de Storine avait été appréhendé et jeté en cellule. Quant au grand lion blanc, il posait aux services du maintien de l'ordre un tout autre problème.

— Que va-t-on faire à Storine ?

Cette question aussi posait un problème. L'esprit totonite voulait qu'une situation soit examinée et analysée sous tous ses angles avant que le conseil des sages puisse émettre une hypothèse de solution. Le grand robot se pencha sur ses travaux. Ses gravures, découvertes dans des caches situées à proximité du Mur du Destin, annonçaient, en langue vinorienne, la venue sur Ébraïs d'une jeune fille, d'un adolescent et d'un lion blanc. À ce stade de ses travaux, il n'était pas encore en mesure d'appréhender en entier le dessein des dieux. Plusieurs éléments lui manquaient encore avant qu'il puisse affiner sa théorie.

— Je vais devoir interroger ces humains, déclara Var Korum d'une voix sourde.

Il savait que pour y parvenir, il allait devoir entrer en conflit avec le conseil des sages.

« Mon bébé… »

Le bébé en question mesurait un mètre soixante-dix au garrot et pesait plus de sept cents kilos. Le grand lion blanc déambulait toujours dans un des quartiers de la cité robot. Storine, qui s'était assoupie, vivait une étrange expérience de voyage hors de son corps. Elle était à la fois consciente de son enveloppe de chair, retenue prisonnière dans la cellule en compagnie d'Éridess, et de son esprit, libre de toute entrave, qui embrassait la cité tout entière, et particulièrement cette zone dans laquelle les Totonites avaient isolé Griffo.

Dans une sorte d'éclatement de lumière, Storine se fondit à l'esprit du grand lion blanc. Instantanément, elle ressentit le poids de son corps ; ses puissantes pattes, l'air soufflé par ses naseaux, la chaleur de ses muscles tendus, la course de son sang dans ses veines.

« Je suis là… »

Le fauve tressaillit. L'odeur de sa petite maîtresse était si forte à ses côtés que, d'instinct, il la chercha autour de lui avant de s'apercevoir qu'elle n'était présente qu'en esprit. Il secoua sa crinière et poussa un joyeux rugissement. Depuis cette violente explosion qui les avait séparés, il parcourait des rues droites, propres et luisantes de soleil, à sa recherche. Des rues vides, car les habitants de cette ville semblaient le fuir.

Il avait eu faim et une dizaine de grosses cailles étaient apparues, presque sous ses griffes. Surprises autant que Griffo lui-même de se retrouver aussi soudainement entre les pattes d'un lion blanc, elles moururent en poussant de pathétiques piaillements de stupeur.

« Griffo… »

Le fauve sentit que sa maîtresse était retenue prisonnière dans une cellule en compagnie d'Éridess. Storine lui expliquait dans quelle direction se trouvait le bâtiment dans lequel ils se trouvaient, quand le contact fut brutalement interrompu.

Le gémissement que poussa Éridess tira Storine de sa transe. Elle se leva d'un bond, resta un moment étourdie de s'être redressée aussi vite, puis elle se rua sur le garçon, qui venait d'anéantir son contact avec Griffo.

— Espèce de…

Devant le teint blême et les tremblements de son ami, elle se tut, soudain libérée de toute colère.

— Qu'as-tu ?

Enroulé dans sa couverture thermique, Éridess haletait péniblement. Il tenta de parler. Une écume blanchâtre lui monta aux lèvres.

— Tu es malade ?

Un coup d'œil à son moignon gauche lui révéla la vérité.

— Ton bras ?

Se souvenant qu'Éridess lui avait parlé d'une injection que lui avait donnée Lâane, elle se mit à fouiller dans les sacs.

— Perdues…, bredouilla l'adolescent en serrant les dents.

— Tu as perdu tes injections !

Éridess avait l'air si mal en point que Storine sentit ses mains devenir moites. Elle avala péniblement sa salive.

— Que puis-je faire ?

Son cœur s'affola. Éridess allait-il mourir, là, sans qu'elle puisse rien faire pour l'aider ? Elle se jeta contre la porte de la cellule, la frappant du poing.

— Ouvrez !

Deux minutes plus tard, sa fureur passée et les mains douloureuses, elle comprit que les Totonites ne les aideraient pas. Les tempes mouillées de transpiration, elle avisa leurs sacs que, dans sa hâte, elle avait complètement vidés. Deux objets se détachèrent du fouillis. Éridess étouffa un gémissement à fendre l'âme.

Elle ramassa le *Livre de Vina* et la petite couronne ciselée. Se laissant guider par son instinct, elle feuilleta le livre comme s'il s'agissait d'un dictionnaire médical contenant quelque potion qui pourrait soulager son ami.

Éridess se mit à claquer des dents. Storine posa une main sur son front.

— Tu es brûlant de fièvre.

— Je… j'ai froid, bredouilla-t-il.

Elle s'agenouilla à ses côtés et le tint serré dans ses bras comme un enfant. Comme il se mettait à trembler de plus belle, elle résolut d'étudier la couronne dorée. Que lui avait dit Lâane en la lui offrant ?

— Elle m'aidera… Oui, mais à *quoi* ?

Elle s'en voulait à mort d'avoir aussi peu de mémoire. Jetant le *Livre de Vina* contre le mur, elle s'exclama :

— Les dieux se fichent de moi !

Prise aussitôt de remords, elle se leva pour ramasser le précieux manuscrit. En le rouvrant, elle tomba par hasard sur une illustration qu'elle n'avait jamais vue auparavant. Face à ce nouveau mystère, elle demeura perplexe, car l'ancienne gravure montrait une jeune fille qui planait dans les airs.

« Ah bon ! » se dit Storine.

Un détail, cependant, la laissa figée de surprise.

— La fille, sur l'illustration, porte une couronne ! jubila-t-elle, sous l'œil fiévreux d'Éridess.

Le visage fermé, signe qu'une idée germait dans son esprit, elle posa la fine couronne sur sa tête et s'approcha d'Éridess.

— Explique-moi où tu as perdu tes injections en forme de cartouches.

Lorsqu'elle fut certaine d'avoir bien compris, elle revêtit le gros anorak de son ami.

— Ton mnénotron peut-il m'aider à retrouver cet endroit ?

L'adolescent n'eut pas la force de lui répondre, mais elle lut dans ses yeux que c'était possible. Elle lui ceignit le front de l'appareil. Rassemblant ses dernières forces, Éridess entra mentalement dans le mnénotron et le programma de manière à ce qu'il indique

à Storine l'itinéraire exact de son cheminement à travers les champs de pyramides.

Elle reprit la visière puis s'empara du
mortier laser. Serrant sa main dans les siennes,
elle lui promit :

— Surtout, reste en vie. Je vais revenir.

Un court instant, cette promesse l'effraya.
Elle avait promis tant de choses à tant de gens
sans pouvoir honorer ses engagements ! Elle
mordilla le grain de beauté qu'elle avait sous
la lèvre inférieure et répéta, presque avec
rage :

— Je vais revenir !

Elle se positionna dos à la porte et face
au mur extérieur, visa, puis ouvrit le feu. La
paroi explosa en gerbes de flammes.

Il ne lui restait plus, maintenant, qu'à
imiter le sage delaxien de son poème : se jeter
dans le vide et espérer que des ailes lui
poussent dans le dos…

7

La lévito-technologie

Storine sauta.

Son premier instinct fut de retenir sa couronne à deux mains ; sa première pensée : « Je suis la reine des folles ! », qu'elle remplaça immédiatement par une puissante affirmation : « Je ne m'écraserai pas au sol ! » Tout cela en une fraction de seconde, tandis que la paroi métallique du bâtiment basculait à la verticale, qu'une bouffée d'air glacé s'engouffrait sous son anorak, et que son cœur lui remontait dans la gorge.

Ce n'était pas la première fois qu'elle prenait ce genre de risque. Déjà, sur la planète Yrex, et tout dernièrement, au collège impérial de Hauzarex, elle avait expérimenté le « surf mental ». « Cette couronne doit fonctionner

 113

comme une planche de surf. Surtout, ne pas douter. Des ailes. De belles ailes de lumière dans mon dos. »

L'aube bleuissait l'horizon. La brume matinale se posait sur les dômes des toits de la cité robot. Le sol n'était plus qu'à quinze mètres. Autant dire à un dixième de seconde. Enfin, une étincelle blanche illumina son esprit ; elle prit contact avec sa couronne de lévitation. Un instant infinitésimal situé entre le rêve éveillé et la mort, entre la nuit profonde et le jour naissant.

Lorsqu'elle rouvrit les yeux, elle planait, à quelques centimètres du sol, dans une cour dallée parsemée des débris incandescents du mur qu'elle venait de pulvériser. L'axe de son corps penchait légèrement vers l'avant, d'une vingtaine de degrés ; un souffle impalpable la berçait, comme si une fine cordelette la retenait suspendue par la taille. Les deux mains toujours crispées sur sa petite couronne ciselée qui pulsait doucement, émerveillée par ce miracle, « cette technologie ! » corrigea-t-elle mentalement, elle resta ainsi immobile pendant quelques secondes, sans oser respirer.

Mais le moment était très mal choisi pour s'arrêter.

Loin au-dessus d'elle, plusieurs têtes de robots se penchaient déjà par la brèche ouverte dans la paroi du bâtiment. L'aube timide barbouillait le ciel d'épaisses nappes de brume. Ameutées par l'explosion, les sentinelles robots ne tarderaient pas à surgir, avec leurs longs corps de quille et leurs tentacules.

« Partir ! »

Elle s'ordonna mentalement de se redresser. Aussitôt, elle se retrouva à la verticale. Jaillissant à leur tour du mur éventré de sa cellule, trois sentinelles se laissèrent tomber dans le vide. Évitant le premier de justesse, elle fit un écart puis, utilisant ses bras comme un gouvernail, elle se donna l'impulsion nécessaire pour se dégager.

Comme pour le surf mental, ses pensées étaient directement connectées à sa couronne de lévitation. Suivant un processus qui lui était inconnu, celle-ci réagissait à ses impulsions mentales. Comment cette couronne pouvait-elle moduler la force de gravité autour de son corps ? C'était le cadet de ses soucis, l'important étant que cela fonctionne.

Stupéfaits de voir la jeune humaine éviter leurs tentacules, les sentinelles restèrent un moment immobiles, en plein ciel, « raides comme des colonnes ! » songea Storine en retrouvant cette sensation grisante de *posséder* l'espace comme l'oiseau dans le ciel.

Un vol plané, un double saut périlleux sans prendre appui sur quoi que ce soit, une toupie sur elle-même, un bond sur un des dômes voisins, une esquive entre deux tentacules. Elle dansait, nageait, tourbillonnait dans les airs. La sensation était encore plus grisante qu'avec le surf mental ! Les sentinelles se rapprochant un peu trop à son goût, elle dégaina son sabre psychique et se mit en garde.

Après toutes ces heures à se morfondre dans sa cellule, ce combat aérien mettait ses muscles et ses nerfs à rude épreuve. Elle para une attaque, puis deux, faillit se faire happer par un tentacule lancé traîtreusement dans son dos ; puis, elle se laissa tomber en diagonale contre un mur, rebondit dessus avec la grâce d'une ballerine. Au début, par crainte de perdre sa couronne, elle avait retenu celle-ci sur sa tête d'une main. Mais les premières minutes passées, maîtrisant mieux de seconde en seconde les merveilleuses possibilités de cette nouvelle technologie, elle tint son sabre à deux mains, comme une vraie Centaurienne.

Un tentacule jaillit sur sa gauche. Deux sentinelles essayaient de la prendre en sandwich. Elle bascula sur la gauche et leur fila entre les doigts, mais ne put éviter le troisième robot, qui fonçait sur elle à toute allure. La collision était inévitable, à moins que... Storine se pencha sur la droite, passa sous le ventre du robot puis, se redressant juste après son passage, elle se donna un élan, pivota sur elle-même et le décapita d'un coup de sabre bien ajusté.

Le hurlement que poussa le robot fut si inattendu qu'elle faillit en perdre son arme. Sidérées, les deux autres sentinelles enroulèrent leurs tentacules autour de leurs corps en forme de quille ; réaction encore plus surprenante d'autoprotection, peut-être, comme s'ils se mortifiaient de la mort (mais pouvait-on utiliser ce terme ?) de leur camarade.

« Ils avaient qu'à pas me chercher des poux ! » se dit Storine en rabaissant la visière du mnénotron sur ses yeux.

Puis, bien décidée à tenir la promesse faite à Éridess, elle franchit rapidement les limites brumeuses de la cité robot et prit la direction des champs de pyramides.

Griffo leva ses yeux rouges vers le ciel de Totonia et huma l'air vif de l'aube naissante. Depuis des heures qu'il errait dans les larges rues de la cité à la recherche du bâtiment dans lequel Storine était retenue prisonnière, il n'avait pensé qu'à son bonheur de la retrouver. Les habitants de la cité, pourtant puissamments bâtis, fuyaient à son approche. Ces créatures l'intriguaient. D'abord, elles ne dégageaient aucune odeur ; ou alors il s'agissait de fragrances inconnues. Ensuite, leurs poitrines de métal scintillaient de couleurs différentes selon qu'elles éprouvaient de la peur, de l'inquiétude ou de la curiosité. Plusieurs espèce de colonnes d'acier surmontées de têtes rondes l'avaient suivi durant la nuit, mais sans jamais oser s'approcher. Griffo observait le manège de leurs tentacules qui se balançaient autour d'eux, lentement, comme des bras multiples et souples dont les extrémités ressemblaient à des moufles à trois ou quatre doigts.

Agacé par leur présence, il avait rugi. À trois reprises, il les avait chargées, juste pour les effrayer. Les sentinelles s'étaient envolées comme une nuée de corbeaux puis, se regroupant, avaient repris leurs positions sur les toits.

Quand, vers la fin de la nuit, une violente explosion fit vibrer le sol, Griffo, qui avait perdu le contact avec sa jeune maîtresse quelques minutes plus tôt, sentit immédiatement qu'un événement grave venait de se produire. Il perçut l'empreinte mentale de Storine au-dessus des dômes, avant même de voir sa silhouette filer telle une flèche au milieu de l'aube azurée qui se levait enfin pour de bon. Il poussa un rugissement de joie et décida de la suivre…

Le ciel se couvrait de lourds nuages qui assombrissaient de leurs longs doigts de cendre les champs que survolait Storine. Reprogrammé par Éridess, le mnénotron la guidait dans ses recherches. Après l'explosion et la téléportation de Storine et de Griffo dans la cité robot, l'adolescent avait erré pendant des heures et avait suivi un chemin sinueux entre les hautes pyramides de métal.

Storine se positionna parallèlement au sol, si proche qu'en tendant la main, elle aurait pu toucher les mottes de terre gorgées d'eau. L'orage venait de crever les nuages.

Coulant dans son cou, une pluie cinglante lui glaça bientôt le sang.

« Où diable Éri a-t-il perdu ses foutues cartouches ? »

Des éclairs illuminaient le paysage aride et jetaient des langues de feu sur les pyramides. Chargé d'électricité, l'air menaçait d'exploser à tout instant. Storine repensa à ce que lui avait révélé Var Kurom dans l'enceinte des sages. Le mnénotron crée des interférences avec les énormes capteurs d'énergie qui protègent la cité robot de nos ennemis, les Cristalotes.

La jeune fille frissonna. Parfois, l'image tridimentionnelle projetée devant ses yeux se colorait d'un voile rouge, puis elle clignotait. Alors, Storine se rapprochait davantage du sol et fouillait avec ses mains la terre transformée en boue par l'orage. À trois reprises, elle crut sentir sous ses doigts la forme oblongue d'une cartouche, mais elle ne déterra qu'une pierre ou une roche.

Elle commençait à perdre patience quand, le visage ruisselant et les mains glacées, elle retrouva enfin une des cartouches égarées. Elle l'approcha de son visage, la secoua.

« Elle est pleine ! »

Par acquit de conscience, elle fouilla le périmètre sur une surface de six mètres carrés. Sa couronne de lévitation lui permettant de planer en vol stationnaire à vingt centimètres du sol, elle gratta la terre glacée en se haïssant de ne pas avoir de gants.

Soudain, alors qu'elle sentait sous ses doigts une masse dure d'environ trente centimètres de diamètre, elle poussa un cri de stupeur et tomba. Le frémissement du sol, comme s'il était secoué par la main d'un géant, l'inquiéta. Engluée dans une congère de boue, elle tenta de se relever. La couronne ! Portant une main à son front, elle fut soulagée de constater qu'elle ne l'avait pas perdue.

« Repartir ! »

Elle rangea maladroitement la cartouche dans une des poches de l'anorak emprunté à Éridess, puis elle se concentra. Elle s'éleva lentement de terre, tandis que le sol continuait à trembler. Dix centimètres, vingt centimètres… Son ami vivait-il toujours ? En constatant son évasion et la destruction d'une de leurs sentinelles, les Totonites l'avaient-ils tué ? Où était Griffo ?

Quarante centimètres…

Une main de pierre se referma sur sa cheville droite. Émergeant du sol, le Cristalote apparut : d'abord la tête, avec ses yeux de feu, puis le hurlement silencieux de sa bouche grande ouverte. Son crâne ressemblait à un énorme cristal sombre. Enfin sortirent ses épaules, son corps massif et ses membres supérieurs dont le bras, terminé en serre d'aigle, était toujours refermé sur la cheville de la jeune fille. Stoppée net dans son élan, Storine paniqua, puis retomba comme une masse sur la créature.

D'un coup de reins, elle se dégagea de l'emprise du monstre et rampa dans les flaques de boue. Le Cristalote s'étira de trois bons mètres, mais le bas de son corps étant ancré au sol, il ne put que racler furieusement la terre de ses griffes en émettant un grognement sourd. Storine crut avoir le temps de se reprendre, mais d'autres créatures surgissaient déjà sous elle, autour d'elle. Des membres se tendirent pour la broyer. À la lueur spectrale des éclairs de feu qui illuminaient le ciel, elle découvrit l'expression haineuse de leurs yeux. Les arabesques de lumière qui enveloppaient les Cristalotes, telle une vapeur mouillée en suspension, vibraient de teintes brunes, rouges et noires.

Dans un geste de pur réflexe, la jeune fille dégaina son sabre psychique et l'alluma. Au milieu de toutes ces lueurs qui s'entremêlaient, elle abattit sa lame, ébréchant ici une joue de pierre, là une épaule, ici un bras, là un flanc, sans répit, jusqu'à en avoir mal partout.

Elle sentait ses muscles tendus prêts à se rompre. Aussi rouge que les yeux de Griffo, la lame en durallium zébrait les corps de pierre sans atteindre d'organes vitaux. À la pulsion de sa lame, elle réalisa que les Cristalotes, comme ils l'avaient déjà fait lors de leur dernier affrontement, se nourrissaient de son énergie.

« Quand je serai épuisée, ils me déchiquetteront ! »

Un rugissement se fit alors entendre sur la plaine détrempée. Assaillie par le grand lion blanc, la demi-douzaine de Cristalotes fit volte-face. Le fauve trancha les membres les moins résistants, mais il s'égratigna griffes et dents sur leur carapace de pierre. Acculés dos à dos, Storine et Griffo virent avec angoisse se refermer sur eux le cercle des créatures.

La jeune fille éprouvait une joie sauvage à combattre aux côtés de son lion. Enfin, il était adulte ! Enfin, ensemble, ils ne faisaient plus qu'un ! Une première et une dernière fois, songea-t-elle en éteignant son sabre, devenu inutile.

« Le glortex ! »

Comment avait-elle pu oublier cette force vive qui coulait en elle tel un fleuve déchaîné ! Le corps tendu, elle fit appel à la puissance télépathique des grands lions blanc d'Éctaïr. « Si ces créatures éprouvent des émotions, elles craindront le glortex ! » Percevant les pensées de sa jeune maîtresse, Griffo l'imita. Bientôt, l'air des alentours se chargea de cette énergie tumultueuse. Storine connaissait parfaitement les premiers symptômes éprouvés par leurs ennemis : difficulté à respirer, effroi, tremblements incoercibles, terreur distillée tel un poison dans l'ensemble du corps, la démence, puis, enfin, la mort, quand explosaient les veines du cerveau.

Mais les Cristalotes ne respiraient pas. Et si un liquide quelconque coulait dans leurs veines (si veines il y avait !), il ne s'apparentait pas au sang humain. Rendu furieux par son impuissance, Griffo rugissait comme un diable, les griffes plantées dans le sol boueux.

« Nous sommes perdus ! » songea Storine, alors qu'une créature se matérialisait au-dessus de ses épaules.

Un son très aigu retentit soudain, semblable à une vibration ténue, presque inaudible, qui écorchait les oreilles de Griffo.

Assourdi, le fauve poussa un grondement de douleur. Moins exposée que lui à cette vibration qui ressemblait davantage à un ultrason, Storine leva la tête et aperçut, entre deux éclairs et les bourrasques de pluie toujours aussi glacées, la silhouette d'un appareil de transport.

Effilé comme une aile d'aigle, le flanc du scout'air percuta le Cristalote le plus menaçant. Les moteurs de l'engin crachèrent. Une fumée âcre se répandit en longues banderoles dispersées par les vents.

— Montez !

Une silhouette de métal se découpait sur le clair-obscur de l'orage. Storine sentit qu'une poigne solide la tirait vers le haut. L'axe du scout'air bascula vers l'arrière quand le lion blanc planta ses griffes dans la coque. L'instant d'après, l'appareil partit en trombe, renversant d'autres Cristalotes. Enfin, il se dégagea et prit de l'altitude. Affalée sur une sorte de siège en mousse dure, Storine reconnut Var Korum, le grand sage totonite. Le robot esquissa un sourire triomphant.

— La prophétie s'est réalisée ! s'écriat-il pour couvrir le grondement du tonnerre.

Les doigts de sa main droite crispés sur le manche de son sabre psychique, la jeune fille lui rendit son sourire. Elle ne comprenait rien à son histoire de prophétie. Éridess allait être soigné. Griffo était de nouveau à ses côtés.

Satisfaite, elle perdit connaissance.

8

Le pôdre

Storine s'éveilla, la faim au ventre. C'est, en tout cas, ce qu'elle crut durant les quelques minutes pendant lesquelles elle resta immobile, les paupières closes, à se remémorer les derniers événements. Avait-elle réellement plané dans le ciel en utilisant une couronne de lévitation ? Avait-elle fouillé la terre de ses mains nues pour retrouver les satanées cartouches d'Éridess ? L'attaque des Cristalotes, l'intervention de Griffo puis celle, encore plus surprenante, de Var Korum, ne relevaient-elles pas d'une hallucination ?

Un joyeux coup de langue en travers de son visage lui prouva le contraire.

— Griffo ! s'exclama-t-elle joyeusement en entourant de ses bras la grosse tête blanche de son lion.

Il lui fallut écarquiller les yeux tout grands avant d'accepter l'idée qu'elle se trouvait dans un lit immense, puisque Griffo y était étendu à ses côtés. Il devait facilement mesurer quatre mètres de large sur cinq de long! Ce lit, au matelas dur comme la pierre, constituait le seul meuble d'une chambre plus vaste encore dont les murs, le sol et le plafond, revêtus de plaques d'un métal aux reflets bleutés, s'ouvraient face à elle sur une large baie devant laquelle flottaient de longues draperies jaunes.

D'humeur joyeuse, Griffo voulait jouer. Storine en fut heureuse, car cela prouvait hors de tout doute qu'il ne lui en voulait pas de l'avoir, bien malgré elle, arraché à ses femelles et à ses petits sur Delax.

Ils se bagarrèrent donc sur le lit, roulant l'un par-dessus l'autre pendant quelques minutes, le temps nécessaire pour qu'elle reprenne contact avec la réalité, qu'elle redécouvre le plaisir de se retrouver seule avec son lion et le bonheur de vivre l'instant présent sans être forcée de craindre pour sa vie.

Lorsque, toute essoufflée, elle retomba, vaincue, à plat dos sur le matelas de pierre, Griffo exigea un massage. La jeune fille souffla sur les mèches rouge orangé qui barraient son front, et enfonça ses doigts dans la longue crinière chaude. Presque aussitôt, le fauve se mit à gronder de plaisir, puis à ronronner. Tous deux bercés par ce ronron à la fois tendre et sauvage, ils se détendirent, ce qui permit à Storine de laisser vagabonder ses pensées.

« Il y a pas de draps à ce lit. Cet endroit ne ressemble pas à une prison. Var Korum a dû m'y transporter quand je me suis évanouie. J'ai gardé mes vêtements, sauf l'anorak d'Éri. Dans la poche de l'anorak, il y avait la cartouche de pellastilline. Où est passé le mnénotron ? Et mon sabre ? Et ma couronne ? »

Du bout du pied, elle tâta le matelas et heurta un objet en forme de croissant de lune.

« Au moins, ils n'ont pas pris ma couronne ! »

Elle se revit, en pensée, dans le laboratoire du collège de Hauzarex. Lâane et Florus lui demandaient de se prêter à quelques expériences d'ordre cérébral. Elle comprenait, aujourd'hui, à quoi avaient servi ces expérimentations.

Les doigts douloureux à force de caresser la rude crinière du fauve, elle décida qu'il avait eu assez de câlins.

— Allez, espèce de gros tas de poils, ça suffit comme ça !

Mais Griffo ne l'entendait pas de cette oreille. Il lui donna de légers coups de tête, puis, comme elle restait inerte, allongée sur le dos, il lui mordilla le poignet. Réagissant plus violemment qu'elle ne l'aurait voulu, elle lui claqua le flanc du plat de la main et se leva d'un bond.

— J'ai dit assez ! En plus, tu pues !

Prise d'un doute subit, elle enfouit son visage dans la blancheur rugueuse de la crinière, puis elle renifla ses propres vêtements tachés de boue qui avaient séché sur elle pendant son sommeil.

— Désolé, mon bébé. Ce n'est pas toi qui pues, c'est moi !

Ruisselant à l'extérieur de sa chambre, un écoulement d'eau régulier attira son attention. Depuis son réveil, l'air vif qui pénétrait du dehors par les épaisses tentures jaunes amenait à ses narines des senteurs d'iode. Attirée par le claquement sec des rideaux qu'agitait un vent léger, elle marcha jusqu'à l'ouverture béante creusée dans le mur, en face de son lit.

Elle souleva la lourde draperie et découvrit, avec plaisir, une terrasse qui surplombait la cité totonite. Zébré de nuages encore gonflés de pluie, le ciel ressemblait à une immense aquarelle mouillée. Émerveillée par tant de beauté et de grâce, elle songea que de toutes les planètes qu'elle avait visitées, Ébraïs possédait les plus beaux ciels qu'elle ait jamais vus.

« Ce qui ne règle pas mon problème d'odeur… »

Il avait plu, durant la nuit. S'écoulant des toits, des filets d'eau cascadaient joyeusement à chaque extrémité de la vaste terrasse. Se souvenant que sa chambre ne comprenait aucune salle de bains visible, elle se rapprocha de la rampe.

Construite à flanc de montagne, Totonia s'étageait en degrés dans un fourmillement parfaitement ordonné de bâtiments de formes diverses aux parois ruisselantes de lumière. Du promontoire sur lequel elle se tenait, il était impossible d'embrasser la totalité de la cité en un seul regard, à cause des nappes de brumes errantes qui s'amusaient à cacher, là un dôme, là une façade et, plus loin, un quartier au complet. Les appels profonds des cors, provenant de quelque tours, planaient dans l'air telles les vagues infatigables d'une marée invisible.

«Ça ne me laisse pas d'autre choix que de…»

Elle prit une profonde inspiration, puis marcha résolument en direction de l'écoulement d'eau le plus proche, en s'assurant qu'aucune autre chambre ne s'ouvrait sur cette terrasse. La cascade d'eau de pluie se décomposait en millions de gouttes multicolores. Elle plaça sa main sous le jet et but avidement l'eau fraîche et pure.

— Griffo?

Lorsque le lion, accourant à toutes pattes, dérapa à quelques centimètres d'elle et s'amusa à lui mordiller gentiment les chevilles comme il le faisait lorsqu'il était plus jeune, elle lui envoya, histoire de jouer elle aussi, ses bottines en pleine figure.

— Je n'en peux plus, je prends une douche! Avertis-moi si quelqu'un approche.

Elle ôta ses vêtements sales, ne gardant autour du cou que le médaillon que lui avait remis le prince Solarion. Puis, elle se plaça sous le jet d'eau, en frissonnant de volupté. Pour se débarrasser de cette affreuse odeur de boue, elle se frotta vigoureusement la peau de ses mains jusqu'à en devenir toute rouge. Entièrement absorbée par cet exercice, elle n'entendit pas l'intrus s'approcher, et Griffo, «ce gros balourd!» dira-t-elle par la suite, ne se donna même pas la peine de l'avertir car, pour lui, l'intrus n'en était pas un.

— Moi, à ta place, je serai plus prudente avec cette eau! déclara Éridess, nonchalamment accoudé à la rambarde.

Il regardait en direction de la cité, ce qui n'empêcha pas Storine de froncer les sourcils.

— Griffo! Espèce de grosse serpillière poilue!

Pris en faute, le lion blanc vint se placer devant sa jeune maîtresse pour lui faire un écran de son corps.

— Cette eau est la plus pure que j'aie jamais goûté, rétorqua Storine. Va plutôt me chercher…

Sans se retourner, Éridess lui envoya à la figure une des draperies jaunes de sa chambre.

— Ça suffira, tu crois?

Elle lui adressa une grimace et s'enroula dans l'épaisse tenture. Comme toujours, la présence de son ami l'agaçait. Pourtant, après l'épisode de la cellule et celui de son combat aérien contre les sentinelles totonites, elle avait craint de ne jamais le revoir.

— Comment va ton bras? demanda-t-elle en feignant l'insouciance.

— Il repousse.

Le ton était sec, ses yeux noirs, rêveurs, perdus au loin dans la brume. Elle haussa les épaules. Avec Éridess, rien n'était simple. Il ne pouvait pas être triste ou heureux. Il fallait toujours qu'il soit un peu des deux à la fois. S'accoudant au garde-fou, elle se perdit dans la contemplation des nuages. L'un d'entre eux, en particulier, ressemblait à s'y méprendre à un lion blanc en pleine course. À leur côté, Griffo s'étira en grognant de plaisir. Éridess commença à parler. Doucement, d'abord. Puis, les phrases se bousculèrent sur ses lèvres. Peu à peu, il oublia complètement ce qui semblait lui causer tant de peine et il lui fit un exposé précis de la situation.

— Ils m'ont pris mon mnénotron, mais ils me l'ont rendu après l'avoir trafiqué de manière à ce qu'il ne perturbe plus leurs capteurs d'énergie. Tu as dormi pendant trois jours entiers. Griffo était sur les nerfs. J'ai bien cru qu'il allait me bouffer. Tu sais que je n'ai pas mangé depuis que nous sommes arrivés dans cette cité ! Pour tout te dire, je n'ai même pas faim. Pas faim du tout. Griffo non plus. Et toi non plus, j'en suis sûr, même si parfois tu crois que tu as faim. C'est simplement que mastiquer des aliments nous manque.

— Je n'ai pas faim, c'est vrai, admit distraitement Storine.

Elle s'amusait à compter les nuages mais c'était une tâche impossible, car ils étaient trop nombreux à se rouler les uns sur les autres et à s'allonger jusqu'à l'infini.

— Le plus formidable, reprit Éridess après une seconde d'hésitation, c'est que je n'ai pas envie d'aller aux toilettes non plus !

— Et comment tu expliques ça ?

— La qualité de l'air. Souviens-toi : Ébraïs n'existe pas, dans notre dimension. Nous nous trouvons, ici, sur un plan vibratoire plus élevé que celui dans lequel nous avons toujours vécu. Nous voyons les autres sphères, Doumos, Vérida, et même la planète Delax. Mais si nous pouvions l'observer en surface, nous n'y verrions ni les villes, ni le parc sauvage, ni le collège.

— Parce que sur Delax, on observerait l'équivalent de ce plan vibratoire-ci ?

— Tu n'es pas aussi bête que tu en as l'air ! Pour en revenir à notre état physiologique, l'air nourrit les cellules de notre corps. Pendant que tu dormais, j'ai étudié la question avec Var Korum.

— Tu le connais ?

Agacé par cette interruption, il fit signe que oui.

— C'est un scientifique. Il est génial. Il a mis au point des appareils qui lui permettent d'observer les delaxiens par-delà la barrière dimensionnelle qui sépare nos deux univers.

— Je comprends, à présent, pourquoi il parle l'ésotérien.

Éridess baissa la tête. Après un long silence qui commençait à inquiéter Storine, il se tourna enfin vers elle.

— Quand tu as quitté la cellule, j'étais au plus mal. Après t'avoir arraché aux griffes des Cristalotes, Var Korum est venu me chercher. Il portait avec lui la cartouche de pellastiline que tu avais retrouvée. Il a pu me faire une injection. Ensuite, on m'a transporté dans son laboratoire.

Il secoua le moignon de son bras gauche, enveloppé dans sa gangue de plastique jusqu'à mi-coude.

— Tu as raison! Ton bras, il repousse! s'exclama Storine.

— Plus vite que ne l'avaient prévu Lâane et Florus. Tout ça grâce à l'énergie contenue dans l'air que l'on respire ici.

— Éri, c'est merveilleux!

Il lui prit soudain la main, puis l'épaule. Enfin, très ému, il la serra contre lui brièvement avec son bras droit, et osa même lui donner un rapide baiser sur la joue. Il s'en voulait tellement d'avoir succombé au charme vénéneux de la grande duchesse Anastara et, pendant quelques instants, d'avoir éprouvé du désir pour cette fille cruelle ! Sans parler du sabotage du système directionnel de leur navette. Les mots s'étranglaient dans sa gorge. Devait-il s'excuser d'avoir douté de son amitié ? De ressentir pour elle, depuis qu'ils se connaissaient, un peu plus que de l'amité ? D'avoir été férocement jaloux de Solarion ? Et, aussi, d'avoir refusé de partager avec elle le Don du Grand Pardon, au collège ?

— Tu m'as encore sauvé la vie. Merci, balbutia-t-il maladroitement.

D'abord hésitante, les cheveux toujours mouillés, Storine accepta l'accolade. Puis, mal à l'aise, car Solarion lui manquait terriblement, elle le repoussa avec douceur. Depuis qu'ils se connaissaient, elle ne comptait plus les occasions où ils s'étaient mutuellement secourus. La mâchoire serrée, les yeux fixés sur l'horizon, elle reprit :

— Tout cela est bien beau, mais on ne donne jamais rien pour rien. Ce Var Korum a peut-être l'air de vouloir nous aider. Pourtant, je suis sûre qu'il nous cache quelque chose, et j'ai bien l'intention de découvrir ce que c'est.

Tout à coup, des éclats de rire mélangés à des grondements de fauve s'élevèrent de la chambre. Ils s'entreregardèrent.

— Griffo ! s'exclama Storine en se mettant à courir.

Éridess cracha par-dessus la rambarde et lui emboîta le pas sans se presser. Un sourire alluma son visage quand il la vit se prendre les pieds dans la longue draperie, puis trébucher comme une gamine. Il la rejoignit sur le seuil de la chambre. Bouche bée, Storine contemplait son lion, qui tentait d'attraper entre ses pattes de devant… un drôle de petit robot.

— Biouk !

L'enfant totonite cessa un instant de rebondir partout dans la pièce et la salua joyeusement de toutes ses tentacules. Griffo fondit sur lui. L'instant d'après, il avait saisi dans sa gueule une de ses moufles en acier.

— Bonjour !

Stupéfaite, Storine recula d'un pas et se cogna contre Éridess.

— Biouk est… comment te dire… le fils adoptif de Var Korum, lui expliqua l'adolescent. Griffo et lui s'amusent ensemble comme des fous depuis deux jours.

« Sto, ma vieille, tu ramollis ! » se dit-elle en souriant au jeune robot. Pourquoi, s'il était apparenté au grand sage totonite, n'avait-il pas deux jambes et deux bras comme les autres robots ? Elle était sur le point de lui poser la question quand Éridess, la devançant, attrapa le petit par un de ses tentacules.

Les traits du phobien étaient tirés.

— Que se passe-t-il ? interrogea Storine.

Biouk ne cessait de la dévisager en clignant des paupières.

— Tu avais raison, Sto, répondit Éridess. Tout ne va pas aussi bien qu'il n'y paraît. Le conseil des sages totonites a décidé que nous représentions un danger pour leur société. À cause de l'affaire des pierres rouges, puis à cause de mon mnénotron, et enfin, à cause de toi qui bousilles leur cellule et décapites un de leurs soldats. Bref, nous sommes condamnés à être livrés en pâture aux Cristalotes.

Storine marcha jusqu'à son lit en mâchonnant le petit grain de beauté qui pointait sur sa lèvre inférieure. Elle essayait de se rappeler quelque chose d'important au sujet de Var Korum. Son sabre psychique traînait sur le sol dallé. Elle le ramassa, ainsi que sa petite couronne de lévitation. Biouk effleura son épaule avec sa moufle métallique, en un geste d'encouragement.

— Ne craignez rien. Mon tuteur va vous sauver.

— Le petit a raison, Sto. Var Korum est en ce moment en train de plaider notre cause devant le conseil. L'autre jour, en vous secourant, toi et Griffo, il a agi de sa propre initiative et violé plusieurs de leurs lois sacrées.

— Mon tuteur sait des choses, ajouta Biouk avec un sourire fendu jusqu'aux oreilles, ce qui séparait en deux sa figure de métal.

— Une prophétie ! s'exclama soudain Storine en se rappelant ce que lui avait révélé Var Korum juste avant qu'elle ne s'évanouisse à bord du scout'air. Il m'a dit que la prophétie s'était accomplie.

— Quelle prophétie ?

— Celle concernant deux humains et un lion blanc ! leur répondit Var Korum en entrant soudain dans la chambre.

Encore plus grand que dans son souvenir, le robot portait une toge découpée dans un métal beige ultrafin sur laquelle avaient été cousus des motifs décoratifs rouges. Griffo ne broncha pas. Le sage totonite s'approcha davantage, sans faire le moindre bruit – ce qui était étonnant de la part d'un être aussi volumineux. Tout à coup, la vaste pièce sembla rétrécir. En plissant les yeux, Storine ne vit plus devant elle que deux masses informes, l'une blanche, l'autre taillée dans une sorte de bronze sombre : Griffo et Var Korum. Ce dernier ajouta :

— Sur une des fresques du Mur du Destin, les dieux ont gravé l'épopée d'un grand lion blanc accompagné de deux humains. Écrit en langue varnorienne, cette inscription dit à peu près ceci : « Une jeune fille qui volera dans les cieux risquera sa vie pour sauver celle de son ami ; un lion blanc l'aidera dans son entreprise… »

— Langue *varnorienne* ? s'étonna Storine.

— Votre dieu Vinor se nomme ici Vinoros.

— Et moi, je serais, cette *fille qui vole* ?

Var Korum attira le jeune Biouk dans ses grands bras.

— La gravure date de plusieurs de vos milliers d'années.

Ces histoires de prophéties, de formules des dieux, de gravures et de dessins sur des «Murs du Destin» commençaient à agacer sérieusement Storine.

— Vous voulez dire, résuma Éridess, que si nous avons échoué sur votre planète, dans votre dimension, c'est parce que notre venue était annoncée par cette gravure?

Le robot à face humaine s'assit sur le rebord du lit. Même ainsi, Storine le trouva grand. «Aussi grand que Marsor quand il est debout!»

— Vous êtes certain qu'il s'agit bien de nous? interrogea-t-elle.

Var Korum lui prit doucement le poignet droit et le retourna. Le symbole des pirates, tatoué à l'intérieur de son avant-bras, apparut. Connu de tous les malfrats de l'empire d'Éso-téria, cet emblème représentait l'esprit même de la philosophie de Marsor: fierté, ténacité, courage, loyauté, liberté. Il avait valu à Storine bien des embêtements au fil des années; bien des jalousies, aussi. À Solarion, quand il lui avait, une fois, demandé des explications à ce sujet, elle avait répondu en rougissant de honte – car elle lui mentait délibérément – qu'elle ne savait pas pourquoi elle portait ce tatouage, ni ce qu'il signifiait. À une ou deux reprises, sur Delax, sachant que Solarion pourrait la détester s'il apprenait qu'elle était en fait la fille adoptive de Marsor, elle avait tenté de s'arracher la peau afin de faire disparaître le symbole. En vain ! Le regard de Var Korum était éloquent. Il reconnaissait ce symbole !

— Il n'y a plus le moindre doute dans mon esprit, répondit-il en souriant.

Il sortit un document des plis de sa toge et le déroula devant eux.

— Ceci est une reproduction exacte de la gravure dont je viens de vous parler. Que voyez-vous, inscrit en haut, dans l'angle droit ?

Si Storine restait sans voix, Éridess s'exclama qu'il s'agissait bel et bien du même symbole, celui de Marsor.

— Que cela signifie-t-il, au juste ? demanda-t-il.

— Que j'ai eu raison de plaider votre cause devant le grand conseil.

Var Korum sortit un second objet, qu'il tendit à bout de bras.

— Voici un pôdre. Il mesure le temps.

— C'est une sorte de sablier électronique en argent «*made in Totonia*», expliqua Éridess à l'intention de Storine.

— Je ne suis pas complètement idiote ! rétorqua l'adolescente en observant l'objet en question.

— Ce pôdre m'a été remis par le grand conseil, qui a bien voulu surseoir à votre condamnation. À compter d'aujourd'hui, vous disposez de vingt jours totonites pour accomplir l'intégralité de la prophétie.

Storine et Éridess se fixèrent bêtement, comme s'ils avaient tous les deux un bouton d'acné sur le nez. Var Korum ajouta, d'une voix dans laquelle perçait un brin d'excitation :

— Vingt jours pour trouver et pour nous ramener les cinq pierres de la Divination...

9

La prémonition

Un éclat de rire sinistre retentit dans la grande salle illuminée. Ce rire froid et guttural, que Storine fut la seule à entendre, lui donna froid dans le dos. Une foule agitée se pressait devant une longue estrade. La jeune fille sentit que tous ces gens attendaient impatiemment la venue d'un personnage important.

Se trouvait-elle dans une salle de concert ? Une vedette allait-elle surgir de l'arrière-scène ? Autour d'elle, les conversations allaient bon train. Elle remarqua l'élégance des femmes, la mise austère de certains hommes.

Soudain, un chambellan de la cour impériale prononça un nom. Une clameur s'éleva du parterre. Excitation, curiosité, malveillance, chagrin. Storine ressentit les émotions tourbillonnantes portées par cette clameur, et elle se demanda pourquoi tous ces gens étaient ainsi rassemblés.

Son cœur s'arrêta un instant de battre quand elle reconnut l'homme qui montait sur l'estrade.

« Sériac ! »

Elle ouvrit la bouche comme si elle étouffait, car Solarion venait d'apparaître à son tour.

À l'approche du prince impérial, la clameur redoubla d'intensité, submergea la salle à la manière d'une vague de fond, puis, par respect sans doute, mourut d'elle-même. La foule baissa la tête. Les journalistes présents s'en donnèrent à cœur joie et mitraillèrent le prince de leurs flashs dans un crépitement épouvantable.

De l'endroit où elle se tenait, Storine distinguait mal les traits de celui qu'elle aimait. N'était-il pas très pâle ? Ses yeux n'étaient-ils pas cernés ?

Un silence de glace tomba sur l'assemblée. Visiblement épuisé, Solarion s'accrocha au lutrin de métal pour ne pas tomber. Sériac s'approcha de lui et posa une main discrète sur son épaule.

Le prince devait absolument faire cette annonce, car la différer davantage pouvait s'avérer dangereux pour lui, pour sa famille, pour l'empire tout entier.

« Il n'est plus temps de tergiverser, Commandor, et vous le savez ! »

Voilà ce que lui avait dit Anastara peu avant la conférence. Sériac aurait voulu la gifler : elle, ses yeux mauves méprisants, son air hautain, sa certitude presque enfantine de s'être enfin débarrassée de sa rivale !

— J'ai le triste devoir et l'extrême douleur de vous informer que… (Solarion avala péniblement sa salive)… que Storine Fendora d'Ectaïr, ma fiancée, est portée disparue à la suite de l'explosion de sa navette…

La foule retint son souffle. Le prince allait-il en dire davantage ? L'anxiété était perceptible dans les rangs de l'assemblée.

Sur l'estrade, le prince héritier serra les dents. Il avait volontairement modifié sa déclaration officielle. Comment aurait-il pu, en effet, lire le texte exact, austère et vide, que le chambellan de la cour impériale, rapatrié d'urgence sur la planète Delax, avait rédigé pour lui ?

— Solarion !

Storine tenta de se frayer un passage dans la cohue. Une seconde fois, le rire cynique s'éleva dans son dos. À son tour, la grande duchesse Anastara s'avança sur l'estrade et alla soutenir le prince.

— Laissez-moi passer ! s'écria Storine, désespérée, en jouant des coudes.

Elle chercha sa couronne de lévitation, mais elle ne l'avait plus sur la tête. Comment pouvait-elle, simultanément, se trouver dans la cité robot de Totonia et à bord de la station Cyrex 4, où se déroulait la conférence de presse de Solarion ? Tout en repoussant les gens, elle éprouva la curieuse sensation d'être sur l'estrade aux côtés du prince, de ressentir tout à la fois son immense chagrin, l'inquiétude de Sériac, la rage froide d'Anastara, ses pensées les plus secrètes :

« Morte. Storine est morte, et son lion avec elle. Bon débarras ! »

« Il y a encore de l'espoir, pensa Solarion au même instant. Ce n'est pas possible autrement. »

Ivre de colère contre cette masse humaine qui refusait de lui ouvrir le passage, Storine voulut dégainer son sabre psychique. Mais, complètement désarmée – son sabre aussi avait disparu ! –, elle ne put que serrer les poings d'impuissance en appelant Solarion, encore et encore.

Un rugissement terrible roula soudain dans la grande salle, sans que personne ne se retourne ou ne cède à la panique.

— Griffo !

Le grand lion blanc fendit la foule indifférente et vint vers elle.

— Ils ne nous voient pas, Sto. Nous ne faisons pas partie de leur réalité. Solarion ne peut t'entendre, lui non plus !

Que voulait-il dire par là ? Elle songea à la dernière fois qu'elle avait entendu Griffo lui parler. Les dernières paroles du prince résonnaient toujours dans sa tête. « Storine… ma fiancée… disparue… »

— Je suis vivante, Solarion ! lui criat-elle en sentant des larmes brûlantes couler sur ses joues.

La salle s'assombrit, comme si un géant éteignait un à un les énormes chandeliers de cristal. Le rire glacial retentit de nouveau. Cette fois-ci, Storine le reconnut.

« Sakkéké ! »

— Tu es morte ! lui murmura le dieu des Ténèbres en insinuant, tel un venin, son rire ignoble à l'intérieur même de l'âme de la jeune fille.

Sur l'estrade, l'image de Solarion et du commandor commença à se brouiller.

— Solarion ! Solarion ! cria encore Storine, glacée de terreur, en s'extrayant de son cauchemar.

Elle resta de longues minutes immobile dans son lit, le corps baigné de sueurs froides, les draps roulés en boules autour de ses chevilles, sans pouvoir ni fermer les yeux, ni s'arrêter de pleurer, ni cesser de trembler.

— Moi, ce qui m'inquiète, disait Éridess, ce sont nos estomacs. En fait, tous nos organes internes. Si l'on mesure la course du temps en employant l'unité de mesure totonite, cela fait maintenant six jours que nous vivons parmi les robots, et nous n'avons pas mangé et presque rien bu. Le plus stupéfiant, c'est que nous n'en éprouvons aucune envie, d'où mon inquiétude !

Griffo, Storine, Biouk et Éridess se promenaient dans Totonia, au milieu des bâtiments aux façades vibrantes de lumière, marchant sur un revêtement métallique le long de rues désertes car la population, encore suspicieuse, refusait tout contact avec les « étrangers ».

«Descendez en ville et apprenez à nous connaître, leur avait conseillé Var Korum. De mon côté, j'ai encore des recherches à mener à leur terme avant que nous nous revoyions.»

Que cela signifiait-il? Depuis que le grand robot leur avait parlé des cinq pierres de la Divination, Storine se sentait fébrile, sans trop comprendre pourquoi. Sauf que cela avait quelque chose à voir avec les Cristalotes et la déesse Vina. Mais quoi, exactement?

La jeune fille avait du mal à s'habituer aux vêtements que leur avait offerts Var Korum. Ses nouvelles bottines étaient un peu trop serrées, son justaucorps trop étroit et les pans de sa longue cape, du même vert qu'elle portait auparavant, trop rêche à son goût.

— À propos, regarde mon bras! déclara Éridess.

L'adolescent remua son moignon gauche. La gangue protectrice descendait à présent à la hauteur du coude.

— Les traitements de Var Korum sont encore plus efficaces que ceux de Lâane et de Florus! Je ne sens pratiquement plus de douleur!

Storine imagina un instant le faisceau de muscles, d'os, de chair, de nerfs, et les veines bleuâtres dans lesquelles circulait un sang

151

neuf. Pour sa part, Biouk était d'humeur joyeuse. Rebondissant autour d'eux, il s'était lié d'une amitié toute particulière avec Griffo. Storine et le fauve échangèrent un long regard complice empreint de tendresse. Devinant ses angoisses secrètes, le lion blanc lui donna un léger coup de tête dans le dos.

À la façon dont Storine se tenait, un bras sur l'encolure du fauve, Éridess comprit qu'elle avait le cœur lourd. Sans doute n'aurait-il pas dû évoquer Lâane et Florus, leurs deux amis restés sur Delax !

— Vous savez que mes copains me traitent de fou ? déclara subitement Biouk.

Ravi de lancer une discussion alors que la foule des Totonites, ces grands robots à l'allure noble et condescendante, les fuyait comme des pestiférés, Éridess lui demanda de s'expliquer.

— Pour eux, vous êtes des créatures malfaisantes, précisa l'enfant robot. Mais ils ne comprennent rien. Les gens d'ici ne sont pas intéressés par ce qui se passe en dehors de la cité. Ils n'éprouvent aucune curiosité. Moi, je suis différent. Je veux savoir le nom des êtres qui vivent dans votre univers, je veux connaître les origines de la vie sur Ébraïs. Je veux comprendre pourquoi on raconte que les Cristalotes sont nos ennemis. Je sais que mon corps, s'il est constitué de composants électroniques et d'organes en fibres métalliques, n'en contient pas moins une âme comme la vôtre. Dites, vous savez que je vais bientôt me transmoser ?

Une main refermée sur le petit médaillon qui pendait à son cou, Storine suivait la conversation d'une oreille distraite. Biouk faisait pourtant d'énormes progrès en ésotérien. Éridess sentait bien que, depuis quelques jours, son amie n'était pas dans son assiette. Éprouvait-elle ses douleurs habituelles ?

« Non. La vibration particulière de cet univers, si elle agit comme un baume sur mon bras, agit également sur les malaises de Storine. »

— *Transmoser* ? Qu'est-ce que cela signifie ? demanda l'adolescent.

Biouk rebondit autour de lui.

— Chez nous, les Totonites, il s'agit d'un rite de passage : celui de l'enfance à l'âge adulte. Le bas de mon corps va se scinder en deux parties. Je vais avoir des jambes, comme vous ! Puis, mes tentacules vont se détacher de mon tronc. Enfin, deux solides bras, comme ceux de mon tuteur, vont me pousser aux épaules.

— Un peu comme mon nouveau bras ?

— Oui.

— Ou comme nos dents de lait qui tombent et sont remplacées par des dents d'adulte ?

Heureux de trouver enfin un interlocuteur à sa hauteur, le jeune robot sourit à Éridess.

Que faisait Storine ?

« Elle regarde le ciel. C'est vrai qu'il est beau, mais je la connais trop bien : elle me cache quelque chose de grave », songea le Phobien.

Cette façon de ruminer son chagrin en silence, les poings serrés, le regard fixe, les traits tendus, ne plaisait pas à Éridess. En pareille circonstance, il se sentait exclu. Cela le rendait extrêmement triste et irritable car depuis longtemps déjà, il avait décidé que Storine et Griffo seraient sa seule famille. Et même si, sans le lui dire clairement, elle lui avait pardonné sa traîtrise, il savait que jamais il ne pourrait lui avouer cela sans risquer qu'elle lui jette à la figure un de ces propos blessants dont elle avait le secret.

Les longues rues propres et aseptisées de la cité, inondées d'une lumière dont la réverbération irritait les yeux, serpentaient entre les bâtiments à n'en plus finir. Les jambes lourdes, ils avaient hâte de regagner leurs chambres ; hâte d'échapper à la réprobation silencieuse des Totonites.

— Griffo ne dit rien, mais il souffre d'être séparé de ses femelles et de ses petits ! déclara soudain Storine.

Éridess comprit aussitôt que même si elle parlait de Griffo, elle songeait surtout à elle et à Solarion. Il dut se mordre la langue pour ne pas lui répondre bêtement quelque chose qu'il pourrait ensuite amèrement regretter.

— Savez-vous pourquoi nos torses irradient tour à tour des lumières de couleurs différentes ? leur lança joyeusement Biouk.

Ce mystère intriguait beaucoup Éridess. Cependant, comme Storine refusait de vivre le moment présent et continuait à avancer d'un pas nonchalant en ressassant sans arrêt les mêmes sombres pensées, il dut se concentrer pour comprendre les explications du jeune robot.

— Ces couleurs sont les émanations des sentiments qui habitent nos pensées : tristesse, joie, colère, envie, jalousie, frustration. La voix de Biouk se voila soudain : vous avez bien de la chance, vous autres, humains, de pouvoir cacher les vôtres !

Éridess réalisa à cet instant combien, mal-gré leurs différences physiques et psycho-logiques, les Totonites et les Cristalotes se ressemblaient, ne serait-ce que par la mani-festation de leurs pensées les plus intimes : sur le torse pour les Totonites ; en épaisses volutes de fumées colorées autour des créa-tures de pierre.

— C'est extraordinaire ! Ainsi, tu…

Storine serra soudain le poignet droit d'Éridess, et ses yeux virèrent au noir et ses paupières se gonflèrent de larmes blanches. Il devina qu'elle éprouvait des difficultés à respirer, comme si un poids énorme pesait sur sa cage thoracique. Sa mâchoire trembla légèrement :

— Il faut qu'on parte d'ici, Éri ! Il le faut !

— Mais… Tu oublies les prophéties dont nous a parlé Var Korum ! Et le pôdre d'ar-gent ! Et la sentence du conseil !

— Je m'en moque ! Trouve Var Korum. Je lui ramènerai toutes les pierres qu'il veut, mais je dois absolument regagner Delax.

La fine cicatrice qu'elle portait au-dessus du sourcil gauche, reliquat d'une blessure qu'il lui avait lui-même infligée, effraya Éridess.

— Tu ne comprends donc rien ! Solarion
me croit morte. Je dois le retrouver au plus
vite !

Il se sentit désemparé et impuissant,
devant l'ampleur de son désespoir et cette
manière si singulière qu'elle avait de souffrir en silence. Il voulut la serrer contre lui,
mais il n'osa pas. Alors, par solidarité, il se
contenta de ressentir les effets de cette douleur
dans son propre corps.

10

Les fresques de Vinoros

Trois autres journées totoniennes s'étaient écoulées depuis leur promenade dans les rues de la cité. Storine se moquait de savoir si Var Korum, agacé par son impatience, lui en voulait de l'avoir extrait de force de son laboratoire de recherches.

Ils avaient quitté Totonia à l'aube et voyagé en direction du nord sur environ trois cents kilomètres, à bord d'un puissant scout'air aérien fuselé comme un bec d'aigle. Sur les recommandations de Var Korum, Storine avait emporté avec elle le *Livre de Vina*. Biouk, Griffo et Éridess faisaient également partie de l'expédition.

L'appareil avait survolé plusieurs montagnes aux flancs escarpés, ainsi qu'une succession de plateaux désertiques parsemés de hauts tumulus sur lesquels s'accrochait une maigre végétation blanchâtre et duveteuse. Le plafond nuageux, très bas en ces régions septentrionales, noyait le paysage sous d'épaisses écharpes de brumes étirées à l'infini par les vents.

Storine respirait à pleins poumons cet air gorgé d'énergie qui les nourrissait et qui constituait l'un des mystères les plus fascinants de ce monde.

Ils atterrirent au pied d'une falaise. Puis, abandonnant leur scout'air, ils s'engagèrent dans un étroit défilé.

— Nous sommes ici aux confins de notre territoire. Au-delà s'étend le monde des Cristalotes.

Var Korum ne l'avouait pas ouvertement, mais ces régions frontalières le mettaient mal à l'aise.

« En d'autres termes, se dit Storine, il a la trouille ! »

Ils marchèrent longtemps à l'ombre des parois rouges et noires qui les surplombaient, attentifs au moindre appel d'air ou à la plus petite vibration en provenance du sous-sol.

Au terme d'une progression harassante, ils atteignirent un large cul-de- sac. Un rayon de soleil bleuté projeta soudain une lumière très douce sur une des parois ruisselantes d'humidité. Réfléchie par des millions de gouttes d'eau, la lumière s'irisa, dévoilant à leurs yeux de profanes des fresques aux tracés tantôt nets et précis, tantôt flous et à moitié effacés, peintes dans la roche depuis des millénaires.

— Le mur de Vinoros, murmura le grand robot d'une voix altérée par l'émotion.

Le silence, comme s'ils se trouvaient à l'intérieur d'un gigantesque cristal, n'était troublé que par un goutte-à-goutte régulier et par le chuintement de quelques tourbillons de gaz qui jaillissaient du sol par intermittence.

Storine s'approcha lentement de la paroi sacrée, les mains tendues, le cœur battant, ses yeux brillant d'une émotion profonde qu'elle reconnaissait pour l'avoir déjà éprouvée à plusieurs reprises par le passé.

— Le mur a été endommagé au fil des siècles par les Cristalotes, leur expliqua Var Korum. Voyez! Ici… et là. Ces fresques-ci ne sont presque plus visibles, tant elles ont été altérées. J'ai toujours eu dans l'idée qu'elles nous ont été léguées en héritage par Vinoros afin de nous permettre de reconstituer le puzzle de nos origines.

Pensif, le grand robot prit enfin conscience de la fascination qu'exerçaient ces fresques sur la jeune fille.

— Commençons ! déclara-t-il, sans préciser le fond de sa pensée.

L'adolescente suivait délicatement du bout des doigts le tracé d'un visage, comme si elle dialoguait avec la pierre.

— Votre Mur du Destin ressemble à celui que nous avons découvert dans la caverne de Griffo, sur Delax, commenta Éridess.

— Le dieu Vinor… se contenta de répondre Storine, la bouche sèche.

Elle ressentait des picotements dans les jambes et au bout de ses doigts.

— C'est comme si…

Le visage extatique, elle semblait en transe.

« Depuis Phobia, ils me suivent, ils me guettent… »

Elle essayait de mettre bout à bout les images qui défilaient dans sa tête, d'organiser ses idées, de clarifier, ne serait-ce qu'un instant, cette théorie dont elle avait déjà discuté avec maître Santus à bord du *Mirlira II*. Mais ce n'était pas facile, car « l'émotion », tel un immense rayon de miel, la tenait suspendue dans ses bras invisibles.

162

— Dans le Marécage de l'Âme, j'ai aperçu l'ombre des dieux. Vinor m'a révélé que j'avais choisi de vivre non pas seulement pour moi, mais surtout pour accomplir une mission. À ce jour, je ne sais toujours pas laquelle. Ensuite, j'ai appris la première formule de Vina. Puis, il y a eu le temple cyclopéen de Paradius. Sur Yrex, j'ai visité la pyramide ensablée du dieu. Ensuite, j'ai appris la seconde formule et vu les statues géantes de la planète Vénédrah. Après, je suis arrivée sur Delax, où j'ai découvert le Mur du Destin dans la caverne de Griffo. Et maintenant, ici, sur Ébraïs...

Éridess, qui avait suivi le fil de sa pensée, acheva sa longue phrase :

— Tu crois vraiment que les dieux te guident, de planète en planète, depuis que tu as été enlevée de la planète Ectaïr par le commandor Sériac! Que, en quelque sorte, ils te font suivre un itinéraire précis semé d'embûches et d'épreuves... pour te préparer à cette mission?

Frappée par la justesse de ces paroles qui résumaient si bien l'intense émotion qu'elle ressentait, Storine sentit des larmes couler sur ses joues.

Var Korum attendait en retrait. Le contraste entre son grand corps de métal et les parois de roches polies était tel que l'endroit paraissait plus petit, plus intime, plus inquiétant, aussi. Biouk lui-même, ému, sentait que chacun vivait, à sa façon et de manière très personnelle, une sorte de transe dans laquelle s'élaboraient d'étranges concepts en rapport avec les dieux, l'origine de la vie, la destinée des hommes, celle des Cristalotes et celle des Totonites.

Var Korum reprit ses esprits le premier. Immobile devant une portion de fresque aux trois quarts effacée, il déclara :

— J'ai longtemps étudié la signification de chacune de ces fresques. Mises les unes à la suite des autres, elles racontent une histoire. Celle des dieux qui, après avoir visité chacune des planètes de l'espace, ont choisi la nôtre, Ébraïs, pour y créer une nouvelle humanité. Pour ce faire, ils ont transporté notre monde de votre dimension dans la nôtre. Je schématise, excusez-moi.

Il se tut un moment. Attendait-il un commentaire de Storine ? Il reprit en pesant chacun de ses mots :

— C'est vraiment un puzzle gigantesque. Mais pour comprendre l'ensemble du message que les dieux nous adressent ici, par-delà les siècles, il faut interpréter correctement ces deux dernières fresques, volontairement effacées par les Cristalotes.

Il se tourna vers Storine : elle comprit enfin ce qu'il attendait d'elle.

— Vous voulez qu'elle interprète pour vous ces traces de couleur illisibles ? s'enquit Éridess.

— Si elle est l'Élue de la prophétie de Vinoros, elle en a en effet le pouvoir et le devoir.

Storine restait un peu surprise de ne pas ressentir, ici même, dans l'antre des dieux, la présence de Vina.

« Où est son Œil ? »

Mais sans doute devait-elle subir ce test sans bénéficier d'aucune aide extérieure !

« La vie est encore plus mystérieuse qu'on le croit. Elle est constituée d'épreuves, se dit-elle. On doit les affronter et en tirer le bon enseignement. Chacun a-t-il ses propres épreuves à subir ? Ou bien n'est-ce réservé qu'à une élite ? Par les cornes du Grand Centaure, voilà que je me mets à penser comme maître Santus ! »

Sans prononcer une seule parole, elle s'agenouilla au pied de la paroi et ouvrit le *Livre de Vina* sur ses genoux. Les yeux mi-clos, elle en parcourut les vieilles pages craquantes.

« Ainsi recueillie, se dit Éridess, elle ressemble à une de ces diseuses de bonne aventure qui tiennent boutique sur la planète Vénédrah. À la différence que Sto, elle, ne joue pas la comédie ! »

Mais les secondes puis les minutes s'égrenèrent sans que la jeune fille soit en mesure de réponde à la question du grand robot. Nul n'osait interrompre sa méditation. Même Griffo qui, les yeux rouges, la gueule grande ouverte, ne cessait d'observer en grondant les hautes parois environnantes.

N'y tenant plus, Var Korum se pencha sur l'épaule de l'adolescente. Sa carrure était si impressionnante qu'Éridess songea à une montagne qui tomberait sur un arbre.

— Tu ne vois vraiment rien ?

Storine referma son livre, se leva, et se mit à marcher de long en large devant la paroi. De temps en temps, elle s'arrêtait et posait un doigt sur un visage ou sur une inscription dans la pierre. Le *Livre de Vina* n'était pas un simple livre. Les illustrations que l'on pouvait y voir changeaient, selon les circonstances. Certains versets, rédigés en ancien vinorien, n'avaient pas la même signification, selon qu'on tentait de les décrypter «à froid» ou, comme c'était le cas en ce moment précis, «en pleine situation». Storine sentait que ce livre constituait un lien direct entre elle et les dieux. Entre elle et ce qu'*Ils* attendaient d'elle. Entre ce qu'elle était avide d'apprendre et ce qu'*Ils* voulaient bien lui révéler. Comme si elle n'était – ce qui la frustrait au plus haut point ! – qu'une marionnette ou un pion que l'on déplace sur un échiquier. En d'autres termes, ce livre était vivant !

— Je suis désolée, Var Korum, murmura-t-elle.

La déception du grand robot se peignit sur sa face de chair métallique. Storine posa sa main sur son bras puissant. Ce n'était ni froid ni dur. Elle fut même surprise de sentir sous ses doigts une sorte de «peau» douce et tiède, ainsi que des veines dans lesquelles coulait sans doute un sang inconnu.

— Je suis désolée, répéta-t-elle. Je n'ai pas de réponse précise. Simplement…

— Oui ?

— Une impression.

Elle se plaça devant les deux fresques illisibles.

— J'ai l'intuition que ces deux images ne racontent pas une histoire, comme c'est le cas pour les autres. À mon avis, ce sont des représentations plus objectives d'une réalité qui ne concerne ni le passé ni l'avenir, mais le présent.

Elle ouvrit le *Livre de Vina* et lui montra l'image qu'elle venait d'y trouver.

— On dirait une carte.

— Il s'agit bien d'une carte, en effet. C'est d'ailleurs la première fois que je la vois. Et pourtant, j'ai dû feuilleter ce bouquin plus d'une centaine de fois ! Il s'agit de la même carte dessinée par les dieux sur ce mur et effacée par les Cristalotcs. À mon avis, elle peut vous conduire directement à l'endroit où ont été cachées ces pierres de la Divination dont vous nous avez parlé l'autre jour.

— Ce qui expliquerait pourquoi elles ont été altérées par les Cristalotes, compléta Éridess, que tous ces mystères passionnaient.

Le visage du grand robot s'éclaira d'un sourire étincelant dans lequel Storine reconnut certaines expressions enfantines du petit Biouk.

— Enfin ! s'exclama-t-il en la soulevant dans ses bras.

Griffo gronda plus fort, mais la joie de Var Korum était si communicative que personne n'y prêta attention. Le sage Totonite sortit de sa tunique le pôdre d'argent que lui avait remis les membres du conseil.

— Il ne nous reste que neuf jours. Étudions cette carte. Ensuite, tel que l'a annoncé la prophétie, vous vous mettrez en route.

Sans s'attacher à la réelle signification de cette dernière phrase, Storine se sentit soulagée d'un grand poids.

« Je retrouve ces maudits cailloux, je les lui donne, et il en fait ce que bon lui semble. Ensuite, nous retournons sur Delax et je me fiance avec Solarion. C'est aussi simple que ça. »

Elle échangea un regard avec Éridess qui, sans totalement deviner son plan – qu'il aurait d'ailleurs trouvé un peu simpliste comme, d'ailleurs, beaucoup des plans élaborés par Storine –, se planta devant elle.

— Où que tu ailles, je viens avec toi ! déclara-t-il d'une voix forte, comme s'il craignait qu'elle ne le contredise.

Storine haussa les épaules. L'important était de retrouver Solarion et d'écarter Anastara une bonne fois pour toutes. Non, elle n'était pas morte. Et sitôt cette histoire de pierres terminée, elle le prouverait à la grande duchesse et au dieu Sakkéré.

Comme le fond de l'air avait fraîchi, elle s'entoura les épaules de ses bras en songeant combien le prince lui manquait. Sa présence, la lumière de son sourire, celle de ses yeux, la fournaise de ses bras. La sensation fut si forte qu'elle éprouva un spasme de douleur dans le ventre.

Alors qu'ils regagnaient le scout'air, Griffo fut le seul à détecter la présence de plusieurs Cristalotes aux faciès presque translucides, dissimulés au cœur des roches, qui les observaient en silence depuis leur arrivée…

11

L'ascension

Kumir, le doyen du conseil des sages, suivit
des yeux l'envol du long scout'air blanc. En
observant son visage ourlé d'une barbe
embroussaillée de fils métalliques, Var Korum
se demanda pourquoi, si la race humaine
était si primitive, les Totonites s'abaissaient
à leur ressembler jusque dans les moindres
détails.

Debout sur la terrasse adjacente au temple
de Vinoros, ils assistaient au départ de l'Élue,
au milieu de la plus grande indifférence des
habitants de la cité. Ce manque d'enthousiasme, si caractéristique de leur race, comme
si la routine de leurs petites vies devait être
à tout prix préservée, énerva le grand robot.

— Ils ne reviendront pas vivants, et vous
le savez.

Cette remarque de Kumir, murmurée de sa voix profonde toujours teintée d'ironie, trahissait précisément ce manque d'élan du cœur que Var Korum reprochait à son peuple.

— Vous étudiez ces fresques depuis trop longtemps, mon ami, ajouta-t-il.

Var Korum ne releva pas l'insinuation déguisée.

« Non, songea-t-il, je ne suis pas fou. Les fresques disent la vérité. La fille, le garçon manchot, le lion blanc. Ils sont venus. Storine a risqué sa vie pour sauver son ami. Elle vole dans le ciel. Son regard est clair et sans peur. Tout concorde. Ne reste que la quête des cinq pierres de la Divination. »

En observant les amalgames de couleurs qui teintaient le torse du scientifique, Kumir suivit le fil de ses pensées et ajouta :

— Ainsi, vous persistez à croire en l'existence des dieux !

— Les origines et l'évolution de notre race sont trop complexes pour n'être qu'une affaire de probabilités.

— Ce mystère vous a toujours fasciné, n'est-ce pas ?

« Je suis différent des autres Totonites, songea Var Korum. Et Biouk l'est encore plus que moi. »

Kumir posa une main sur son épaule.

— S'ils reviennent et qu'ils nous rapportent effectivement les pierres, comme vous le supposez, il faudra leur avouer pourquoi nous les voulons tant et comment nous comptons nous en servir. N'est-ce pas ?

Var Korum resta saisi de stupeur. Ainsi, malgré son indifférence toute feinte, Kumir, et sans doute les autres membres du conseil, croyaient en l'existence des pierres, connaissaient leur pouvoir et avaient une idée précise quant à la manière de les utiliser…

— Si vos travaux se révèlent exacts, ces pierres nous donneront non seulement la connaissance de l'histoire de nos origines, mais aussi celle des Cristalotes. Ainsi que, nous l'espérons ardemment, les moyens de nous débarrasser définitivement de ces sauvages…

La pression de la main de Kumir s'accentua sur l'épaule du scientifique. Celui-ci était sous le choc de cet aveu. Était-ce ce que lui-même, en secret, avait espéré ? Se servir de Storine pour récupérer les pierres et trouver enfin le moyen d'abattre leurs ennemis ? Kumir lui sourit. Dans ses yeux jaunâtres en forme de billes de métal brillait toute la duplicité du monde.

— S'ils réussissent, croyez-vous qu'ils reviendront ? demanda-t-il.

Var Korum plaqua ses mains sur le garde-fou de la terrasse.

— Je sais que Storine ne pense qu'à retourner dans son univers dimensionnel. C'est pourquoi je lui ai demandé de me laisser un gage de son honnêteté, même si, je le sais, elle est aussi droite et pure que les magnifiques lignes de nos bâtiments.

Kumir hocha la tête.

— Malgré vos nobles pensées, vous êtes un robot prudent. À propos, si j'étais vous, je ne laisserais pas votre pupille s'attacher émotionnellement à ces humains dont il faudra nous débarrasser dès qu'ils reviendront avec les pierres sacrées.

Var Korum ne répondit pas. Son torse pulsa du rouge au noir, comme s'il étouffait d'indignation.

— Si je me souviens bien de vos traductions, ajouta Kumir en faisant demi-tour, le sort de « l'Élue » n'est pas spécifiquement mentionné dans les fresques de Vinoros.

— Je me dis parfois, rétorqua le grand robot sans se retourner, que notre civilisation rétrograde et hypocrite, qui se gargarise de sa non-violence, ne vaut guère mieux que celle des Cristalotes, que nous traitons pourtant de primitifs. S'il faut en croire nos propres légendes, après avoir créé les humains, les dieux se sont fait la main sur les Cristalotes avant de nous créer, *nous*! N'est-ce pas illusoire et prétentieux de nous considérer comme l'achèvement ultime de toutes les créatures de l'espace? L'intelligence n'est pas nécessairement garante d'équité, de noblesse et de bonté.

Kumir haussa ses lourdes épaules et quitta la terrasse sans relever l'hérésie de ces propos.

Grâce à son implant cervical, Storine avait appris à piloter l'appareil totonite en moins de vingt minutes. Cette performance la confortait dans l'idée que sa venue sur Ébraïs, son errance sur la planète et sa rencontre avec le peuple robot relevait d'un plan longuement mûri par la déesse Vina en personne. L'idée restait confuse dans son esprit, même si elle sentait que le «plan général», lui, ne s'arrêtait pas à la simple quête des cinq pierres de la Divination au profit des Totonites, mais se ramifiait bien plus loin, avec des implications importantes jusque dans l'empire d'Ésotéria.

Le scout'air vira sur le flanc, puis suivit une courbe ascendante qui l'engagea dans les profondes saillies floconneuses d'un énorme cumulo-nimbus doré. L'altimètre indiquait qu'ils survolaient une chaîne de montagnes à une altitude moyenne d'environ quatre mille mètres.

— Vraiment, Sto, je ne te comprends pas ! s'écria Éridess, dans le vent, en se retenant de sa main droite à son siège car le poste de pilotage de l'engin, qui se réduisait à quatre sièges et à un module arrière servant de coffre, n'était protégé par aucune coupole de sécurité. Il reprit son souffle : « Tu me dis que cette quête est louche, et tu leur laisses en gage ton livre sacré ! »

Debout à l'avant du scout'air, Storine s'assura que son harnais de sécurité était bien ajusté sur ses reins. Les pieds solidement ancrés sur une plaque magnétique qui l'empêchait de tomber, elle laissa courir ses doigts sur le clavier numérique de direction. Elle dut hausser le ton pour se faire entendre de son ami, assis derrière elle en compagnie du grand lion blanc, trop gros pour n'occuper qu'un seul siège et qui, par le fait même, en occupait deux sur quatre, les griffes de ses pattes antérieures plantées dans le métal pour ne pas être arraché de l'appareil par la puissance des bourrasques de vent.

— Tu ne comprends pas ! Je me moque de laisser le *Livre de Vina* à Var Korum. Si j'en ai besoin, il me reviendra, comme toujours !

Pour toute réponse, le visage rougi par le froid, Éridess se contenta d'un grognement. Ainsi, tout éberluée, butée, introvertie, égocentrique et insouciante qu'elle semblait être, Storine n'en était pas moins rusée comme un renard.

Dès qu'ils avaient pu décrypter la carte découverte sur les fresques du mur de Vinoros, Éridess en avait entré les coordonnées dans son mnénotron, ce qui permettait à Storine de suivre un itinéraire établi à l'avance sans risque de s'égarer.

Depuis presque douze heures qu'ils avaient quitté la cité de Totonia, rien, dans le paysage constitué de flancs de montagnes escarpées, de pics enneigés, de profonds ravins obscurs ou d'étroites vallées embrumées, ne laissait croire en l'existence de la mythique *montagne sans fin* dont parlait la fresque de Vinoros.

Toujours étonné d'être encore en vie alors qu'il n'avait rien mangé et pratiquement rien bu depuis leur arrivée chez les Totonites, Éridess trompait le froid qui s'engouffrait par le moindre interstice de son épais anorak en fibre de métal en étudiant des fresques qu'il avait pu photographier grâce à son mnénotron.

Storine avait raison de soupçonner une traîtrise de la part des grands robots. En les engageant dans cette quête un peu trop vite à son goût – « Ce n'est pas parce qu'on est envoyés par les dieux qu'on est forcément stupides ! » –, Var Korum avait insisté sur le fait que ces cinq cailloux divins, cachés depuis des millénaires par les dieux au sommet de la montagne sans fin, devaient servir à accroître les connaissances que les Totonites possédaient sur la création, l'évolution et la destinée de leur peuple. Mais dans ce cas, pourquoi n'étaient-ils pas allés eux-mêmes chercher ces fameux cailloux au lieu de les envoyer, seuls et presque désarmés, au beau milieu du territoire cristalote ?

Les jambes frigorifiées malgré son pantalon chauffant, Storine restait concentrée sur la console de direction, constituée essentiellement de diagrammes et de symboles

digitaux placés sous une petite coupole iso-
lante, ce qui lui permettait de piloter sans
gants, ses doigts effleurant les signes pour
manœuvrer le scout'air dans les airs.

Soudain, la position de la montagne sans
fin, inscrite dans l'ordinateur de bord, cli-
gnota sur son petit écran de contrôle.

«Cinq cents kilomètres au nord-nord-est.
À cause des nuages, on ne la voit pas encore,
mais le radar l'a repérée. Estimation d'arrivée : deux heures. Altitude : inconnue.»

Storine aurait voulu crier ces informations à Éridess, mais cela voulait dire ouvrir
la bouche et risquer d'attraper la crève,
quoiqu'elle fut déjà passablement transie de
froid.

«Vais-je encore pouvoir tenir debout pendant deux heures entières!» s'inquiéta-t-elle
en sentant ses jambes faiblir.

Comme l'engin fonçait droit sur un pic
dont la crête était noyée sous des écharpes
de brume, elle vira sur l'aile tandis que Deana,
l'étoile bleue, se couchait majestueusement
dans le ciel.

Alors qu'elle sentait l'engourdissement la
gagner, Storine s'éveilla en sursaut. Râlant
comme de vieux gronovores, les moteurs du
scout'air s'étouffaient. Elle jeta un coup d'œil

179

sur les courbes de couleur qui indiquaient l'état des réserves d'énergie, et nota qu'elles étaient en baisse de quarante pour cent, en dégressivité continue. Le plat bord de l'engin tressaillit. Toujours recroquevillé sur les sièges arrière, Griffo semblait ne faire qu'un avec Éridess qui, sans doute pour se protéger du froid, avait convenu avec lui de se blottir contre le flanc chaud du lion.

Elle se retourna et cria quelque chose dans leur direction. Éridess ne saisit que quelques bribes de mots, qu'il traduisit par un dramatique : « On tombe ! »

Une expression d'horreur se peignit sur son visage verdâtre. Sa bouche aux lèvres un peu trop épaisses esquissa un croassement inaudible. Storine repensa à sa traversée des montagnes obscures sur Phobia, en compagnie de Solarion. Les dieux leur avaient alors évité le pire. Allaient-ils l'aider, une fois encore, ou devait-elle surmonter seule cette épreuve ?

Ne s'attendant à aucune intervention miraculeuse, elle se concentra sur les symboles de direction. Les doigts tendus, le souffle court, prête à pianoter la bonne séquence, elle devait en même temps prendre garde aux effroyables pics rocheux qui déchiraient le paysage.

L'indicateur de direction, jumelé aux informations contenues dans la mémoire du mnénotron, inscrivait sur le petit écran que leur objectif n'était plus très éloigné. Storine positionna son engin le plus horizontalement possible, puis elle l'engagea dans un étroit défilé en tenant compte de la force des vents et de la réduction de sa force de propulsion. Un des flancs frotta sur la paroi. Ils entendirent un gémissement épouvantable mais, trop effrayés à l'idée de s'écraser, les oreilles sifflantes sous le vent, ils n'y prirent pas garde.

— Accrochez-vous à ce que vous pourrez ! s'écria Storine en inclinant son appareil de cinquante degrés afin de se faufiler entre deux énormes tumulus de glace.

L'engin percuta le sol rocailleux à une vitesse trop élevée pour ne pas rebondir immédiatement. Trois autres chocs successifs firent tressaillir la carcasse métallique, rayant le flanc droit et arrachant une des ailes. Le scout'air bascula finalement sur le côté, menaçant de les écraser sous son poids.

— Sautons !

Storine eut l'impression de rester suspendue en l'air tandis qu'Éridess, serrant contre lui un sac de toile, alla rouler sur le sol comme une bille. S'arrachant à la carcasse,

Griffo rebondit adroitement contre une des parois du défilé. La jeune fille mit quelques secondes avant de réaliser que cette impression de vol stationnaire n'en était pas une et qu'elle flottait bel et bien à trois mètres du sol, en équilibre entre les grandes parois granitiques qui les surplombaient.

« Ma couronne de lévitation ! » songea-t-elle, rassurée de la sentir sur son front.

Quelques instants plus tard elle se posa, indemne, aux côtés d'Éridess qui se frottait les reins en gémissant.

— T'es pas trop sonné ?

Les cheveux en bataille, les joues éraflées, l'adolescent ressemblait à un coureur après une épuisante course d'obstacles.

À cinquante pas de là, écrasé contre une paroi, le scout'air tressautait de toutes ses tôles. Des vapeurs noires et âcres s'élevaient de l'épave, vite aspirées par les tourbillons de vent glacial qui s'engouffraient dans le défilé.

— Où sommes-nous ?

— Si l'on en croit les instruments de bord juste avant notre… atterrissage, nous nous trouvons à environ six mille mètres d'altitude, sur un des contreforts sud de la montagne sans fin.

Éridess considéra en grimaçant les restes noircis de l'appareil.

— Comment allons-nous regagner Totonia ?

La jeune fille posa ses mains sur ses hanches et, étudiant le paysage rocailleux découpé en dents de scie, déclara, énigmatique :

— Sommes-nous vraiment tenus de rentrer à Totonia ?

À cet instant, un panneau situé sur le coffre arrière du scout'air grinça, puis s'ouvrit. Une minuscule tête de bronze apparut, suivie d'une, puis de deux tentacules. Biouk s'extirpa de l'engin et s'éleva dans les airs.

— Vous avez promis ! s'écria le jeune robot, indigné. Vous avez juré à mon tuteur de lui ramener les cinq pierres qui aideront mon peuple à percer le secret de ses origines !

Rebondissant jusqu'à eux, Biouk prit Storine par la main et approcha son visage du sien. Elle vit briller de l'eau dans ses yeux – ou de l'huile, elle n'était pas certaine. Émue malgré elle par la détresse du jeune robot, elle feignit de s'indigner à son tour :

— Mais que fais-tu ici ?

— Je veux aider mon tuteur à prouver au conseil des sages qu'il a eu raison de vous faire confiance…

12

La bouche de cristal

Biouk était décidément plein d'audace, et cela plut à la jeune fille. Mais Éridess, agacé par l'insinuation, rétorqua avec fougue:

— Sache que Storine tient toujours ses promesses, moucheron!

Elle sourit tristement en constatant combien son ami prenait plaisir à affirmer bien la connaître, elle qui, pourtant, avait déjà du mal à se comprendre elle-même! Devinant combien Biouk était désireux d'aider son peuple, elle s'accroupit devant lui.

— Si je peux rapporter ces pierres à ton tuteur, je le ferai. Tu as ma parole.

Le froid, de plus en plus vif, s'insinuait dans leurs vêtements. Pourtant, la force des vents avait faibli et de minuscules cristaux de glace scintillante tombaient des hauteurs escarpées.

Éridess considéra la paroi et émit un siffle-
ment de dépit.

— Comment comptes-tu nous faire escalader ce truc-là ?

Griffo flairait à droite, à gauche, et grondait en scrutant les roches environnantes. Le
jeune Phobien jeta un sac aux pieds de Storine.

— À propos, voilà ce que j'ai pu sauver
de l'écrasement.

Tout en échangeant un regard inquiet
avec Griffo, elle sortit tour à tour du sac
l'éternel mnénotron, deux appareils respi-
ratoires, une trousse de premier secours ainsi
qu'une de ces armes vibratoires dont Var
Korum s'était servi contre les Cristalotes.

— Crois-tu que Griffo peut escalader
cette paroi et tous nous porter sur son dos ?
questionna Éridess en se doutant que Storine,
comme d'habitude, ne voudrait rien imposer
à son précieux lion blanc.

— J'ai une autre idée, répondit-elle en
attachant soigneusement les pans de sa longue
cape verte. Mets ton mnénotron et guide-
nous !

De temps en temps, ils entendaient gémir la paroi escarpée. Ce bruit provenait-il de l'intérieur de la roche, ou était-ce un effet de leur imagination ? Était-il causé par la chute des cristaux de glace qui tombaient drus en crissant contre la pierre ?

Éridess n'était pas à son aise. Pourtant, il n'aurait jamais songé à se plaindre. Depuis une heure qu'ils avaient commencé leur ascension, il se laissait hisser, et cette sensation était plutôt agréable. Griffo escaladait le flanc abrupt de la montagne. Agrippé au fauve par ses tentacules, Biouk cahotait au rythme des bonds du lion. Parfois, Griffo contournait une saillie rocheuse et disparaissait de leur vue pendant plusieurs minutes angoissantes ; parfois, ils entendaient ses griffes égratigner la roche et percevaient quelques grognements de mécontentement.

L'idée de Storine était géniale. Sa couronne de lévitation posée sur le front, la jeune fille s'élevait à la verticale de la paroi tandis qu'accroché de toutes ses forces à ses jambes, Éridess s'élevait dans son sillage.

Le souffle court, les muscles du bras droit prêts à se déchirer, le jeune Phobien suait à grosses gouttes malgré le froid cinglant et les cristaux de glace qui, en tombant, lui piquaient les joues, le cou et la nuque. Ils avaient craint qu'en prenant de l'altitude, l'air se raréfie. Tout au contraire, aussi vivifiante qu'au niveau du sol, la pression de l'air, échappant aux lois de la physique en vigueur dans leur univers dimensionnel, restait constante.

— Je n'en peux plus ! s'écria Éridess.

Aussitôt, Storine chercha une saillie sur laquelle prendre appui pour permettre à son ami de reprendre son souffle.

— Nous venons de dépasser le cap des huit mille mètres, haleta l'adolescent.

Passablement étourdie par la fatigue et l'énergie mentale qu'elle investissait dans le fonctionnement de sa couronne de lévitation, Storine évitait de trop penser à ce qui les attendait au sommet de cette montagne supposément *sans fin*.

Ils reprirent leur ascension.

— Je me suis pesé avant de partir, balbutia Éridess. Je n'ai pas perdu un gramme. Et toi ?

Parlait-il pour oublier la douleur et le froid ?

— Est-ce que manger te manque, Sto ?

« Non. Mais le goût des aliments, oui ! » songea-t-elle, sans prendre la peine de lui répondre. Et, pour s'aider à oublier l'interminable paroi qui semblait la narguer de ses grondements comme si elle était vivante et intelligente, Storine se remémora combien elle aimait manger, sentir les choses et les toucher. Les fleurs, les arbres, la terre… Chaque planète possédait ses spécialités, ses boissons, ses couleurs, ses odeurs propres. Ébraïs aussi avait son charme. L'air, dans ses poumons, la nourrissait d'un merveilleux sentiment de plénitude et de puissance ; même en cet instant où le froid engourdissait ses membres, même lorsque, au-dessus de sa tête, elle ne distinguait que des cristaux de glace avec, comme toile de fond, la nuit qui s'installait sur le territoire des Cristalotes.

Griffo aussi semblait à bout de forces. Elle le voyait bander ses muscles et bondir dans le vide, s'accrocher de ses griffes à la paroi. Biouk, qui était encore à bien des égards un enfant, hurlait de plaisir lorsque le fauve s'élançait, transperçait une masse de brouillard, puis retombait sur l'arête aiguë d'un rocher.

Enfin, après plusieurs heures d'une périlleuse escalade, ils atteignirent un plateau enneigé balayé par des bourrasques de vents. Abrutis de fatigue, ne sentant plus leurs membres, ils se laissèrent tomber dans la neige molle. Éridess avait si froid que ses larmes gelaient sur ses joues verdâtres.

— D'après la carte… dans mon mnénotron, ânonna-t-il en claquant des dents, les pierres doivent se trouver quelque part sur ce plateau.

— Quelque part? répéta Storine, découragée, la tête prête à éclater tant l'effort mental qu'elle avait dû fournir l'avait épuisée.

Griffo bondit soudain sur ses pattes et, balançant sa lourde tête de gauche à droite, se mit à gronder. Biouk, qui ne cessait de remuer ses tentacules pour ne pas en perdre l'usage à cause du froid, s'immobilisa. Éridess replaça son mnénotron en visière sur son front et, mentalement, ouvrit le programme de repérage. Son expression se figea.

— Quoi? Qu'y a-t-il? interrogea Storine en se relevant péniblement.

L'adolescent tendit une main tremblante.

— Là!

À dix pas de leur position, le sol enneigé se mit à trembler. Ils entendirent un craquement sinistre, puis un autre, et un autre.

— Les roches se brisent! s'écria Storine.

L'instant d'après, une demi-douzaine de Cristalotes aux têtes massives, avec leurs traits de pierre, leurs yeux rubis et leurs expressions effrayantes, se dégagèrent de leur gangue de pierre. Jaillissant tels des diables, ils s'étirèrent sur une dizaine de mètres. Leur fondement s'arracha du sol. Storine comprit que ces créatures-là étaient capables de se traîner et de les poursuivre.

— Je me demandais, aussi, quand ils allaient nous tomber dessus ! s'égosilla Éridess.

Storine le poussa en avant tandis que Griffo se plaçait en retrait pour couvrir leur fuite.

— Allons par là ! décida la jeune fille en se mettant à courir.

Biouk la devança en rebondissant adroitement. Éridess ne réfléchissait plus. Pour ne pas perdre Storine de vue à cause des masses de brume échevelées par les bourrasques, il essayait de garder les yeux ouverts, malgré la pluie de cristaux humides.

Les six Cristalotes sur les talons, ils atteignirent bientôt le flanc d'une seconde paroi.

— As-tu encore la force de léviter ? demanda Éridess.

Ils se comprirent d'un regard. S'ils ne pouvaient s'échapper par le haut, acculés comme ils l'étaient au pied de cette nouvelle falaise, ils seraient obligés de combattre. Et comme ils ne disposaient que d'un seul fusil vibratoire et que le sabre de Storine était sans effet sur les Cristalotes…

Les yeux de la jeune fille se voilèrent. Craignant qu'elle ne perde connaissance, Éridess l'attrapa par le col et la secoua vigoureusement.

— Ne me laisse pas tomber ! Réveille-toi, je t'en prie !

Arrachée de sa transe par la frayeur de son compagnon, Storine le fixa comme si elle le voyait pour la première fois. Quand elle lui sourit, Éridess crut qu'elle perdait la raison.

— La déesse, Éri !

— Vina ?

— Son œil immense…

Il la secoua encore plus fort. Les Cristalotes, en se traînant dans la neige, se rapprochaient dangereusement. La jeune fille prit la main de son compagnon.

— Courage ! Longeons la paroi dans cette direction.

« Au point où on en est ! », se dit l'adolescent en armant leur unique fusil vibratoire.

Ayant compris la situation bien mieux qu'Éridess, Griffo s'accroupit dans la neige pour permettre à Storine de se hisser sur son encolure. Puis, il prit les devants et longea la paroi dans la direction indiquée par sa jeune maîtresse. Derrière eux, ils entendirent une première détonation. Ouvrant le feu sur la créature la plus proche, Éridess protégeait leurs arrières.

Le hurlement grinçant du Cristalote atteint par le rayon vibratoire déchira leurs oreilles comme un coup de tonnerre ; une fine pluie de débris de roches vola dans les bourrasques.

Une centaine de mètres plus loin, une anfractuosité s'ouvrait dans la paroi.

— Une caverne ! s'écria Biouk en battant joyeusement des mains.

Plus large que haute, cette déchirure ressemblait à une bouche énorme. Polis par les millénaires, ses rebords étaient constitués d'un minerai translucide qui rappelait vaguement un cristal de roche pure, sans veine ni tache.

— C'est là ! déclara Storine en laissant retomber sa tête dans la crinière du grand lion blanc.

Laissant derrière eux le mugissement sauvage des cinq Cristalotes en colère, ils s'enfoncèrent dans la caverne. En les rejoignant, son arme en bandoulière et son mnénotron sur les yeux, Éridess tremblait de froid et de peur.

— Ils vont nous suivre, déclara-t-il, les yeux écarquillés. Ils ne nous lâcheront pas.

Storine se laissa tomber au sol. Griffo fit bien attention à ce qu'elle ne se blesse pas, puis, pour l'encourager, il lui donna un léger coup de tête dans le dos.

— Et maintenant, on fait quoi ? s'enquit l'adolescent.

Storine ferma les yeux et respira profondément.

— La déesse nous a indiqué cet endroit. Elle ne nous abandonnera pas.

Les cinq Cristalotes, ayant eux aussi découvert l'anfractuosité de cristal, se glissèrent à l'intérieur. Éridess vérifia son arme.

— Ah oui ? Alors elle ferait mieux de se dépêcher, car mon indicateur de puissance est à son minimum. J'ai du jus pour trois coups, pas plus !

Les secondes s'écoulèrent dans le silence glacé de la caverne. Brisant sur leur passage les stalagmites jaunâtres, rampant en geignant comme des damnés, les Cristalotes ne cessaient de se rapprocher.

Prêt à faire face, le fauve se campa sur ses griffes. Le bras d'Éridess tremblait. Dans une telle obscurité, pourrait-il viser assez juste pour en détruire au moins trois ?

Enfin, précédés par les halos de lumière rouges et bruns jaillis de leurs pensées, ils apparurent.

— Nous avons bu le jus des pierres rouges, nous avons investi leur territoire ; ils ne nous feront pas de cadeau !

« Pour mes dernières paroles, se dit Éridess, j'aurai pu faire mieux ! »

Il ajouta :

— Et ta déesse ! Qu'est-ce qu'elle fout ?

Storine comprit qu'ils allaient vraiment devoir se battre. Puisant dans ses ultimes forces pour se relever, elle dégaina son sabre psychique et en fit jaillir la lame.

« Père, songea-t-elle, où es-tu ? »

Dans la seconde qui suivit, elle aperçut tout à la fois les quatre créatures de pierre, et, à ses pieds, comme posé à cet endroit incongru par la main généreuse de la déesse, le *Livre de Vina*...

Depuis quelques semaines déjà, Marsor le pirate ne cessait de faire le même rêve. Sabre en main, il se battait contre le commandor Sériac à bord d'un grand vaisseau

spatial prisonnier des courants gravitationnels de la mer d'Illophène. Une haute baie
vitrée s'élevait dans la pièce où ils se mesu-
raient tous deux en duel. Par cette ouverture,
ils voyaient se mouvoir les énormes météorites
en orbite les uns autour des autres. Le vaisseau
était perdu. Des cris d'effroi retentissaient.
D'autres hommes se battaient également dans
une mêlée indescriptible d'uniformes impériaux et de pourpoints de cuir brun et noir,
le costume de combat de l'unité centaurienne
des Lions Blancs, les propres gardes du corps
de Marsor.

Le pirate savait qu'il revivait, nuit après
nuit, un combat qui avait réellement eu lieu
treize ans plus tôt. Dans son rêve, l'amiral se
battait pour sauver la vie de Storine, enchaînée
à un pilori.

— L'enjeu de notre duel, Commandor,
haleta Marsor, est toujours cette enfant !

Sériac approuva d'un hochement de tête.
Puis, sauvagement, il contre-attaqua. Leurs
lames grésillèrent l'une contre l'autre.

Soudain, Storine se mit à hurler. Les deux
hommes arrêtèrent aussitôt de se battre. Ils
échangèrent un regard et décidèrent d'un
commun accord de suspendre leur lutte pour
se porter au secours de la jeune fille.

C'est à cet instant précis de son rêve que Marsor s'éveillait toujours, en sueur, avec l'intime conviction qu'un événement terrible allait bientôt se produire.

L'amiral se redressa sur ses oreillers et se perdit dans la contemplation des étoiles qui défilaient par-delà le hublot en losange de sa cabine. Il se leva, fit quelques pas, se servit un Aïllola sur glace.

Il dégusta lentement cet alcool fruité au goût de réglisse et repensa à son rêve. Quelle était l'émotion qui primait à son réveil ? L'angoisse. La sensation de se trouver pris au piège. Celle de se voir acculé à un mur, sans aucune possibilité de fuite. Et, en surimpression à cette peur de tout perdre, le visage heureux et détendu de Storine tel qu'il l'avait revu, deux mois auparavant, sur la planète Delax, dans son collège.

Il passa une robe de chambre et laissa errer son regard sur les meubles rustiques de verre et de bois encastrés dans les parois de sa cabine. Après de nombreux combats, il avait enfin réussi à semer les forces impériales lancées à ses trousses. Depuis la mise à sac de sa ville de Paradius, il n'avait eu de cesse de rassembler sa flotte et d'aider ses civils à s'installer sur un grand nombre de planètes afin de leur permettre d'échapper aux persécutions impériales. Après avoir quitté l'orbite de la planète Delax autour de laquelle ils avaient navigué incognito grâce au système de navigation invisible enfin réparé, le *Grand Centaure* coupait à travers le vide interstellaire en direction du système d'Argola la Verte, une planète hostile à la politique impériale, sur laquelle il espérait faire relâche pendant quelque temps.

Il s'assit au piano et posa ses mains de guerrier sur les touches de cristal. De nombreux souvenirs lui revenaient en mémoire. Un chant triste et poignant, une voix douce, un visage délicat : celui d'une femme qu'il avait jadis aimée. Sans même chercher à retenir son geste, il ouvrit un compartiment secret situé sous la surface polie de l'instrument, et en sortit un médaillon électro-holographique, sorte de mémorisateur dans lequel il avait, au fil des années, emmagasiné nombre d'images ou d'extraits de messages vocaux. Il passa en revue plusieurs photos et tomba en arrêt devant l'une d'entre elles, qu'il projeta holographiquement au centre de la pièce.

Il s'agissait de l'ombre translucide d'une jeune femme, silhouette tremblante surgie d'un lointain passé. Durant les premiers instants, il resta comme écrasé de douleur devant tant de grâce, tant de beauté. Puis, se rappelant sans doute quelque ancien drame, il se mordit les lèvres et fit disparaître l'image. Il s'apprêtait à replacer le mémorisateur dans son compartiment lorsque, changeant brusquement d'avis, il le garda sur lui.

«Je deviens sentimental», songea-t-il.

De nouvelles rides étaient apparues autour de ses yeux bleus. Ses joues s'étaient creusées et, parfois, son dos le faisait souffrir. Il serra les poings. Cette énergie semblable à celle du *Grand Centaure* lui-même, qui l'avait habité toute sa vie jusqu'à le brûler parfois, se tarissait-elle ? Se mettait-il à vieillir ?

Reprenant son verre d'alcool, il s'amusa à en remuer le glaçon. Il trouvait navrant de se remettre ainsi en question depuis sa série d'empoignades spatiales contre les forces impériales. Il tentait de chasser de son esprit le souvenir de cette femme qu'il avait autrefois tant aimée quand Krôm, son premier lieutenant, se présenta à la porte de ses quartiers.

Un coup d'œil suffit à l'amiral pour comprendre que son vieil ami était contrarié.

Avant que le pirate ait pu prononcer une parole, Marsor lui servit un grand verre d'Aïllola. Les yeux gris du lieutenant étaient aussi effilés que ceux d'un lion blanc – ce qui, à nouveau, ramena l'image de Storine dans les pensées de Marsor.

Depuis qu'il avait récupéré Krôm sur la planète Delax où celui-ci s'était fait passer, au collège, durant tout un trimestre, pour un maître sabreur et un professeur d'éducation physique, il trouvait que son premier lieutenant était d'humeur morose. S'était-il, lui aussi, attaché à Storine ? « Comme tous ceux qui croisent sa route ! »

— Amiral ?

— Tu as l'air aussi essoufflé qu'un vieux gronovore ! plaisanta Marsor en serrant sa coupe jusqu'à ce que ses jointures blanchissent sous l'effort qu'il s'imposait pour ne pas poser la question qui lui brûlait les lèvres.

— Il s'agit de la petite, Amiral.

Les épaules du grand pirate s'affaissèrent. Depuis des semaines, il pressentait l'imminence d'un malheur… Cette menace, comme un sabre suspendu au-dessus de sa tête, ne l'avait pourtant pas empêché d'aller rendre visite à Storine sur Delax.

Le temps est venu, se dit-il, sans aller au bout de son raisonnement. «Simplement, je me comprends…»

— La nouvelle est diffusée par tous les organes de presse. Storine, qui devait se fiancer au prince impérial, a disparu.

«Quel mot ignoble, presque insensé, lorsque l'on parle d'une enfant qui, en seize ans et demi de vie, a déjà «disparu» à plusieurs reprises!»

Krôm vida sa coupe d'un trait.

— Sa navette s'est perdue corps et âme dans le triangle d'Ébraïs.

Marsor resta un long moment silencieux. Il ne pensait pas à grand-chose de précis, sinon à la précarité de l'existence, à la futilité de ces grands projets que l'on nourrit pendant des années pour s'apercevoir, un beau matin, qu'ils n'étaient que chimères.

— Solarion l'a fait rechercher sans relâche, mais la pression médiatique est telle qu'il vient de donner une conférence de presse, poursuivit Krôm.

— Et?

— Les recherches ont été interrompues. Définitivement. Une unité de l'armée reste stationnée en orbite autour de Delax, mais il n'y a plus d'espoir.

Marsor redressa sa noble tête blonde semée de fils d'argent.

— Tu te trompes, mon ami. Il y a toujours de l'espoir.

Krôm serra les mâchoires, tant il craignait d'entendre de la bouche de l'amiral ce qu'il devinait au fond de lui-même.

— Tu ne lis pas les prophéties comme je les lis.

Krôm ne s'était jamais intéressé aux épîtres d'Étyss Nostruss.

L'amiral fit un vaste geste de la main – signe qu'il adressait autant à lui-même qu'au destin. Puis, il déclara d'une voix ferme :

— Nous rebroussons chemin. Cap sur le triangle d'Ébraïs.

— Mais…

— Je sais, Krôm. Je sais. Et je compte sur toi pour convaincre les autres lieutenants de la flotte de me suivre une fois encore dans cette aventure !

13

Les Cœurs de Cristalia

Éridess ouvrit le feu sans atteindre aucune de ses cibles. Cette première tentative pour rompre l'encerclement des Cristalotes ayant échoué, l'adolescent visa l'énorme stalactite qui servait de pilier principal à la salle souterraine dans laquelle ils avaient trouvé refuge.

« L'effondrement du plafond ne nous sauvera pas, mais il tuera ces monstres ! »

Ce dont il n'était pas certain non plus, car les Cristalotes eux-mêmes étaient issus des masses rocheuses.

Le lion blanc s'élança, mais s'émoussa les griffes sur les torses de pierre. Que faisait Storine ? Se retournant, Éridess n'en crut pas ses yeux. Après avoir rétracté la lame de son sabre psychique, elle s'était agenouillée comme si elle voulait rattacher les lacets de ses souliers ; ce qui n'avait aucun sens puisqu'elle portait des bottines sans lacet. Assourdi par les grognements aigus des créatures de pierre, Éridess perdit tout espoir.

Storine le prit soudain par la main.

— Griffo ! Biouk ! ordonna-t-elle.

Alors que deux Cristalotes s'apprêtaient à les écraser sous leurs masses, ils se regroupèrent et se serrèrent les uns contre les autres. Malgré la précarité de leur situation, Storine avait les yeux très verts.

« Elle est en transe », se dit le jeune Phobien, la bouche grande ouverte, prêt à pousser un cri d'horreur qui n'arrivait pas à jaillir de sa poitrine. « Tout est perdu. »

Déjà, l'ombre des Cristalotes basculait sur eux. Griffo poussa un dernier rugissement. Agrippé à l'encolure du fauve, Biouk sentit les muscles du lion se nouer. Storine tenait entre ses mains un étrange livre à la reliure bourgogne. De ses lèvres montait une psalmodie composée de mots que l'enfant robot ne comprenait pas.

L'instant d'après, les Cristalotes fondirent sur eux… sans pouvoir les atteindre car, transportés au loin par le pouvoir de la seconde formule de Vina, ils n'existaient plus dans l'espace normal.

Émerveillé, Éridess vit les créatures s'estomper. Il pensa à des silhouettes que l'on gomme. Puis, la salle souterraine elle-même se mit à onduler sous une lumière de plus en plus vive, à tel point qu'il dut fermer les yeux. Lorsqu'il les rouvrit, il comprit qu'ils venaient d'être téléportés dans une nouvelle salle, bien plus grande que la précédente…

Storine poussa un soupir de soulagement.

— Tout le monde va bien ?

Griffo lui sourit avec ses longs yeux rouges brillants de tendresse. Il comprenait parfaitement la situation, car il l'avait déjà vécue à plusieurs reprises. Éridess, par contre, semblait émerger d'un rêve. Biouk glissa de l'échine du lion blanc et, muet de stupéfaction, fit de grands moulinets avec ses tentacules ; sa manière à lui, sans doute, de se creuser les méninges. Storine secoua le *Livre de Vina* sous leur nez.

— Ces incantations que tu as récitées, déclara Éridess, une étincelle de curiosité dans les yeux…

— Ce sont les deux formules de Vina. L'*Oudjah* permet de prendre contact avec l'âme de la déesse et le *Dredjah*, la deuxième formule, permet un déplacement interdimensionnel instantané.

Ils se regardèrent, heureux d'avoir échappé à la pire des morts.

— Mais… où sommes-nous ? interrogea Biouk en contemplant l'immense salle, dont les parois d'un blanc laiteux émettaient une faible lumière venue de l'intérieur de la roche.

Ils retinrent leur souffle. Situé quelque part dans la montagne sans fin, cet endroit dans lequel il ne faisait ni trop chaud ni trop froid ressemblait davantage à un temple souterrain qu'à une grotte comme celle qu'ils venaient de laisser derrière eux.

— À quoi as-tu pensé en prononçant la seconde formule, Sto ? demanda Éridess.

Elle se retourna vivement, car elle se posait la même question. Le sentiment qui avait dominé sa prière était un immense besoin de sécurité.

— J'ai pensé au ventre d'une mère, répondit-elle lentement, comme si elle continuait à réfléchir à la question.

Griffo reniflait les parois laiteuses. Éridess posa sa main sur la roche, et sentit sa douce tiédeur.

— Le ventre de la déesse, continua Storine en respirant pleinement l'air saturé d'énergie qui baignait ce temple semé d'énormes blocs de pierre d'une dizaine de mètres de circonférence. En levant la tête, elle vit qu'ils s'incurvaient et disparaissaient à une centaine de mètres plus haut, sous le plafond de roches, dans une sorte de brume lumineuse.

Elle caressa la couverture de son précieux manuscrit.

— J'ai voulu que nous soyons transportés dans un endroit où nous serions en sécurité, ajouta-t-elle. Mais aussi…

La petite mécanique de ses pensées ne cessant jamais de fonctionner, elle avait également souhaité être conduite là où on pourrait enfin lui expliquer pourquoi la déesse l'avait amenée de force sur la sphère fantôme d'Ébraïs.

Ce temple sans doute millénaire, ainsi que la sérénité qui l'habitait, apportaient à son âme une paix ineffable et un tel sentiment de bien-être qu'elle ne put s'empêcher de penser au lac sacré d'Éphronia, sur Phobia ; au temple cyclopéen de Paradius ; au temple englouti dans le désert de la planète Yrex ; et aux Géants de pierre de la planète Vénédrah. Dans ces endroits aussi, elle s'était sentie *en phase* avec elle-même, proche des Dieux, baignant dans une pureté originelle, en harmonie avec ce que son âme contenait de plus beau et de plus sage.

Considérant les visages épanouis de ses amis, elle comprit qu'eux aussi étaient sensibles à l'énergie qui émanait de ce temple. «Même Éri, se dit-elle en voyant le jeune Phobien inspirer profondément, un léger sourire étirant ses grosses lèvres.

— Nous avons été transportés dans ce lieu pour une raison précise, résuma Storine.

Ces quelques mots les tirèrent de leur torpeur.

— Oh ! s'écria Biouk.

Griffo se mit à gronder. Les poils de sa crinière se hérissèrent.

Le pilier le plus proche trembla sur ses fondations.

— Il va se briser ! s'écria Éridess en armant son fusil vibratoire, prêt à tirer sa dernière cartouche au moindre signe de danger.

La surface polie de la roche se brouilla, une lueur bleutée s'y alluma puis s'élargit, de laquelle émergea une tête de femme sculptée dans une merveilleuse roche translucide. Ses yeux en forme d'amande, ses traits délicats, l'ovale de son visage semblaient avoir été ciselés par un orfèvre. Ses épaules menues jaillirent en silence du pilier, tandis que les murs du temple s'irisaient doucement.

Saisis de surprise, Storine et ses amis restaient immobiles. Des murmures s'élevèrent au-dessus de leurs têtes. Des dizaines, des centaines, des milliers de Cristalotes, tout aussi beaux et translucides que la première apparition, émergèrent de la roche et se mirent à osciller au-dessus d'eux dans le vide, leurs visages, leurs longs cous, leurs épaules se balançant, comme pour une danse rituelle. Certains semblaient aussi forts que des géants, d'autres plus fragiles ou plus jeunes; une multitude d'expressions étonnées ou souriantes était peintes sur leurs visages.

« Ils n'ont jamais vu d'êtres humains », se dit la jeune fille en adressant un geste impératif à Éridess. Celui-ci abaissa aussitôt son fusil. Griffo ne grondait plus et observait avec curiosité ce magnifique ballet de silhouettes cristallines dont les conversations chuchotantes s'égrenaient dans le temple, tel un chant sacré.

S'étirant sur environ trois mètres, la Cristalote jaillit du pilier et vint se tenir à l'aplomb de leur position. Storine et ses amis eurent soudain l'impression de se retrouver sous une fontaine de lumière bleue dans laquelle scintillaient des points jaunes et mauves.

— Cette énergie, murmura Storine à l'oreille d'Éridess, c'est l'essence même de ses pensées.

Nul besoin d'analyse exhaustive pour comprendre qu'ils n'avaient rien à craindre de cette assemblée de Cristalotes, même si ce temple, par certains côtés, ressemblait à une salle de tribunal. Les lèvres ravissantes de la créature s'animèrent :

— Bienvenue à Cristalia. N'ayez aucune crainte. Ne soyez pas inquiets.

La voix était douce.

« Elle parle l'ésotérien, remarqua Storine, alors que la créature translucide à l'aura bleue semblait s'adresser davantage à Griffo et à Biouk qu'à elle – détail qui la surprit au plus haut point, puisqu'elle s'adressait à eux dans une langue humaine.

— Ainsi, vous êtes venus ! reprit la Cristalote.

Les murmures de la foule s'amplifièrent. Tous avaient maintenant les yeux rivés sur Griffo et sur le jeune Totonite.

— L'enfant et le lion blanc… Je suis le Cœur, se présenta la créature en s'adressant cette fois directement à Biouk. L'équivalent, chez les Cristalotes, de Kumir, le chef du conseil des Sages.

— Vous nous connaissez ? s'étonna Biouk, les yeux écarquillés.

— Depuis longtemps nous attendons que le jeune Totonite de la légende soit conduit devant nous par le grand lion blanc de Vinoros…

Éridess donna un coup de coude à Storine et lui adressa un clin d'œil.

— Quelle légende ? demanda l'enfant robot en tremblant un peu. Aussitôt, une irradiation bleutée, signalant l'intense émotion qui l'habitait, colora son torse et son visage.

Le Cœur s'étira de deux autres mètres pour se tenir juste au-dessus de Biouk. Puis, le contournant, elle entraîna gentiment l'enfant vers une des parois latérales du temple, afin que le haut peuple cristalote puisse mieux voir celui qu'il attendait depuis si longtemps.

— Je ne comprends pas, dit encore Biouk en se laissant conduire.

Les pensées conjuguées des milliers de Cristalotes créaient sous les hauts plafonds une magnifique chapelle de lumière étincelante.

— Tu es venu. Le temps des affrontements entre Totonites et Cristalotes va enfin s'achever.

Une dizaine de créatures s'étirèrent et enveloppèrent le jeune robot. Un instant, celui-ci lança vers Storine un regard effrayé. Mais il comprit vite qu'il n'avait rien à craindre. Les Cristalotes lui parlaient. Leurs paroles l'effleuraient comme des rubans de lumière.

«Vinoros a annoncé ta venue dans une prophétie inscrite ici même, dans la roche de notre temple. Sa volonté est que nos deux peuples se rencontrent, se parlent et se réconcilient. Tu serviras de lien entre nous. Écoute, maintenant...»

Maintenus à l'écart de cet échange, Storine, Éridess et Griffo se sentaient quelque peu froissés par l'indifférence des Cristalotes.

— Tu y comprends quelque chose, toi ?
se révolta le jeune Phobien.

Storine rajusta sa couronne de lévitation
et souffla sur ses mèches rebelles.

— Les choses ne sont jamais aussi sim-
ples qu'elles le paraissent, et en même temps,
elles ne sont aussi jamais aussi compliquées
qu'on se l'imagine. La prophétie dont parle
cette créature ne mentionne peut-être que
Biouk et Griffo.

Éridess voulut cracher par terre, mais il
n'osa pas.

— Ça ne veut rien dire !

La jeune fille haussa les épaules. Cela
voulait tout dire, au contraire ! Il existait, par
exemple, deux sortes de Cristalotes : ceux
vivants à l'extérieur de la montagne sans fin
– la plèbe, le peuple – et ceux-là, plus raf-
finés, plus intelligents, plus sages, qui cons-
tituaient sans doute ce que, à défaut d'un
autre mot, on pouvait qualifier d'élite. Les
chefs.

— C'est pourtant simple à comprendre,
Éri ! Les Cristalotes qui nous ont attaqués
cherchent à poursuivre la guerre contre les
Totonites. Ceux-là, au contraire, désirent
entamer un rapprochement avec les robots.
Sans le savoir, nous avons conduit Biouk

jusqu'ici, et ils sont en train de lui indiquer quelle sera sa mission.

Le visage d'Éridess se contracta sous l'effet d'une intense réflexion.

— Ainsi, chacun accomplit sa mission et le fait sans en avoir vraiment conscience !

Griffo frottait sa lourde tête contre la poitrine de Storine. Une fatigue soudaine engourdissait les membres de l'adolescente. Elle posa son front contre la crinière du lion.

— Peut-être, Éri. Je ne sais pas.

— Et nous dans tout ça ?

Absorbés par leur discussion, ils ne virent pas s'approcher le Cœur, qui se rétractait dans le pilier. À une vingtaine de mètres d'eux, Biouk conversait à présent amicalement avec une dizaine de sages cristalotes.

— Et les cinq pierres de la Divination ? questionna Éridess.

— Elles existent, lui répondit le Cœur en se matérialisant au-dessus d'eux. Mais je doute que vous puissiez jamais les ramener à Totonia.

Storine se raidit. Y avait-il une menace dans cette dernière phrase ? Elle regarda le Cœur droit dans les yeux. Des yeux translucides dans lesquels scintillaient des éclats jaunes et mauves ; des yeux qui souriaient.

La Cristalote invita Storine et Éridess à la suivre entre d'énormes piliers blancs dont la substance s'apparentait à celle du lait congelé. Arrivés au centre du temple, ils restèrent sans voix.

— Voici ce que les Totonites appellent les cinq pierres de la Divination.

Ébahie, Storine compta un à un les piliers qui s'élevaient vers les lointains plafonds.

— Cinq, laissa-t-elle tomber, incrédule.

Puis, elle éclata de rire.

— Comment les transporter, en effet ? Ils doivent mesurer chacun huit mètres de diamètre et cent mètres de haut ; quant à leur poids, il doit être de plusieurs tonnes.

Le sourire du Cœur était dénué de la moindre moquerie. Storine se surprit à éprouver un élan de tendresse envers cette créature hautement intelligente qui vivait dans la pierre depuis des millénaires.

Le Cœur oscilla avec douceur à la hauteur de leurs épaules. Storine sentit que sa venue dans ce temple n'était pas uniquement liée à la mission de paix dont Biouk semblait investi.

— Laissez-moi, déclara-t-elle soudain en faisant signe à Griffo et à Éridess de s'éloigner.

— Mais…

— L'œil de Vina… répondit-elle en s'age-
nouillant sur le sol.

En se rétractant à l'intérieur de son pilier,
la créature invita Éridess et Griffo à se retirer
plus loin, car Storine était sur le point de vivre
une nouvelle initiation. Le cœur battant, le
jeune Phobien retint son souffle.

« Est-ce donc pour ce moment précis que
nous avons été conduits sur Ébraïs ? »

14

La troisième formule

Ses amis voyaient-ils, eux aussi, l'œil de la déesse, immense comme un cocon de lumière?

«Non. Il ne brille que pour moi.»

Storine se laissa tomber sur les dalles blanches. Les cinq pierres de la Divination la surplombaient, géants apaisants, témoins de la toute-puissance des Dieux qui, jadis, avaient élevé ce temple au cœur de la montagne sans fin. Enveloppée dans l'œil de Vina, Storine soupira d'aise. Ce temple représentait pour elle une sorte d'aboutissement; le terme d'un long voyage, le sien, commencé des années auparavant lorsque le commandor Sériac l'avait arrachée à ses grands-parents adoptifs, sur la planète Ectaïr.

Éridess la vit se recroqueviller au sol en position fœtale et fronça les sourcils. Le visage de la jeune fille ruisselait d'une lumière dont il n'arrivait pas à identifier la source, et cela l'inquiétait. Que se passait-il ? Il échangea un regard avec Griffo. Intimement lié à sa jeune maîtresse, le grand lion blanc souriait.

« Enfin, il m'en a tout l'air ! »

Le cœur battant, prêt à défendre Storine au moindre signe de danger, le jeune Phobien s'adossa contre une des pierres et attendit.

L'adolescente savait ce que signifiait « tomber en transe ». Un délicieux frisson se répandait dans son corps. Elle n'avait pas froid. Elle n'éprouvait aucune peur. Les yeux clos, elle récita doucement la première formule de Vina.

— *Manourah Atis Kamarh-Ta Ouvouré…*

Mais cela s'avérait inutile, tant elle sentait la présence de la déesse jusqu'au plus profond de son âme.

« Viens à moi, ma fille… »

La voix était si douce, si pure, que Storine imagina un cristal palpitant. Elle devait se détacher du monde réel, oublier le temple, les Cristalotes, Éridess et même Griffo. Elle concentra toutes ses pensées en un point précis, situé au centre de son front. Quelques secondes plus tard, elle ressentit un véritable émoi intérieur. «Comme si une aile de colombe me frôlait le visage.»

L'instant d'après, elle se projeta hors de la réalité en utilisant son don de translucidatrice…

— Où sommes-nous?

Une main chaude et douce tenait la sienne. Ce simple contact lui procurait un bonheur sans pareil. Storine, qui avait tendance à reporter à plus tard l'analyse de ses émotions pour profiter pleinement du moment présent, se dit que cette main, comme celle de Solarion, avait le pouvoir de la faire vibrer de tout son être.

«Sauf que, là, je ne vois pas celle qui m'accompagne…»

Le monde où la guidait la déesse Vina était ciselé à l'image d'un immense jardin de fleurs. Il y en avait de toutes les couleurs, de toutes les formes. La plupart d'entre elles montaient jusqu'à sa taille. Mais Storine savait que ce qu'elle prenait pour des arbres, tout alentour, n'était en réalité que d'autres fleurs, géantes celles-là, aux corolles déployées en direction d'un soleil qui n'était pas vraiment une étoile.

— Vous êtes le soleil, n'est-ce pas?

Pour toute réponse, elle entendit le rire perlé et délicat de la déesse.

Elles marchaient toutes deux dans cette fabuleuse forêt enchantée, et Storine, tout en tâchant de s'abandonner à ce merveilleux moment de tendresse et de sérénité, songeait combien elle aurait aimé se promener ainsi en compagnie de sa véritable mère. Cette pensée la troubla car, bien qu'ayant eu une grand-mère adoptive aimante, elle n'avait jamais connu sa vraie mère. La douleur de cette absence, qui ne s'était, jusqu'à présent, jamais faite aussi cruellement sentir, se raviva. Aussi, tout en serrant davantage la main de la déesse, elle ne fut pas surprise de se laisser aller à pleurer sans retenue, car les émotions qui l'étouffaient depuis sa petite enfance se libéraient, tel un fleuve trop longtemps retenu.

— Tu as été très courageuse, Storine, lui dit la déesse. Nous sommes tous fiers de toi.

Comme lorsque le commandor Sériac l'avait rejointe à bord de l'*Érauliane*, l'adolescente sut que cet instant d'éternité était celui de toutes les questions. Vina le comprit et s'arrêta. Sans la voir, Storine sentit une caresse sur sa joue humide de larmes.

— Pose tes questions, ma fille.

Il y en avait tellement qui se pressaient au bord de ses lèvres, et son cœur battait si fort, qu'elle eut peur d'ouvrir la bouche et de les laisser s'échapper dans le plus grand désordre. Alors, tandis qu'elles s'asseyaient toutes deux au milieu des fleurs, la déesse lui parla doucement.

— Tu as choisi de renaître pour une raison précise, Storine. Nous t'avons choisie et tu as accepté. Tu avais peur mais, pourtant, tu es revenue t'incarner dans la matière.

En même temps que ces paroles, des images émergeaient à la surface de l'esprit de la jeune fille. Elle vit une sorte d'ange voleter dans le ciel, s'enrouler autour d'un rayon lumineux, puis glisser le long de cette lumière jusque dans le ventre d'une femme aux longs cheveux orange.

« Je suis en train de naître », se dit Storine, envahie tout à la fois par une grande joie et par une grande peur.

D'autres images accompagnèrent les mots de la déesse.

— Ta naissance était attendue et depuis longtemps annoncée. Nous avions prévenu les maîtres missionnaires. Ils sont venus te chercher.

Storine était tout ouïe. Le mystère de sa naissance allait enfin lui être dévoilé.

— Pourquoi le commandor Sériac m'a-t-il enlevée, sur Ectaïr ?

La déesse poursuivit :

— Nous avons guidé la main du doyen des maîtres missionnaires quand il t'a greffé l'implant. Cet implant t'a servi à apprendre rapidement plusieurs dizaines de langues, à piloter toutes sortes d'appareils, à manier le sabre psychique, à animer le flux de ton glortex ; et, plus tard, à maîtriser le surf mental, puis à utiliser la couronne de lévitation.

Storine se demanda pourquoi la déesse ne répondait pas directement à cette question toute simple pour laquelle le commandor lui-même, sur Delax, ne lui avait fourni que des demi-vérités. Elle voulut cueillir une fleur, mais, se rendant compte qu'elles étaient vivantes, elle retint son geste.

— Je t'ai donné mon livre pour qu'il te guide. Grâce à lui, tu as tour à tour appris à utiliser deux des cinq formules qui, bientôt, te conduiront aux endroits où tu es attendue.

Le cœur de Storine se serra. D'autres larmes blanches glissèrent sur ses joues. Ce n'étaient plus des larmes de bonheur mais de tristesse, car Vina ne lui révélait que ce qu'elle voulait, pas davantage.

«Ne suis-je donc qu'un vulgaire pion sur l'immense échiquier de l'espace?»

D'ordinaire, elle se serait révoltée. Ses yeux verts auraient viré au noir. Mais, en même temps, elle mesurait l'amour et le respect qu'elle portait à la déesse – la force de ce sentiment était pour elle une découverte –, ainsi que l'amour infini que Vina lui portait en retour. Elle ne pouvait plus se plaindre. Elle ne pouvait plus rien dire.

— Ton cœur saigne, ajouta soudain la déesse.

Storine sentit, à cet instant, combien, dans la multitude des univers, toute chose est fragile: le silence, la paix, la vie, le bonheur, la vérité, même la mort! Les bras invisibles de la déesse se refermèrent sur elle. Storine oublia ses rancœurs, ses inquiétudes face à l'avenir, et toutes ses questions restées sans réponses.

«Tout est bien. Tout arrive à point. Me torturer est inutile. Il y a des choses tellement plus grandes que moi!»

— Je pourrais tout te révéler maintenant, mais tu ne comprendrais pas, lui dit encore la déesse en la berçant tendrement. Tu dois être prête à entendre avant d'écouter, à te tenir debout avant de t'élancer. Cela prend du temps et de la foi, cela demande de pénibles épreuves et, parfois, de la souffrance. La vie est un long processus de maturation. La tienne plus que toute autre. N'oublie pas que tu as choisi ce chemin, avec ses mystères, ses orages, ses colères. Maintenant, ne pense plus à rien et chante avec moi.

Storine écouta la berceuse de la déesse. Les mots se frayèrent un chemin jusqu'à son cœur. Après quelques minutes, elle, qui chantait faux, se mit à accompagner Vina dans le refrain :

— *Âmaris Outos Kamorh-Ta Ouvouré, Âmaris Outos Kamorh-Ta Ouvouré.*

Sans en saisir le sens, elle comprit qu'elle apprenait à réciter la troisième formule de Vina. À quoi celle-ci allait-elle lui servir ?

« Aucune idée, songea-t-elle. Mais que c'est joli ! »

Puis, alors qu'il lui semblait tomber au ralenti dans un puits profond, la déesse lui adressa un dernier message dans lequel elle lui donnait rendez-vous dans un endroit où les gens, en une occasion précise de l'année stellaire, étaient entièrement vêtus de rouge.

Un nom qui s'inscrivit en lettres de feu dans sa mémoire…

Éridess lui secoua l'épaule. Toujours recroquevillée en position fœtale, elle s'éveilla puis s'étira. Privée de la chaude présence de la déesse, elle frissonna. Le jeune Phobien recouvrit ses épaules de sa longue cape verte.

— Tu vas bien ?

Comme il avait l'air très inquiet, elle lui sourit. Griffo s'approcha à son tour et lui donna quelques coups de langue affectueux.

Encore faible sur ses jambes, Storine se releva.

— Il faut partir, à présent, décida-t-elle.

Biouk s'approcha. Ses yeux semblaient si grands qu'Éridess crut que les Cristalotes lui avaient lavé le cerveau.

— Tu dois vraiment t'en aller ?

La jeune fille le prit par les épaules et effleura des lèvres sa joue ronde d'enfant-robot.

— Il semble que nous ayons chacun une mission importante à accomplir, et ce n'était même pas celle que l'on croyait.

Éridess nota le pli soucieux qui barrait le front de son amie.

— Tu ne m'en veux pas trop de ne pouvoir tenir ma promesse de rapporter à ton peuple les pierres de la Divination ?

Ils regardèrent tous deux les cinq énormes piliers blancs et se sourirent.

— Ton peuple aussi à besoin de toi, n'est-ce pas ?

— Que vas-tu faire, maintenant ? lui demanda Storine.

Respectueux, les Cœurs s'éloignèrent.

— Ils ont promis de me ramener à Totonia.

Biouk ajouta, avec un sérieux et une maturité digne du grand Totonite qu'il deviendrait plus tard.

— Il est temps que nos peuples cessent de s'affronter. Il faut qu'ils se parlent et s'accordent. Notre survie en dépend.

Une clameur soudaine emplit le temple. Les milliers de Cristalotes encastrés dans les parois se retournèrent d'un seul mouvement. Deux des cinq créatures qui avaient pourchassé Storine et ses amis dans la montagne surgirent à l'une des extrémités de la grande salle.

Chacun retint son souffle.

La dissension qui régnait au sein du peuple cristalote allait-elle dégénérer en une mortelle mutinerie? Après un échange de paroles et de pensées dont Storine ne put saisir que quelques bribes, le plus grand des intrus s'approcha des cinq pierres et se prosterna devant le Cœur de Cristalia.

Biouk, qui avait suivi l'étrange duel verbal avec le plus vif intérêt, murmura à l'oreille de Storine:

— Le peuple d'en bas accepte de suivre celui d'en haut.

Rendu nerveux par l'apparition des deux Cristalotes, Griffo s'agita. L'adolescente posa une main ferme sur sa crinière blanche.

— Nous allons repartir, déclara-t-elle en se sentant malgré tout un peu coupable d'abandonner Biouk à ses ennemis d'hier.

Mais il ne fallait pas. La déesse avait des plans pour chacun d'eux.

Au cours de sa transe, elle avait pu se rendre compte à quel point l'énergie des dieux était présente au centre des cinq pierres. Après avoir vérifié qu'elle n'avait perdu ni son sabre ni sa couronne de lévitation, elle tendit sa main à Éridess. L'adolescent rangea son fusil vibratoire dans son sac, jeta celui-ci sur son épaule et rejoignit Storine et Griffo à l'endroit même où l'adolescente avait vécu son expérience mystique.

Le Phobien était inquiet mais, en même temps, dévoré de curiosité.

— Ça s'est bien passé ?

Nul n'était besoin d'explications pour deviner qu'il faisait allusion à sa transe. Elle tenta de lui sourire, ce qui ne le rassura pas davantage. La déesse lui avait parlé, elles avaient vécu ensemble une sorte de communion extrasensorielle. La jeune fille avait appris beaucoup de choses, oui, mais rien d'essentiel. Qui était-elle réellement ? Quelle était sa mission ? Était-elle vraiment destinée à épouser Solarion ? Tant de questions, encore, restaient en suspens !

Elle donna une tape sur la croupe de Griffo. Le lion s'affaissa sur ses pattes antérieures, ce qui permit à sa maîtresse de grimper sur son dos. Elle ne savait pas trop comment ils allaient regagner leur univers, mais elle aida Éridess à se hisser sur Griffo.

Malgré sa lassitude, une sorte d'allégresse baignait son cœur. En fermant les yeux, elle pouvait encore sentir, autour de ses épaules, la douce étreinte maternelle de la déesse. Cette sensation lui redonna confiance.

Tandis que les Cristalotes s'agglutinaient autour de Biouk, Storine enfouit ses mains dans la crinière de son lion blanc. De son bras, Éridess la tenait par la taille. Sentant ses muscles se crisper, elle devina son anxiété. Comment leur traversée interdimensionnelles allait-elle s'effectuer ?

Au dernier moment, le Cœur de Cristalia glissa dans sa direction et s'arrêta à la hauteur de ses yeux. Elles se dévisagèrent pendant un long instant d'éternité.

— Tu as accompli ton devoir en amenant en ce lieu sacré le jeune Totonite de la légende. Je t'en remercie et te souhaite de regagner ton univers sans encombre. Où que tu sois, quoi que tu deviennes, le peuple cristalote ne t'oubliera pas.

Prononcées par tout autre que cette entité hautement évoluée, ces paroles de paix auraient porté à sourire. Il est des mots pourtant qui, intensément ressentis, font leur chemin et se déposent au fond de l'âme.

Émue plus qu'elle ne voulait l'admettre, Storine répondit au dernier salut de l'entité. Puis elle récita la première formule. En pensant très fort à l'endroit où elle souhaitait réapparaître, elle entonna la seconde formule. Aussitôt, le temple sembla perdre de sa consistance. Le contour des pierres s'estompa. Les auras bleues, jaunes et vertes des Cristalotes se changèrent en une symphonie marine qui, telle une vague puissante, les souleva du sol. Griffo rugit. Pour ne pas être désarçonné, Éridess s'accrocha davantage à Storine. Les mots composant les deux formules tourbillonnaient autour d'eux.

« Vinor ! », songea Storine en s'efforçant de visualiser avec précision le lieu dans lequel elle souhaitait réapparaître.

Propulsés à une vitesse prodigieuse dans la brume qui stagnait au-dessous des voûtes du temple, elle craignit qu'ils ne s'écrasent contre le plafond de roches.

Fort heureusement, ils n'existaient déjà plus dans l'univers d'Ébraïs. Traversant la montagne sans fin, l'atmosphère de la planète fantôme puis le tissu même de l'espace-temps, ils se laissèrent porter par le souffle du dieu.

Alors seulement, Storine réalisa qu'en fait d'endroit, en touchant le médaillon que lui avait offert Solarion, elle n'avait pensé à rien d'autre que de se retrouver dans les bras du prince…

15

Le retour

Storine ne rêvait pas. Pourtant, le couloir dans lequel elle marchait avait des contours flous. Un ronronnement continu sourdait à ses oreilles, et le plancher vibrait légèrement sous ses pieds.

Elle se retourna et aperçut Griffo et Éridess, derrière elle, l'air tout aussi ahuris. L'instant précédent, propulsés dans les airs, ils étaient montés en croupe sur Griffo, et voilà qu'ils arpentaient à présent un long couloir obscur !

« Que s'est-il passé ? »

Storine crut que la déesse leur avait joué un tour à sa façon. Mal assurée sur ses jambes, avide de toucher quelque chose de tangible, elle posa la main sur la paroi située à sa gauche.

« Nous sommes dans un endroit réel. Après nous avoir conduits sur Ébraïs pour permettre à Biouk d'accomplir sa mission et pour me transmettre la troisième formule, la déesse nous a renvoyés chez nous. Mais où ? »

Éridess portait son mnénotron en visière. Il avait toujours l'air ridicule ainsi accoutré, mais, paradoxalement, ce détail rassura Storine.

« J'ai la tête qui tourne et j'ai mal au ventre. »

Griffo geignait doucement comme s'il éprouvait, de son côté, des difficultés à respirer. Les mains posées sur les extrémités de son mnénotron, le jeune Phobien semblait perdu dans sa recherche virtuelle. Storine le vit mordre ses grosses lèvres, signe qu'il était contrarié. Puis, fermant les yeux, elle inspira et tendit l'oreille…

Ce léger bourdonnement, cette senteur particulière mélangeant cuir, gaz et sueur la catapultait des années en arrière, lorsque tout était nouveau pour elle, lorsque tout n'était que frayeur et colère.

Soudain, des ombres traversèrent le corridor. Elles sortirent de l'une des cabines attenantes pour se réfugier dans une autre, en s'exclamant de frayeur à la vue du grand lion blanc.

Aussi stupéfait que ces « ombres », Storine stoppa net, se prit la tête entre les mains et se força à se concentrer.

— Tu as vu ces gens ? J'ai envie de vomir, gargouilla Éridess.

Son teint verdâtre avait viré au blanc.

— Tu ne peux pas vomir. Ça fait des jours qu'on n'a rien mangé.

Griffo, lui, ne les avait pas attendus pour rejeter, sur le plancher, le fond de son gros estomac.

Habitué à chercher des réponses dans son éternel mnénotron lorsqu'il ne comprenait pas une situation, Éridess bredouilla :

— Écoute ! D'après mon lecteur temporel, nous n'avons quitté la planète Delax que depuis sept jours ésotériens. C'est dingue, non ?

Comme son amie ne l'écoutait plus, il s'interrompit, puis ajouta :

— Le couloir, Sto…

— Quoi ?

— Il n'est pas du tout embrumé. C'est nous qui voyons trouble.

233

— J'ai mal, lui répondit-elle en se prenant le ventre à deux mains sous l'effet d'une seconde crampe.

Pliée en deux, elle progressa le long de la paroi, en songeant confusément qu'elle connaissait cet endroit. Parvenue devant un petit hublot, elle contempla l'espace et s'étonna de le voir aussi lumineux.

« On dirait des feux d'artifice. »

Éridess la rejoignit.

— Tu entends ces cris ?

Elle songea davantage à des plaintes. Soudain, le corridor vibra de plus belle.

— Ce n'est pas une vibration de réacteur atomique, ça ?

— Tu crois que nous nous trouvons à bord d'un vaisseau ?

En un tournemain, Éridess retira son mnénotron et le plaça sur le front de la jeune fille.

— Tiens, regarde avec ça !

Dans le mnénotron, le corridor apparut alors dans toute sa netteté.

— Les malaises physiques que nous ressentons sont dus à la différence vibratoire entre l'univers d'Ébraïs et le nôtre.

Abasourdie par ce qu'elle découvrait dans le mnénotron, Storine se mit à trembler.

Inquiet, son ami lui retira l'appareil et lui tâta le front.

— Tu n'as pas de fièvre et…

Stupéfait, il s'interrompit.

— Mais… tu pleures !

Des larmes coulaient en effet le long des joues de la jeune fille jusqu'à la commissure de ses lèvres. Storine le prit dans ses bras et le serra si fort qu'il en eut le souffle coupé.

— Éri…, ce vaisseau, c'est le *Grand Centaure* ! La déesse nous a renvoyés à bord du *Grand Centaure* !

La bouche grande ouverte, le Phobien ne trouva rien à répondre.

— Ces gens que nous avons vus sont sûrement des esclaves !

Tout à coup, le navire spatial geignit comme un oiseau blessé. Éridess se pencha de nouveau vers le hublot et déclara, la bouche sèche :

— Ces lumières, dehors, ce ne sont pas des feux d'artifice mais des explosions. On est tombés en plein dans un champ de bataille !

Le Commandor Sériac Jubilait. Ses yeux noirs étaient écarquillés sous le fouillis de ses sourcils. Vêtu de nouveau du costume réglementaire de son grade, il se sentait revivre. Il respira profondément l'air de la timonerie du croiseur amiral. L'endroit sentait la tension et la fièvre du combat. Autour de lui, les officiers s'agitaient. Les écrans holographiques affichaient en détail la topographie tridimentionnelle du champ de bataille. Huit unités complètes. Des dizaines de bâtiments. Au loin, la planète Delax. Plus près, mais pas trop tout de même, les trois lunes du sinistre triangle d'Ébraïs, dans lequel ce diable de Marsor tentait de les entraîner.

— Il ne pourra pas renouveler la ruse qu'il a utilisée sur Phobia ! lança l'amiral Thessala en parlant de Marsor.

« Quatorze ans que j'attends ce moment ! songea Sériac. Finalement, mon piège a fonctionné. Je vais enfin avoir ma revanche. »

À ses côtés, se dandinant d'un pied sur l'autre, Corvéus, le géant à la face de poupon, souriait de toutes ses dents. Ses yeux bleus globuleux semblaient sortir de sa figure ; il bredouillait des mots incompréhensibles et feignait de bercer un enfant dans ses bras monstrueux.

Sériac s'avança jusqu'à la console de commandement et posa une main sur l'épaule du prince impérial. Solarion, qui écoutait avec attention les stratèges énoncer leur plan d'attaque, se retourna et lui sourit.

— Vous avez eu une idée de génie, Commandor !

— Cette fois-ci, Votre Altesse, Marsor ne s'en sortira pas. En venant ici, il s'est jeté dans la gueule du loup.

Ils échangèrent un regard complice dans lequel, cependant, perçait un énorme point d'interrogation. Solarion ne comprenait pas pourquoi Marsor avait mis le cap sur Delax, et Sériac ne pouvait pas, comme il le souhaitait tant, se laisser aller à ce sentiment de satisfaction qu'il aurait dû ressentir en voyant aux abois son ennemi de toujours.

— Il est perdu ! jubila soudain un opérateur.

L'homme, sans doute emporté par son enthousiasme, se rappela où il se trouvait et qui il était. Dévisagé par l'état-major tout entier, il se tut et rougit.

Sur l'écran holographique, la disposition des bataillons était éloquente. Pris en tenaille, le *Grand Centaure* avait été coupé du reste de la flotte pirate à coup de tirs de barrage, ce qui avait permis à plusieurs croiseurs impériaux de concentrer leur attaque sur ce vaisseau maudit.

— Marsor n'est pas invincible ! clama l'amiral Thessala dont la tête carrée, solidement plantée sur les épaules, ressemblait à celle d'un taureau.

Il décocha néanmoins un regard jaloux à Sériac dont l'idée, assurément habile, leur permettait cette grande victoire.

En voyant une des cornes du *Grand Centaure* exploser, une clameur s'éleva du parterre d'officiers. Comme l'avait anticipé le commandor, à l'annonce de la disparition de Storine, Marsor n'avait pas hésité à virer de cap alors qu'il se trouvait à des milliers de sillons de toute position impériale, en parfaite sécurité, pour se lancer à la recherche de sa fille adoptive !

— N'êtes-vous pas heureux, Commandor ? lui demanda Solarion.

Sans lui répondre, Sériac songea combien, depuis des années qu'ils étaient liés l'un à l'autre *à cause* de Storine, Marsor et lui se ressemblaient car, il dut se l'avouer, il n'aurait pas agi autrement à la place du pirate.

Agacé par la bouffée d'admiration qu'il ressentait à l'endroit de Marsor et se disant même qu'en d'autres circonstances, ils auraient pu être des alliés, il reporta son attention sur le spectre holographique et se mit à analyser, dans sa tête, la stratégie de la bataille. Le *Grand Centaure* se battait à un contre quinze. Sur les huit bâtiments pirates qui subsistaient, quatre étaient la proie des flammes, deux autres avaient déjà été abordés. De sa flotte de chasseurs frelons, une cinquantaine d'appareils seulement restaient en activité, talonnés et harcelés par les chasseurs impériaux qui ne tarderaient pas à prendre le dessus. Deux explosions, coup sur coup, ébranlèrent le *Grand Centaure* au flanc babord.

Le souffle court, souriant à demi pour donner le change, les officiers impériaux attendirent la riposte de Marsor. Les trois cornes restantes du *Grand Centaure* allaient se mettre à rougeoyer, puis à cracher leurs rayons meurtriers...

— Son système de navigation invisible doit être hors d'état de marche, déclara un officier en s'épongeant le front, sinon, il en aurait déjà fait usage pour s'échapper.

Sériac, qui connaissait bien Marsor, ne pouvait s'empêcher de penser que le grand pirate ne s'enfuirait pas ; que, pour une raison

239

qui lui échappait encore, il avait décidé d'en finir une fois pour toutes.

— Regardez ! Il roule sur lui-même !

Le *Grand Centaure*, en effet, rompait le combat et, déséquilibré par les dernières attaques, perdait son assiette.

— Il ne peut plus riposter ! s'écria l'amiral Thessala qui ajouta, sur un ton sentencieux : « Messieurs, l'heure est venue. Rejoignez vos unités et préparez-vous à l'abordage. »

À cet instant, les portes de la timonerie coulissèrent. Les pans d'une longue robe mauve endiamantée caressèrent le plancher d'acier. Baissant la tête, les officiers saluèrent la grande duchesse Anastara.

En répandant au milieu des hommes son lourd parfum à base de myrtaline, la jeune femme aux yeux mauves, dont l'opulente chevelure noire tombait gracieusement sur ses épaules, marcha droit sur le prince impérial.

Son visage blanc, ses traits parfaitement dessinés, ses lèvres fardées de mauve, la noblesse naturelle de ses mouvements déton-naient dans cette pièce remplie d'hommes. L'espace d'un instant, chacun se sentit touché par la grâce étrange et sensuelle de la du-chesse. Les plus jeunes rougirent ; les autres ravalèrent durement leur salive en jetant des œillades en direction du prince.

Thessala fronça les sourcils. Que venait-elle faire en ce lieu ? Mais, en fin stratège, il se dit que le père d'Anastara, le grand chancelier impérial Védros Cyprian, devait tenir à ce que sa fille s'illustre durant cette campagne qui, sans aucun doute, marquerait la fin de Marsor. En apercevant la cohorte de journalistes qui escortaient la grande duchesse, il n'eut plus aucun doute et fit contre mauvaise fortune bon cœur.

Tandis qu'Anastara prenait le bras du prince, son cousin, Thessala prononça le petit discours qu'il voulait laisser à la postérité. Entre deux bouffées de son long cigare, il termina par ces paroles que l'Histoire jugerait banales et provinciales, en s'adressant directement à Solarion.

— Votre Alsesse, l'Impératrice sera fière d'apprendre que vous êtes aux premières lignes en ce moment de gloire. Que le dieu Vinor nous assiste dans cette dernière bataille contre Marsor le sanguinaire !

Le jeune homme sourit. En vérité, Thessala était furieux qu'il ait tant insisté pour participer à l'abordage du vaisseau pirate, car cela réduisait *de facto* sa propre gloire. Soudain, la timonerie fut submergée par les éclats des flashs holographiques et par le piétinement des soldats qui se ruaient vers leurs unités de combat.

Solarion, qui avait stoïquement gardé son calme pendant qu'Anastara se pavanait devant les journalistes, resta de glace même quand, ne pouvant s'en empêcher, elle lui caressa tendrement la joue en le buvant des yeux.

— Je dois partir, lui dit-il avec brusquerie en détournant la tête.

La grande duchesse serra les dents. Son cœur battait à grands coups, ses jambes se dérobaient sous elle. Mais les dizaines d'yeux qui l'admiraient ne pouvaient aucunement se douter de son émoi intérieur.

Les mots de Solarion la blessaient profondément. Comme d'habitude, par instinct, elle se réfugia dans le sarcasme en se disant combien elle aurait aimé qu'il soit plus gentil avec elle.

« Une fois. Une seule fois. »

— Storine est morte. Tu n'y peux plus rien. Alors conduis-toi en prince ! rétorqua-t-elle avec morgue.

Elle aurait tant voulu lui dire des mots tendres, au lieu de lui jeter ces phrases dictées par la jalousie et la colère !

« Il l'aime toujours, même maintenant… »

Solarion lui tourna le dos sans lui répondre.

Au dernier instant, elle s'accrocha à son épaule. Ses yeux mauves étaient aussi lumineux qu'une lune, aussi profonds et mystérieux qu'un trou noir.

— Sol ! ajouta-t-elle d'une voix sourde et douloureuse, je t'en prie, sois prudent.

Faisant fi des échanges précédents, les caméras holographiques captèrent ces dernières paroles.

Au fond de lui, Solarion ne détestait pas sa cousine. Il lui prit les mains.

— Je porterai un morpho collier.

Quelque peu rassurée de le voir enfin raisonnable – au moins ne s'exposerait-il pas au grand jour –, elle ne put s'empêcher d'ajouter :

— N'oublie pas que nous voulons prendre le *Grand Centaure* intact…

— … et Marsor vivant, je sais ! la coupat-il, agacé de la voir revenir à la charge avec des considérations purement politiques.

Les journalistes présents notèrent l'expression froide du prince et le visage bouleversé de la grande duchesse.

«Il m'en veut d'être davantage une politicienne qu'une simple fille des montagnes comme *elle!* songea Anastara en serrant les dents. Mais je suis comme je suis et je me moque du reste. Sol est à moi. Et il a beau être dans tous ses états à cause de la mort de Storine, je suis désormais la seule, l'Élue des Dieux. »

Au moment où, entouré de Sériac et de Corvéus, Solarion atteignait les grandes portes, Anastara lui cria, les larmes aux yeux :

— Je prierai pour toi !

Les journalistes applaudirent.

Ils étaient loin de lire dans les pensées de la grande duchesse.

«Dans l'état où il se trouve, il est bien capable de se faire tuer. »

Il était temps pour elle d'invoquer à nouveau l'aide de Sakkéré, le dieu des Ténèbres…

Marsor choisit d'attendre le dernier moment avant d'ordonner la riposte.

«Encore quelques minutes… »

Sur l'écran plat de la console des armes, cinq petits points verts se détachèrent du carré noir qui clignotait. La position du *Grand Centaure* pulsait sous la forme d'un point rouge au centre de plusieurs cercles concentriques. Les autres bâtiments ennemis apparaissaient aux extrémités de l'écran, tandis que les quelques rectangles jaunes subsistant indiquaient ce qui restait de ses propres forces.

Krôm, le premier lieutenant, avait remplacé le timonier du *Grand Centaure,* tué lors du dernier assaut. La timonerie du vaisseau ressemblait à un chantier, bien qu'aucun combat réel n'y ait eu lieu. Les détonations successives avaient mis à mal les blindages, et certaines consoles s'étaient détachées des parois sous la force des impacts. De nombreux câbles gisaient à même le sol, mélangeant leurs affreux grésillements à l'odeur de brûlé et de cuir humide.

L'amiral essuya la sueur qui perlait à son front. Son casque doré pesait lourd sur sa tête. Était-ce la fatigue, la tension ou bien le poids du remords ? Il croisa le regard de son premier lieutenant et détourna les yeux.

Huit navires étaient maintenant en feu. Les écrans allumés au-dessus du siège de commandement transmettaient fidèlement les rapports envoyés par ses autres lieutenants.

La moitié de ses forces avait été anéantie, mais il allait se reprendre. On pouvait encore sauver la situation. Réfléchir. Répondre juste. Élaborer rapidement une contre-attaque imparable.

Mais les idées s'embrouillaient dans l'esprit de Marsor. La fatigue. Pire encore, la lassitude l'envahissait.

«Mes cauchemars me rattrapent», songea-t-il.

— Amiral?

Krôm, qui gardait toujours pied même dans les situations les plus désespérées, avait les yeux fiévreux et les lèvres serrées. Coup sur coup, deux autres torpilles enflammées percutèrent le *Grand Centaure* de front, mais sans toucher d'organes vitaux.

— Ils ne veulent pas nous détruire.

Cela, Krôm s'en doutait bien. Cela faisait des années que l'armée impériale tentait de percer le secret de la force de frappe des canons du *Grand Centaure,* ainsi que celui de la célèbre «navigation invisible».

Marsor passa en revue les points d'ancrage du vaisseau. Ses paupières clignèrent. Ses yeux si bleus étaient rouges de fatigue. L'épaisse masse de ses cheveux blonds argentés pesait comme du plomb sur sa tête.

Malgré tout, son attitude et le ton de sa voix conservaient tout leur aplomb.

— Regroupe nos forces aux intersections B3-X12, J8 et D4. Ce sont les plus exposées. S'ils nous abordent, le danger viendra de là. Krôm ?

« Encore deux minutes… »

Le grand lieutenant aux yeux gris approuva du chef : en aucun cas l'ennemi ne devait atteindre la salle des Braves, et tous deux savaient très bien pourquoi.

— Astrigua ? commanda ensuite Marsor.

La voix de la maîtresse des esclaves répondit aussitôt, mais lointaine, comme si un monde séparait déjà Marsor de tout ce qui constituait son univers depuis trente ans.

— Le bas-vaisseau est sécurisé, Amiral.

Marsor serra les dents. Au moins, les esclaves dangereux étaient hors d'état de nuire. Il hésita un instant, puis il ordonna :

— Prépare deux nefs de secours et embarques-y les autres esclaves.

— Mais, Amiral !

Comme il s'y attendait, cet ordre pour le moins surprenant laissait croire que le vaisseau était perdu.

— Tu discutes mes ordres à présent, Astrigua ?

«Si on doit en arriver aux extrêmes, songea-t-il, les esclaves, au moins, auront une chance d'en réchapper.»

Ce geste aurait plu à Storine.

«Une minute…»

Storine! C'est pour elle qu'il avait fait demi-tour. Comme il s'y attendait, la plupart de ses lieutenants s'étaient prononcés contre cette décision. Retourner dans le système de Delax frisait la folie car la quatrième armée impériale, avec l'amiral Thessala à sa tête, y était rassemblée en l'honneur des fiançailles du prince Solarion avec Storine. Mais la jeune fille avait disparu dramatiquement, et Marsor ne pouvait tout simplement pas faire comme si cet événement ne s'était pas produit. Il avait assuré à ses hommes qu'après plusieurs jours de vaines recherches, l'armée s'était éloignée du système de Delax. Malgré l'adhésion de Krôm qui, pourtant, jugeait son projet aussi téméraire que les autres lieutenants, les officiers pirates étaient restés partagés.

En définitive, sentant bien qu'il n'avait pas le droit de leur demander de le suivre dans cette entreprise toute personnelle, Marsor les avait libérés de leurs serments de fidélité à son égard. Quatre de ses six lieutenants avaient néanmoins accepté de le suivre.

Respectant sa parole, Marsor avait laissé partir les deux autres, accompagnés de leurs vingt-quatre escadrons.

Son plan était simple : investir l'espace sidéral de Delax, neutraliser les quelques patrouilleurs impériaux qui restaient en place, et reprendre les recherches là où les autorités les avaient arrêtées.

Le souvenir de la présence, à bord de la flotte, de la jeune Storine et de son lion blanc était encore vivace dans l'esprit de la majorité des pirates. Malgré cela, nombre de civils non esclaves décidèrent de quitter leurs navires respectifs et de rejoindre les deux unités dissidentes qui poursuivraient leur périple jusqu'à un point de rendez-vous dont les coordonnées étaient tenues secrètes.

Marsor eut un haut-le-cœur.

En vérité, l'armée impériale avait rusé ; elle avait feint de quitter les lieux et s'était réfugiée derrière des écrans de protection énergétique, comme il le faisait lui-même jadis pour guetter les caravanes spatiales.

« Ils nous ont piégés, et nous avons mordu à l'hameçon comme des enfants. »

Marsor songea que seul le commandor Sériac, qui connaissait chacune de ses straté-gies ainsi que l'attachement profond qui le liait à Storine, avait pu élaborer un tel piège. Pendant quelques secondes, il rendit hommage mentalement à la ténacité de son ennemi – même si, pour le capturer, celui-ci se servait ignominieusement du souvenir de Storine.

« À présent, songea Marsor, un bon nombre de mes hommes sont morts, mes canons sont muets, et mon système de navigation invisible est de nouveau gravement endommagé. »

L'amiral se concentra sur les cinq petits croiseurs transportant les troupes qui devaient aborder le *Grand Centaure*. Le croiseur amiral était, hélas, hors de portée, mais les cinq transporteurs se frayaient un chemin au milieu des débris incandescents qui parsemaient l'espace sous la luminosité indifférente des lointaines nébuleuses.

— Krôm ? Maintenant !

Alors que les cinq minicroiseurs passaient sous le ventre du *Grand Centaure* pour atteindre les points d'ancrage désignés d'où ils opéreraient leur abordage, des centaines de canons lasers automatisés, pas plus longs qu'un bras d'homme, jaillirent de leurs écoutilles et pointèrent en direction des appareils.

— Feu !

Trois des cinq minicroiseurs en approche, surpris par la violence de la contre-attaque, explosèrent dans un fracas épouvantable.

— Tout n'est pas encore joué !

Marsor ignorait que le prince impérial lui-même, dont Storine était follement amoureuse, faisait partie des troupes d'abordage…

16

La tunique jaune et orange

— J'ai faim. Je meurs de faim.

— Tu m'énerves !

Griffo qui, bien sûr, comprenait parfaitement la situation, se mit à gronder.

— Et lui aussi, tu l'énerves, ajouta Storine en soufflant sur ses mèches rebelles.

Éridess se tâta le ventre.

— Maintenant que nous avons quitté Ébraïs, notre estomac nous rattrape.

Se croyait-il intéressant, alors que des questions bien plus urgentes la taraudaient !

Par exemple, où était Solarion ? N'avait-elle pas pensé à lui très fort avant de prononcer la formule du voyage interdimensionnel instantané ?

« En nous renvoyant à bord du *Grand Centaure*, la déesse nous a joué un tour. Mais lequel ? »

Fébrile et nerveuse comme autrefois, lorsqu'elle était montée à bord pour la première fois, Storine était trop bouleversée pour prendre quelque décision que ce soit. Alors qu'une nouvelle crampe d'estomac lui cisaillait le ventre, elle décida que, somme toute, Éridess et Griffo avaient raison : il fallait trouver les cuisines pour qu'ils se mettent rapidement quelque chose sous la dent.

La déesse les avait fait réapparaître dans cette partie du *Grand Centaure* qu'Astrigua, la maîtresse des esclaves, appelait jadis le « bas-vaisseau » ; c'est-à-dire les communs, le quartier des esclaves, les soutes ainsi que le corral des femmes, ce lieu insalubre dans lequel elle s'était réveillée, la première fois… Storine en frissonna de dégoût.

En suivant les sombres corridors, une foule de souvenirs déchirants remontaient à la surface de sa mémoire. Éridess et Griffo suivaient. Les yeux ronds, le Phobien semblait vouloir profiter au maximum de chaque seconde : il se trouvait à bord du *Grand Centaure*, le vaisseau mythique de Marsor, celui dont la seule évocation, aux quatre coins de l'empire, suscitait la crainte et l'horreur, mais aussi l'admiration. Ayant peine à y croire, un délicieux frisson de peur et d'excitation lui parcourait la nuque.

Malgré son émerveillement, l'adolescent n'en oubliait pas moins son premier souci.

— Tu es sûre de te rappeler le chemin ?

Storine le dévisagea froidement.

— Je connais le *Grand Centaure* comme ma poche ! jeta-t-elle d'un ton cinglant.

Pourtant, elle dut bien s'avouer qu'après son adoption par Marsor, c'est avec plaisir qu'elle avait oublié le bas-vaisseau. En évoquant le souvenir d'Eldride, sa première amie, elle éprouva une bouffée de remords. Agacée, elle ajouta :

— Arrête de te plaindre ou je demande à Griffo de te mordre ! Et tu sais, il a plus faim que toi !

Cet argument sembla porter fruits, car Éridess devint à peu près supportable.

Après avoir fait un détour par les cuisines où Griffo fit un sort à quelques carcasses fraîches de gronovores, ils reprirent leur errance dans le vaisseau. Storine commençait à s'inquiéter des secousses de plus en plus violentes qui ébranlaient par endroit les blindages du grand bâtiment.

— On n'a encore croisé personne ! remarqua Éridess en tentant, sans y parvenir, à décoller avec sa langue quelques pépins de fruits pris entre ses dents.

— Chut ! ordonna Storine en se postant devant ce qui ressemblait à une porte coulissante surmontée d'un symbole.

Voyant que ses épaules tremblaient légèrement, le Phobien s'enquit :

— Eh bien ?

— C'est le turbo-lift qui conduit dans le haut-vaisseau, répondit-elle, la gorge serrée.

Depuis leur arrivée à bord, Storine avait fait maints détours ; d'abord pour trouver les cuisines, mais surtout pour éviter le corral des femmes où étaient logées les esclaves. À la pensée de revoir Astrigua, son ancienne tortionnaire, elle sentit son sang se figer dans ses veines.

Comme s'il voulait la réconforter, Griffo lui donna un léger coup de museau dans le dos. Ils se regardèrent. Pour lui aussi ce vaisseau, ces coursives, ces odeurs étaient riches en souvenirs et, en ce qui concernait le bas-vaisseau, en souvenirs plutôt désagréables.

Soudain, elle éprouva une irrésistible envie de revoir le haut-vaisseau et de respirer, une fois encore, l'odeur de cuir des pourpoints des Centauriens. Une idée folle germa dans sa tête, si tentante qu'elle en avait les mains toutes moites.

— Montons! décida-t-elle.

Rien n'avait changé et, pourtant, les couloirs, les décorations, jusqu'aux vibrations des parois sous l'effet des moteurs – tout lui semblait plus petit et plus terne que dans son souvenir. Sa déception était si soudaine, si violente, que des larmes perlèrent à ses yeux.

Éridess s'enhardit et lui prit la main. Elle se sentait si fragile qu'elle se retourna et lui sourit.

Dans le haut-vaisseau, les hublots étaient plus larges. Le plafond des corridors était peint de fresques guerrières dont elle se souvenait à peine, ce qui l'étonna. Elle posa avec tendresse ses mains sur les croisées de bois imbriquées dans le mur de métal et respira profondément, comme après une longue absence lorsqu'on revient chez soi. Irrésistiblement, ses pas la menaient vers les appartements de son père…

Griffo n'était pas dupe et poussait de temps en temps des gémissements touchants. Éridess sentait dans sa main les doigts de Storine se serrer, se détendre, puis s'accrocher à lui comme si, ne pouvant pas parler, elle lui communiquait ses joies et ses appréhensions par le biais de cette pression.

Vingt pas, dix pas, cinq pas… Et toujours personne.

L'absence d'activité, de bruits de pas ou d'éclats de voix était inquiétante et, même, hautement suspecte. Pourtant, Storine le ressentait au plus profond d'elle-même, les pirates n'avaient pas quitté le bord. Le vaisseau n'était pas abandonné. Il retenait simplement son souffle, comme un vieux lion affamé tapi dans les fourrés avant de s'élancer à l'attaque.

Où était son père ?

Voilà la question que, depuis son arrivée à bord, elle craignait de se poser. Quelle était la situation ? Éridess comprit ses appréhensions et consulta aussitôt son mnénotron.

— Plusieurs appareils viennent d'exploser autour du *Grand Centaure*, mais deux autres se sont accrochés à ses flancs.

— Tu crois que…

— Nous allons être abordés d'un instant à l'autre, c'est sûr. Les pirates doivent se tenir en embuscade. Sais-tu pourquoi nous nous sommes retrouvés à bord ?

Non, elle ne le savait pas. Ou plutôt, elle ne tenait pas à l'apprendre. Alors, elle se mentit à elle-même :

— En quittant Ébraïs, j'ai voulu qu'on réapparaisse dans un endroit où je me suis toujours sentie en sécurité.

— Ouais ! Seulement ce vaisseau représente tout sauf la sécurité. Tu n'as pas l'air de comprendre qu'on est encerclés et qu'on ne va pas tarder à dérouiller. Hé ! Où vas-tu ?

La vraie raison de leur présence en ces lieux les dépassait tous. Quelque part, cela avait quelque chose à voir avec le dessein des Dieux, et eux seuls devaient s'amuser en ce moment.

Storine s'approcha de la porte principale des appartements de Marsor le pirate, *leurs* appartements. Là où, pendant plus de six mois, elle avait dormi et vécu près de son père. La plaque d'identification digitale, vissée sur le montant de droite, était la même qu'avant. Timidement, elle y apposa sa paume et attendit… Au bout de quelques secondes, hésitant quelque peu, le mécanisme se déclencha, comme autrefois !

« Il n'a pas changé le code ! Il a gardé le même ! »

Ainsi, son père l'aimait réellement. Il l'aimait toujours. Elle ne voulait pas pleurer. Il fallait être forte. Dans un éclair de lucidité, elle songea que jamais, au cours de ses nombreuses aventures, elle n'avait revu deux fois le même endroit. Sauf maintenant.

« Suis-je donc si sentimentale que ça ? »

Éridess la suivit dans le couloir décoré de plaques de bronze dans lequel les couleurs, noir et vieil or, se disputaient les murs et le plafond. Storine avançait à pas comptés. Découvrir la cité pirate de Paradius avait été une expérience émotive très intense. Mais entrer de nouveau dans cet appartement, c'était comme un rêve enfin réalisé. Une envie folle de crier le nom de son père monta dans sa gorge mais, vu les circonstances, elle se mordit plutôt les lèvres.

À droite, un grand placard. Puis, ce qui avait été la chambre de ce traître d'Urba. À gauche, une première salle de bains, puis la chambre de son père. Ensuite, s'ouvrant en rond sur la droite, agrémenté d'une baie vitrée donnant sur l'espace, le salon. Le même salon qu'autrefois, avec ses arceaux de métal qui s'élevaient en direction du plafond obscur ; son mobilier, sobre, étincelant et immaculé, fait d'acier et de verre ; ce même cachet austère mais grandiose qui l'avait tant impressionnée.

Son regard s'arrêta tout naturellement sur le grand divan de cuir lie-de-vin et, aussitôt, elle commença à voir trouble. À tel point, d'ailleurs, qu'elle s'imagina que son père était assis sur ce divan, qu'il la dévisageait en souriant à demi, que sa barbe dorée brillait doucement dans la pénombre. Ses yeux si bleus la contemplaient calmement, sa large poitrine se soulevait. Il buvait à petites gorgées un verre d'alcool noir aux reflets bleus, sur glace, et un arôme de menthe se mélangeait à celui, à la fois mâle et doux, de l'eau de toilette que portait Marsor. Émue aux larmes, elle fut étonnée de se découvrir aussi imaginative.

Une note de musique cristalline s'éleva tout à coup dans le grand salon.

— Super, ce piano ! s'extasia Éridess.

— N'y touche pas ! lui ordonna Storine.

La bulle imaginaire dans laquelle elle vivait depuis une ou deux minutes éclata brusquement, et elle essuya ses larmes d'un revers de manche.

— Le piano de cristal…

Tant de souvenirs encore se bousculaient aux portes de sa mémoire ! Le *Grand Centaure* trembla. Le plancher gîta de quelques degrés, puis se remit de niveau. Un bruit de verre brisé retentit à ses oreilles.

Sur une table basse encastrée dans la paroi reposaient les reliefs d'un repas. En glissant, un verre s'était brisé. Storine se baissa et ramassa un à un les éclats dans sa main.

— Mon père… murmura-t-elle.

En se retournant, elle vit qu'Éridess avait disparu. Griffo, qui semblait faire attention à ne rien renverser, lui indiqua d'un grogne-ment que l'adolescent était parti fureter dans l'appartement.

Storine serra les mâchoires. De quel droit Éridess violait-il ainsi leur intimité ? Mais elle se dit qu'elle-même, après toutes ces années, était une sorte d'intruse en ces lieux.

— Ouuaaah ! s'exclama le Phobien. Viens voir, Sto !

Le cœur de la jeune fille se mit à battre plus vite, car la voix d'Éridess provenait de cette autre pièce, le bureau de Marsor, qui avait autrefois été sa propre chambre !

Planté comme un piquet devant la grande bibliothèque de Marsor, Éridess caressait du regard la tranche en vieux cuir des centaines de livres rassemblés.

— À part ton bouquin de Vina, ça fait des années que je n'en ai pas vus, dit-il d'une voix tremblante. Mon père en avait dans notre château de lave…

Dans l'Empire, les livres faits de vrai papier avaient, depuis des siècles, été remplacés par des écrans digitaux ou des projecteurs holographiques. Storine vit les yeux noirs de son ami se mettre à briller. Était-ce ces livres qui lui mouillaient les yeux, ou bien le fait que Storine retrouvait des souvenirs heureux alors que lui ne reverrait sans doute jamais ni la planète Phobia ni son cher château de lave ?

Mais l'adolescente n'avait aucune envie de s'attarder aux regrets de son ami. Cette pièce était au cœur même de ses souvenirs les plus précieux, et elle avait assez de ses propres larmes.

— Mon lit ! Il a gardé mon lit !

La pièce de travail, composée de parois faites de lames de métal entrecroisées servant de bibliothèques, s'ornait d'un magnifique bureau en verre aux pieds d'acier sculptés en forme de pattes de lion. Le même que lorsque Storine vivait à bord. Encastré dans les parois pour éviter les accidents, le mobilier scintillait doucement sous les éclairs de feu produits par les explosions des appareils navigant autour du *Grand Centaure*.

Sans se soucier de savoir si ces croiseurs étaient des vaisseaux pirates ou impériaux, Storine s'assit sur son petit lit adossé, comme autrefois, à la haute baie vitrée de forme pyramidale.

Éridess colla son nez contre une étagère de livres.

— Beurk! Ça sent mauvais.

— Ça sent comme mon livre. C'est du très vieux papier.

D'une main, elle caressa sa commode en bois vernis. Prise d'une impulsion subite, elle appuya sur le bouton d'ouverture du premier tiroir. Soigneusement pliée, elle découvrit la tunique jaune et orange que Marsor lui avait offerte après son adoption!

— Ma tunique! s'exclama-t-elle en tombant à genoux.

Griffo gronda en dodelinant de la tête, comme s'il se rappelait, lui aussi, de ce vieux vêtement. Mal à l'aise de voir ses amis aussi fébriles, Éridess haussa les épaules. Voir pleurer Storine l'inquiétait. Il l'avait mise sur un tel piédestal que la découvrir aussi vulnérable, comme si elle n'était rien de plus qu'une fille ordinaire, lui faisait mal au cœur.

Et pourtant, il l'enviait. Cela aussi l'énervait, d'autant plus que son bras gauche, qui n'avait pas cessé de se régénérer au cours de leur périple sur Ébraïs, l'élançait à nouveau et – il le savait – elle n'était pas d'humeur à l'entendre s'en plaindre.

Comme elle dépliait religieusement son ancienne tunique, trop petite désormais pour qu'elle puisse entrer dedans, Éridess quitta la pièce en marmonnant sur un ton boudeur :

— Rester plus longtemps ici, c'est dangereux. Regarde par le hublot et tu comprendras.

Mais, plongée dans une nouvelle rêverie, Storine n'écoutait pas. Avant de sortir, il la vit s'allonger sur son lit minuscule, fermer les yeux et se couvrir le visage de sa tunique.

« Elle est folle ! »

Tandis que le grand vaisseau frémissait et tanguait, preuve qu'il continuait à être la cible d'un tir de barrage, Éridess visita une à une les autres pièces de l'appartement.

Soudain, alors qu'une violente explosion faisait grincer les armatures de métal du salon, le jeune Phobien revint en courant dans le bureau de Marsor.

Storine ouvrit les yeux à cet instant précis et le vit, aussi blanc qu'un linge.

— Qu'y a-t-il ?

Griffo, qui n'avait pas quitté Storine, hérissa l'échine. Lui aussi, il avait senti la menace. Seulement, respectant sa jeune maîtresse, il avait préféré ne rien dire.

— Alors? s'énerva-t-elle.

— Dans la première chambre, bredouilla Éridess, il y a un cadavre.

— Mon père! s'exclama Storine en bondissant de son lit.

17

La prise du
Grand Centaure

Le Centaurien tomba à la renverse tandis que sa tête, tranchée net par Corvéus, roulait au sol. Présent aux côtés de son acolyte, le commandor Sériac ne put s'empêcher de pousser un cri de stupeur. Il considéra l'expression ahurie du mort, sa bouche grande ouverte, et songea que depuis qu'il veillait sur le prince Solarion, il n'avait guère eut l'occasion de risquer sa vie comme autrefois.

Après avoir sauvé la vie de son maître, Corvéus fit volte-face et frappa à la volée deux autres pirates. Dans la fièvre du combat qui les opposait à une petite unité de Centauriens, Sériac en oubliait le principal.

« Où est Solarion ? »

267

Lorsque trois des cinq mini-transporteurs d'abordage avaient explosé en se glissant sous le ventre du *Grand Centaure*, il avait cru leur dernière heure arrivée. Fort heureusement, l'appareil à bord duquel le prince et lui-même avaient embarqué était parvenu à s'arrimer au vaisseau pirate. Quelques minutes plus tard, l'escouade spéciale, composée d'une trentaine de soldats, avait pu investir le *Grand Centaure* en perçant ses blindages à l'aide d'un propulse-jet torpille.

Enfin, le commandor foulait le sol de cet appareil légendaire qu'il combattait depuis si longtemps. Sa première impression fut la déception, car l'intérieur du vaisseau ne ressemblait pas à ce qu'il s'était imaginé.

« Mais on est toujours déçu. »

Que s'était-il donc imaginé ? Des dorures, des tapis de luxe, des plaques d'or dans les coursives ? Pourtant, le cœur battant, pris de ce vertige indescriptible qui précède toujours les grands combats, il avait senti la puissance de ce navire exceptionnel. À cet instant, alors que son second donnait ordre aux soldats de se déployer dans la coursive en surveillant leurs moniteurs infrarouges, le commandor fut envahi par une bouffée d'orgueil. Il avait abordé le *Grand Centaure*. Dans chaque fibre de son corps, il ressentait une sorte d'ivresse, de fierté : « Comme si, songea-t-il un peu stupidement, j'étais, à cet instant précis, le maître de cet appareil de guerre. »

Il avait échangé un regard de connivence avec son gros bêta de complice, le géant Corvéus, qui prit son immense sabre à bras le corps et feignit de bercer un enfant. Ils se comprirent et, immédiatement, Sériac redescendit sur terre. Storine était morte. Ils allaient enfin débusquer Marsor, mais la petite était morte.

Une immense lassitude l'envahit. Cet embryon de victoire était irrémédiablement gâché par la disparition de la jeune fille. Storine, Marsor : deux êtres qui, depuis plus de quatorze ans, occupaient toutes ses pensées.

Mais la mélancolie n'avait pas sa place alors qu'ils étaient sur le point de débusquer le plus grand bandit de tous les temps.

— Marsor est tout près, murmura Sériac.

Dix secondes plus tard, en effet, une douzaine de Centauriens, jaillissant de portes latérales, les attaquèrent. La violence de l'affrontement, les cris terribles poussés par les pirates, la détermination et la fougue qu'ils mettaient dans chaque coup de sabre acculaient ses hommes à la limite de leurs forces.

Puis, aussi soudainement qu'ils avaient jailli, les Centauriens s'évaporèrent.

— À l'assaut ! s'écria un jeune lieutenant.

Sériac le retint par une manche.

— Que croyez-vous faire ?

Son casque fendu par un coup de sabre et son uniforme taché de sueur, l'officier le dévisagea bêtement. Il ouvrit la bouche pour répondre… Le commandor l'arrêta d'un geste.

— Nous sommes sur leur terrain. Voulez-vous éparpiller nos soldats et les livrer à ces bouchers ? Les Centauriens sont les meilleurs mercenaires de l'Empire. Restons groupés et avançons prudemment.

Une main le tira légèrement par l'épaule. Sériac était si tendu qu'il sursauta.

— Je vous approuve, Commandor !

Le jeune soldat qui l'interpellait avait des yeux noirs et de longs cheveux bruns bouclés. Son uniforme vert et rouge, froissé et taché de sang, était marqué par les récents combats. Un instant, Sériac s'effraya à l'idée que ce sang soit celui du jeune homme et non celui de l'un des pirates. Le soldat lui sourit de toutes ses dents. Le collier de pierres qu'il portait autour du cou au mépris du règlement scintilla.

— Rassurez-vous, je n'ai rien, déclara-t-il.

Sériac retrouva son calme.

— Votre Altesse, vous avez beau utiliser un morpho collier, vous êtes ici contre la volonté de l'amiral Thessala, et je suis plus que jamais responsable de votre sécurité. Alors, tenez-vous tranquille et restez à côté de Corvéus.

Solarion sourit de plus belle. Désobéir à Thessala avait été un véritable plaisir. Se payer gentiment la tête de son garde du corps l'amusait tout autant, car Sériac avait vraiment l'air d'une mère poule. Tandis qu'ils reprenaient leur progression en direction de la salle des Braves – le cœur même du navire spatial –, il se dit qu'avec le temps, malgré le malaise qu'il ressentait encore parfois en sa présence, il s'habituait au commandor et à son balourd de Corvéus.

« Son soutien moral m'a été d'une aide précieuse pour supporter la disparition de Storine. »

À vrai dire, Sériac semblait aussi accablé que lui par la mort de la jeune fille.

« Toujours le même mystère… »

Pourquoi l'évocation de Storine lui causait-elle soudain un tel sentiment de douleur ?

«Douleur et… exaltation!»

Stupéfait par ce raisonnement incongru alors qu'ils évoluaient dans un environnement de danger et de violence, il posa une main sur la paroi de la coursive et reprit son souffle.

«Je ne suis pourtant pas essoufflé, pas effrayé. Ou si peu.»

Il jeta un regard circulaire autour de lui: les plaques de bronze vissées aux parois, les blindages inégaux du sol, l'odeur de peur et de sang, les membres de son unité, leurs murmures, leurs hésitations et la présence rassurante, à ses côtés, du géant Corvéus. Celui-ci grogna doucement. Solarion le connaissait suffisamment pour comprendre que, dans son langage à lui, il s'agissait de paroles réconfortantes. Il voulut se retourner et lui sourire mais, à cet instant précis, l'image de Storine s'imposa de nouveau à son esprit et il eut toutes les peines du monde à avancer.

— Soldats!

Le regard dur, les lèvres pincées, le lieutenant mima en silence l'ordre à ses hommes d'activer leurs boucliers énergétiques. Un à un, les impériaux les allumèrent. Dix secondes plus tard, enveloppés dans un mini-champ de protection, ils arrivèrent devant une énorme porte de forme octogonale.

«La fameuse salle des Braves…» se dit Solarion, impressionné malgré lui.

D'un geste superstitieux, il toucha des doigts son morphocollier.

Au même instant dans une autre partie du vaisseau, Storine et Éridess pénétraient dans la petite pièce contiguë à la chambre de Marsor le pirate, qui avait jadis été celle du traître Urba.

L'odeur épouvantable qui les accueillit les cloua sur le seuil. Storine se boucha le nez.

— Regarde ! lui dit son ami. On a tendu les murs de soie noire. Même le hublot a été obstrué.

Le cœur de la jeune fille battait à tout rompre. Malgré sa répugnance, il fallait qu'elle sache. Elle fit un pas en avant, puis deux. Éridess alluma deux chandeliers électroniques soudés aux murs. Une fade lumière rougeâtre lécha aussitôt les murs et fit scintiller une sorte de conteneur en acier aux extrémités arrondies, d'environ deux mètres cinquante de long sur un mètre-vingt de large, posé sur une estrade rectangulaire installée à même le sol.

— Un cercueil de l'espace… laissa tomber l'adolescent.

Il s'approcha avec dégoût tandis que Storine restait en retrait, comme frappée de stupeur.

— La coupole est ouverte.

Il en fit le tour avec circonspection en jetant de fréquents regards à son amie, dont les lèvres tremblaient. Comprenant son angoisse, il l'informa d'un ton volontairement léger :

— Ce n'est pas ton père, c'est une femme.

Plusieurs noms montèrent aussitôt aux lèvres de Storine ; plusieurs visages, dont celui d'Eldride qui, pourtant, était morte sur Phobia, tourbillonnèrent dans son esprit.

— Une très vieille femme, précisa Éridess en se penchant au-dessus du cadavre allongé dans le cercueil.

Lui aussi éprouvait ce mélange de peur, de colère et de tristesse au spectacle de la mort. Storine accourut et le bouscula d'un coup d'épaule.

— Ysinie ! s'exclama-t-elle, des sanglots dans la gorge.

Elle tomba à genoux et s'accrocha aux rebords du cercueil spatial. Éridess avait déjà entendu ce nom-là. Une fois, une seule fois, Storine en avait parlé. Pas à lui directement mais à Kosia-Rhéa, la Centaurienne qu'ils avaient connue à bord de l'*Érauliane*.

— C'est cette vieille femme qui t'avait prise sous son aile, à bord du *Grand Centaure*?

Storine étouffa un soupir mais n'osa pas prendre dans sa main celle de la morte.

« Une dépouille vide, un manteau déjà pourrissant. Ce n'est plus Ysinie. »

— La Vieille-Sans-Yeux, déclara-t-elle d'une voix éteinte. Kosiah m'avait appris qu'elle était devenue la servante et la dame de confiance de mon père.

Éridess jeta un œil sur les tentures noires.

— Elle a dû mourir il y a quelques jours déjà, et ils l'auront préparée à la hâte à cause de la bataille. Regarde ce cercueil ! (Il en fit le tour et observa les turboréacteurs encastrés dans la base d'acier.) Il est fin prêt à être largué. Ces trucs-là peuvent naviguer dans le vide spatial pendant des siècles avant de s'écraser sur un météorite ou d'être happés par les champs gravitationnels d'une planète.

Depuis qu'elle savait qu'elle se trouvait à bord du *Grand Centaure*, Storine avait espéré revoir Ysinie ; lui parler, lui sourire, la serrer dans ses bras, lui montrer qu'elle était devenue une belle jeune fille ; et Griffo aussi, qu'Ysinie aimait et craignait tout à la fois lorsqu'il était bébé ! « Elle aurait été fière de savoir à quel point il est devenu beau et fort ! »

Mais les dieux, une fois encore, lui jouaient un tour à leur façon.

— Quoi qu'en dise la Déesse, la mort est un monstre, geignit-elle entre ses dents comme si elle parlait d'une entité réelle toute-puissante.

Puis, réalisant qu'un autre de ses espoirs secrets s'envolait en fumée, elle se pencha sur le visage gris en cours de décomposition, écarta les mèches mortes qui recouvraient les orbites vides, puis traça cérémonieusement sur son front le signe de la Ténédrah : la pyramide de l'élévation spirituelle dans le cercle infini de la vie éternelle.

Mais ce geste ne lui apporta aucun soulagement. Une présence, dans son dos, la força à se retourner. Griffo ! Solide, puissant, réel, vivant. Elle avait tant besoin de réconfort qu'elle enfouit son visage dans sa chaude crinière blanche. Le lion grogna de plaisir et fit osciller sa lourde tête. En les voyant, Éridess eut un pincement au cœur. Storine pleurait en silence sur l'épaule du seul être qui comptait vraiment pour elle, et Griffo, ses larges yeux rouges scintillant dans la pénombre, lui apportait, comme toujours, l'unique consolation dont elle avait réellement besoin.

L'adolescent sentit la douleur se réveiller dans son avant-bras gauche. Ses muscles se régénéraient, les tendons et les nerfs poussaient comme des lianes autour de ses os ; ses veines nouvelles, sous le cataplasme de caoutchouc, envoyaient à son cerveau des signaux de brûlure. La nouvelle technologie de greffe, inventée par Lâane et Florus, poursuivait son œuvre. Éridess étouffa un hurlement et se mordit les lèvres jusqu'au sang.

De sa main droite, il tâtonna l'intérieur de ses poches à la recherche de la dernière cartouche contenant le liquide mis au point par Lâane pour apaiser ses souffrances lors de ces occasions où, croissant à un rythme plus rapide que la normale (sans doute sous l'effet d'un choc émotionnel), son nouveau bras le faisait souffrir plus que de coutume.

« Lorsque les chairs se seront développées jusqu'au poignet, alors ce sera au tour de la main. »

Il tressaillit d'appréhension, car – Lâane l'avait bien prévenu – la régénération de sa

main serait, et de loin, l'étape la plus douloureuse.

«Mais ne t'inquiète pas : Florus et moi
serons à ton chevet.»

Seulement, depuis, de nombreux événements avaient bouleversé leurs beaux projets et les avaient conduits sur Ébraïs, puis à
bord du *Grand Centaure*. Où diable Florus et
Lâane pouvaient-ils bien se trouver, à présent ?

— C'est ma dernière cartouche de pellastiline, déclara Éridess en plaçant le médicament dans sa seringue avant de s'injecter le
produit dans les veines.

Mais Storine ne l'écoutait pas. Le visage
toujours enfoui dans la crinière de Griffo,
elle haletait avec peine. Soudain, elle se retourna et le dévisagea. Ses yeux verts luisaient
étrangement. Elle fouilla dans la doublure de
sa longue cape verte et en sortit le manche de
son sabre psychique.

Sur le coup, le jeune Phobien fit un pas en
arrière. Avant qu'il ait pu l'interroger, Storine
déclara d'une voix blanche :

— Les soutes, Éri !

— Quoi ?

— Les esclaves enfermés dans les soutes.
Tu l'as dit toi-même, le vaisseau est en danger.

— Oui, et alors ?

Elle ne répondit pas et, suivie par Griffo qui semblait avoir tout compris, elle sortit des appartements de Marsor.

— Je croyais que tu voulais retrouver ton père au plus vite !

— Les soutes, répéta-t-elle, les dents serrées, en faisant jaillir sa lame en duralium.

— Amiral ?

Depuis quelques minutes les rapports s'accumulaient dans la timonerie du *Grand Centaure,* plus alarmants les uns que les autres.

— Les Féliandres et les Tigroïdes ont été encerclés, Amiral !

L'officier des communications était aussi pâle qu'un mort. Ces deux unités, avec leurs croiseurs et leur escadrille de chasseurs, en tout près de trois cent cinquante guerriers, avaient été massacrés jusqu'au dernier.

— Ils ont refusé de se rendre.

« Ainsi, se dit Marsor, debout dans la timonerie au milieu de ses derniers Centauriens, les explosions qui ont secoué le navire… »

Songeant à ses fiers appareils pirates qui venaient de se consumer dans les flammes, il ne put aller au bout de son idée. Comment les choses avaient-elles pu se dégrader aussi vite ? Conformément au plan, ils avaient rebroussé chemin afin de se débarrasser sans effort des quelques unités impériales laissées sur place par l'amiral Thessala. Puis, le piège s'était refermé sur eux. Utiliser le système de navigation invisible pour s'enfuir n'aurait servi à rien, puisque les bâtiments impériaux formaient un cercle serré autour de leurs positions. Pris dans un étau, Marsor n'avait même pas pu ordonner à ses canons de tirer car il aurait, en premier lieu, mis en pièces ses propres bâtiments.

Voyant la situation s'aggraver, Krôm l'avait supplié de se dégager coûte que coûte. Mais, outre le fait que Marsor n'était pas du genre à tirer sur ses hommes, quelque chose en lui s'était brisé.

« Oui… Depuis que j'ai appris que Storine était perdue. »

Ce n'était pas une banale excuse, il le savait, il le sentait. Il n'aurait pas pu expliquer ce qu'il ressentait. Ni à Krôm ni à aucun autre. C'était ainsi. Sa vie si flamboyante finirait-elle ainsi, dans un cul-de-sac ?

— Amiral ?

Krôm le dévisageait. Dans ses yeux gris aussi froids que les planétoïdes d'Ikarex, il lut la confirmation de ses propres déductions : il n'y avait plus d'issue.

Les épaules de Marsor s'affaissèrent. Imperceptible, cet aveu fut pourtant ressenti par tous les hommes présents. Durant quelques secondes, un silence angoissant tomba sur la timonerie. Se pouvait-il que l'élan sur lequel ils voyageaient tous, depuis plus de trente ans, s'essouffle ainsi et meure ?

Une série de témoins rouge vif clignotèrent sur la console de sécurité.

— Nous avons été abordés, Amiral. Les secteurs du navire tombés aux mains des impériaux augmentent de minute en minute.

L'officier de pont projeta une vue d'ensemble de la situation sur le lecteur holographique central. Aussitôt, le *Grand Centaure* apparut, découpé en tranches par le lecteur laser.

Marsor étudia les diagrammes lumineux qui s'affichaient au milieu de la pièce. Plusieurs unités impériales s'étaient infiltrées dans le navire. Les défenses automatiques camouflées dans les parois des coursives et à l'intérieur des turbolifts – mini-canons lasers ou canons électriques capables de tuer un homme – avaient été actionnées à partir de la seconde chambre des armements. Mais celle-ci avait été investie à son tour et les canonniers, froidement abattus.

Marsor concentra son attention sur le niveau où était située la chambre rouge dans laquelle était installé le système de navigation invisible ainsi que la chambre dorée qui contenait l'immense générateur au brinium qui nourrissait en énergie les cornes canons du *Grand Centaure*.

— Amiral ?

Tremblant sur ses jambes, son officier des communications s'approcha, sans oser le regarder en face.

— Astrigua vient de m'informer qu'une unité d'impériaux est parvenue jusqu'aux portes de la salle des Braves. D'après elle, leur officier n'est autre que le commandor Sériac Antigor.

Sur le coup, Marsor n'eut aucune réaction. Que Sériac soit aux premières loges répondait à une certaine logique qu'il ne pouvait pas nier.

« Le renard ne peut pas toujours échapper au chef de la meute. »

Il songea aux nombreuses occasions au cours desquelles Sériac et lui s'étaient mesurés. Et soudain, une évidence lui apparut : cette fois-ci, il ne pourrait pas fuir. Trop de vies avaient été sacrifiées. Trop de sang versé. L'espace lui-même, ne cessant d'exploser autour du *Grand Centaure*, semblait lui crier que, désormais, le vent de la chance avait tourné.

Il dévisagea calmement chacun de ses hommes ; pour la plupart, il s'agissait de guerriers qui l'avaient suivi dans cent combats depuis des années. Parmi eux se trouvaient quelques jeunes Centauriens fraîchement élevés au rang de guerriers après le dernier pacte des Braves, survenu quelques mois auparavant.

Il craignit de lire de la colère dans leurs yeux ; celle de s'être laissés entraîner dans une expédition de sauvetage qui n'avait aucune chance de succès. Ou de la rage. Ou, pire encore pour son orgueil, de la pitié.

Mais les Centauriens survivants étaient de vrais braves, et dans leurs yeux ne brillaient que l'estime et la fierté de se tenir, malgré les circonstances, aux côtés de leur chef. Même attitude chez Krôm qui, pourtant, savait combien cette entreprise, lancée au seul nom de Storine, était une pure folie !

Marsor prit sa décision à la lumière de tous ces regards.

Puis, fidèle à lui-même, sans plus s'accuser de faiblesse ou de folie, il déclara d'une voix forte :

— Le *Grand Centaure* ne tombera jamais aux mains des impériaux. Krôm ?

— Amiral !

Marsor pointa du doigt les schémas holographiques du navire.

— Prends six hommes et rends-toi dans la salle des Braves en contournant les unités ennemies. Toi ! ajouta-t-il en se plantant devant une jeune Centaurienne, avec cinq camarades, descends jusqu'aux soutes et délivre tous les esclaves qui s'y trouvent. Astrigua t'aidera.

Il ajouta d'un air sombre :

— Je ne veux plus personne à bord du *Grand Centaure*, à part nos ennemis. Il posa sa lourde main sur l'épaule de Krôm. Il faut absolument empêcher Sériac d'investir la salle des Braves.

Comprenant le plan de l'amiral à demi-mot, le premier lieutenant cilla. Un instant, il fut saisi d'effroi. Il songea même à refuser la mission. Mais les diagrammes holographiques ne laissaient guère d'espoir quant à l'issue de la bataille. En fin de compte, il approuva du chef et, tournant les talons, ordonna à ses hommes de le suivre.

— Krôm ?

Le grand pirate aux yeux gris s'arrêta. Marsor s'approcha de lui et, plaquant l'un contre l'autre leurs deux avant-bras au niveau des symboles de la piraterie tatoués dans la chair de leurs poignets, ils échangèrent le traditionnel salut des Braves.

Profitant de ce moment d'éternité volé à la mort, l'amiral murmura :

— Protège la salle des Braves jusqu'à mon arrivée. Ensuite, tu devras quitter le navire avec tes hommes. Je m'occuperai du reste.

Krôm salua son officier et ami, puis il quitta la timonerie.

Il savait parfaitement pourquoi Marsor tenait tant à protéger la salle des Braves. À ce moment ultime de la vie où ce qui nous importe le plus nous apparaît tout à coup futile, Krôm eut l'intuition qu'il ne pourrait pas quitter le *Grand Centaure* vivant…

18

Dans les soutes

Seule dans ses appartements privés, la grande duchesse Anastara frémit en posant la statuette du dieu Sakkéré sur l'autel normalement réservé à Vinor.

« J'ai juré de ne plus avoir recours au dieu des Ténèbres, mais l'heure est trop grave. »

Depuis que trois des cinq mini-croiseurs d'abordage avaient été détruits, elle craignait d'apprendre la mort de son cousin. Elle s'agenouilla devant le dieu à tête d'homme et au corps de lion noir, et tenta de faire le vide dans son esprit.

À bord du croiseur amiral, l'émotion était à son comble. Thessala recevait dépêche sur dépêche, et une euphorie grandissante régnait dans la timonerie.

«J'espère qu'ils ne feront pas l'erreur de sous-estimer Marsor!»

Anastara écouta son cœur battre à grands coups dans sa poitrine. Se connecter à l'esprit de Sakkéré était dangereux. Elle se rappela comment, une fois déjà, le dieu l'avait aidée à se débarrasser de Storine et de Griffo. Grâce à la force vitale de Sakkéré, son esprit avait pu investir la petite navette qui transportait Storine sur la station Cyrex 4. Tuer le pilote avait été facile et, grâce à la complicité de ce sot d'Éridess qui avait saboté le système de direction, les détourner sur la zone d'attraction du triangle d'Ébraïs s'était révélé un jeu d'enfant.

«Seulement, porter l'énergie du dieu m'a rendue malade pendant trois jours.»

Plus grave encore, l'esprit de Sakkéré prenait chaque fois plus d'ascendant sur elle, à tel point qu'elle vivait parfois tout éveillée d'horribles transes dont elle avait toutes les peines du monde à s'extraire.

«Toute chose à un prix, mais cela m'épuise.»

Elle songea au visage angélique de Solarion, à ses yeux, à sa bouche.

«Je ne veux pas qu'il lui arrive malheur!»

Décidée à aller jusqu'au bout, elle inspira à pleins poumons l'encens sacré et se prépara à descendre une fois encore, en esprit, dans les sphères ténébreuses de Sakkéré…

Storine marchait à grands pas en direction des soutes dans lesquelles Astrigua enfermait autrefois les esclaves dangereux. Étant donné les circonstances, ce n'était sans doute pas la chose la plus urgente à faire, et Éridess ne se gêna pas pour le lui faire savoir :

— Ce navire est rempli d'impériaux et de pirates qui s'étripent mutuellement, et toi, tu veux jouer les héroïnes. Ne voulais-tu pas retrouver ton père ? Crois-tu qu'il t'attend dans les soutes ?

Son ami avait raison. Pourtant, Storine ne pouvait s'empêcher de se revoir à bord du *Grand Centaure*, lorsqu'elle avait autrefois délivré Éldride. À cette époque aussi, le vaisseau semblait perdu. Urba avait insisté, face à « l'urgence de la situation », comme disait Éridess. En prétendant que Marsor souhaitait la voir saine et sauve, le majordome avait menti. Résultat, elle était montée à bord de la petite nacelle d'éjection, et puis…

Elle s'arrêta, se retourna et dévisagea son ami. Éridess entendit le froissement sec de sa longue cape vert émeraude.

— Si tu as peur, va-t-en !

Il haussa les épaules.

— Ce que tu peux être ridicule quand tu t'y mets !

Storine s'immobilisa. À force de se chamailler, elle ne s'était pas rendu compte qu'ils étaient parvenus devant les portes donnant accès aux cellules des esclaves. Le jeune Phobien se campa devant la console d'ouverture de la première porte et, rabattant la visière de son mnénotron sur son front, lui fit signe qu'il s'occupait de tout.

La jeune fille retint son souffle.

Lorsque la porte coulissa dans la paroi, elle crut être projetée cinq années en arrière. Une pénombre rougeâtre éclairait l'immense salle, et les cages de verre individuelles qu'elle revoyait parfois dans ses cauchemars s'alignaient comme des sentinelles de glace. Griffo gronda de colère. Avec la plus grande appréhension, elle s'approcha de l'une des cages et observa la silhouette endormie à l'intérieur. Éridess déclara :

— Ce sont des cercueils d'isolation. Le gaz rosé, dans la cloche de verre, maintient les esclaves en état de sommeil comateux. Mon père possédait de semblables alcôves dans notre château de lave.

Comme Storine le fusillait des yeux, il comprit qu'il venait de perdre une belle occasion de se taire. Soudain, une porte s'ouvrit au fond de la salle, et plusieurs personnes pénétrèrent dans la soute.

Storine intima à Griffo l'ordre de se taire, puis Éridess et elle s'abritèrent derrière une rangée de cercueils dressés. Des bruits de pas résonnèrent sur le plancher d'acier. Les blindages du *Grand Centaure* gémirent une fois encore, comme si le vaisseau lui-même était angoissé.

«Ce qui est sûrement le cas», se dit Storine car, pour elle, ce navire avait toujours possédé un cœur et une âme.

Un à un, effaçant la ténébreuse intimité des veilleuses d'appoint, des projecteurs éclairèrent crûment la grande salle.

— Scindons-nous en deux groupes. Commencez par les rangées A-2 jusqu'à J3 ; je m'occupe du reste.

Cette voix de femme, à la fois sèche et impérieuse, frappa Storine comme une gifle.

Sa main serra le manche de son sabre psychique à s'en faire blanchir les jointures. Griffo, qui avait également reconnu Astrigua, râcla de ses griffes les dalles d'acier.

Storine n'avait jamais vraiment songé au moment où, fatalement, elle se retrouverait face à son ancienne tortionnaire. Mais à cet instant, tout ce qu'elle avait vécu de dramatique et d'humiliant à bord du *Grand Centaure* lui revint en mémoire. Sans crier gare, Griffo se hérissa et, renversant une série de cercueils, bondit à l'attaque.

— Griffo !

Trop tard.

Surgissant comme un diable au milieu du petit groupe de pirates, le grand lion blanc poussa un tel rugissement de colère que les hommes furent pétrifiés d'effroi.

Astrigua était une femme de caractère. Autrefois, elle avait été une des plus farouches Centauriennes de la flotte. Sa haute stature, son port de tête altier, ses costumes de cuir noir et son long fouet électrique étaient devenus légendaires. Mais, face au grand lion blanc qui surgissait de son passé tel un esprit malfaisant, elle se mit à trembler.

Lorsqu'elle aperçut la belle jeune fille qui s'approchait lentement du lion, elle sentit ses

genoux devenir aussi mous que de la gui-
mauve. La scène, surréaliste, lui rappelait ses
pires cauchemars, lorsque, poursuivie par
un lion blanc, elle fuyait dans un sombre corridor. Dans son rêve, une fille aux cheveux
orange surgissait. Alors, une douleur atroce
lui transperçait le sein gauche. Ensuite… Elle
n'avait jamais vécu la suite, car elle s'éveillait toujours à ce moment-là, baignée de sueur
de la tête aux pieds.

— Storine ? laissa-t-elle tomber, incrédule.

Comme une évidence. La suite logique de
ses cauchemars. Un arrêt du destin.

Face à face, enfin, au grand étonnement
des six autres pirates et d'Éridess, qui sortait
timidement de l'ombre d'une rangée de cercueils. L'instant était chargé d'électricité.
Comprenant que ces retrouvailles étaient une
sorte de règlement de comptes entre elle et
Storine, Astrigua ordonna à ses hommes de
quitter la salle.

Storine dévisagea la pirate de son enfance,
celle sur laquelle étaient cristallisés sa peur,
sa rage, sa haine. Astrigua n'avait pas changé.
Toujours cette habitude de donner des ordres,
ce même regard hautain, ces longs cheveux
raides et noirs maintenus sur les tempes par
un lourd bandeau de métal ; cette joue droite,

balafrée du menton au sourcil, qui la faisait toujours un peu cligner de l'œil, et, par-dessus tout, ces yeux mauves, méprisants, si semblables à ceux d'Anastara.

D'abord hésitant à abandonner leur commandant, les Centauriens restèrent immobiles. Griffo s'en aperçut et gronda sourdement.

— Sortez ! s'écria la maîtresse des esclaves.

Les pirates se consultèrent du regard, puis obéirent. Cette affaire était une *Oblya*, une affaire d'honneur qui ne les concernait pas.

Quand elle se retrouva seule, Astrigua sentit qu'elle avait peut-être eu tort de les chasser. L'heure était grave. Malgré ses rêves prémonitoires, elle n'y croyait toujours pas. Storine était de retour, et son lion était là, lui aussi ! Elle les avait tous deux connus frêles, jeunes, innocents, inoffensifs. Et voilà qu'ils ressurgissaient, tels des messagers de la vengeance.

Storine n'avait aucune idée précise en tête. Alors, plus pour exprimer sa colère que par réelle envie de se battre, elle fit jaillir la lame de son sabre et se mit en garde. Son sabre bien en main, elle se sentit tout de suite mieux car, en vérité, il n'y avait rien à dire, rien à expliquer.

« Le destin, se dit Astrigua. *Mon* destin. »

Les mains de la jeune fille se mirent à trembler de toute cette rage accumulée depuis des années. Cette femme était l'ennemie. Depuis toujours. Il lui sembla qu'elle était la cause de tout ce qui lui était arrivé de tragique : la mort de ses grands-parents, celles de Griffon et de Croa ; son enlèvement d'Ectaïr par le commandor Sériac. C'était dément. Et faux. Et enfantin, aussi, de le penser. Mais cela lui faisait tellement de bien ! Un voile brouilla son regard. Éridess vit ses pupilles s'assombrir.

Qui s'élança à l'assaut de qui ?

Le visage crispé, Astrigua dégaina son fouet électrique.

— Par les cornes du *Grand Centaure* ! s'exclama Storine en fondant sur elle, sabre au clair.

Astrigua hésita un centième de seconde. L'attaque était si subite, si précise, qu'elle n'aurait de toute façon rien pu faire pour l'éviter. Griffo ne bougea pas une oreille. Saisi d'effroi, Éridess ferma les yeux.

Un cri déchirant s'éleva dans la grande soute, devant la centaine de cercueils vitrés et les regards vides des esclaves endormis. Storine hurla une seconde fois : un cri rauque dans lequel toute colère, toute rancune avaient disparu. Devant elle, Astrigua titubait, hagarde, ahurie, une main crispée sur son pourpoint de cuir noir à la hauteur de son sein gauche. Épouvantée par son geste, Storine contempla sa lame rougie de sang, puis le flot écarlate qui giclait sur la main de la maîtresse des esclaves.

Après le premier instant de rage, Storine avait songé à un combat d'égale à égale. Elle n'était plus la fillette effrayée d'autrefois, et elle voulait le prouver. Mais depuis son départ du *Grand Centaure,* elle était elle-même devenue une guerrière redoutable, une furie qui n'avait laissé aucune chance à son adversaire. Elle avait beau se dire qu'Astrigua était mauvaise, qu'elle l'avait autrefois battue, enfermée, humiliée, la femme qui titubait devant elle n'était plus une farouche guerrière, mais une pauvre créature blessée à mort.

Devant l'énormité de son geste, la jeune fille laissa tomber son sabre. Astrigua la dévisageait avec étonnement ; Griffo et Éridess en faisaient autant.

À bout de forces, les mains plaquées sur sa poitrine, Astrigua tomba à genoux.

— Éri! s'écria alors Storine d'une voix blanche.

Le visage déformé par la honte et le chagrin, elle ressemblait à une enfant bouleversée. Éridess fut stupéfait de lui voir les yeux aussi verts. Comprenant ce qu'elle attendait de lui, il s'approcha de la maîtresse des esclaves et la coucha doucement sur le dos. Il se tourna vers son amie qui pleurait des larmes couleur de lait, puis il appliqua sa main de guérisseur sur la plaie béante laissée par la lame du sabre.

Pendant une longue minute, le fauve, Storine et la blessée baignèrent dans une paix fragile et irréelle, tandis que le *Grand Centaure,* aussi mal en point qu'Astrigua, gémissait tel un condamné.

«Une seconde, une fraction de seconde, songea Storine, et tout change, tout meurt.»

Quand la main d'Éridess eut fait son œuvre, la jeune fille osa enfin s'approcher d'Astrigua.

— J'ai arrêté l'hémorragie, lui murmura le garçon, mais la blessure est trop profonde.

— Storine, répéta douloureusement Astrigua.

Son visage livide faisait peine à voir. Un filet de sang coulait de ses lèvres.

— L'amiral…

Voyant qu'une Centaurienne, sans doute pour servir de témoin à l'*Oblya*, n'avait pas obéi aux ordres de la pirate, Storine l'interrogea du regard.

— Marsor nous a ordonné de libérer tous les esclaves puis de quitter le navire au plus vite, répondit-elle.

Storine approuva du chef. Comme Astrigua levait une main sanglante vers elle, elle hésita quelques instants avant de la saisir désespérément.

— Je… je ne voulais pas. Je suis si désolée, bafouilla la jeune fille en mordillant nerveusement son grain de beauté.

Ces quelques mots amenèrent un sourire indulgent sur le visage de la femme pirate.

— J'ai toujours su qu'on se reverrait…

Griffo, qui savait qu'on parlait aussi de lui, s'approcha de la blessée.

— Mon père? supplia Storine.

Rassemblant ce qui lui restait de force, Astrigua s'accrocha aux revers de la cape de la jeune fille et se releva péniblement.

— Je vais te conduire.

D'un regard, elle demanda à la Centaurienne de remplir sa mission. En quelques minutes, tous les cercueils furent ouverts et les esclaves, bâillant et s'étirant, commencèrent à quitter leur sarcophage de verre.

— Griffo? appela Storine.

Puis, elle fit ce que jamais elle n'aurait jamais cru faire un jour: elle aida Astrigua à se hisser sur l'encolure du grand lion blanc.

19

Le combat des maîtres

Éridess avançait derrière Griffo dans les longs corridors obscurs. Abasourdi par le geste de Storine, il n'arrivait pas encore à y croire. Astrigua leur fit prendre une coursive plus étroite qui ressemblait à un passage secret. Griffo gronda un peu en s'y engouffrant, mais il obéit.

Le jeune Phobien en eut froid dans le dos.

« Des explosions ont secoué le *Grand Centaure*. Je suis sûr que certaines parties du navire sont déjà la proie des flammes. »

Il serra plus fort le sabre psychique abandonné par Storine et qu'il avait ramassé pour elle. La lame rougie de sang s'était rétractée dans le manche.

« Il n'y a qu'elle qui possède la puissance mentale nécessaire pour en faire jaillir la lame. »

L'odeur du fauve était très forte, dans le passage. À un moment, ils s'arrêtèrent et retinrent leur souffle, car de l'autre côté de la cloison passait un détachement de soldats impériaux.

Storine sentait ses épaules trembler. Juchée sur l'encolure du grand lion blanc, elle serrait Astrigua par la taille pour l'empêcher de glisser. Ses mains étaient poisseuses de sang.

— Nous arrivons, haleta Astrigua.

Éridess se faufila entre les pattes de Griffo puis, obéissant aux consignes d'Astrigua, il s'arc-bouta contre un panneau d'acier qui bascula sous la force de sa poussée.

Une étoile de lumière filtra dans l'étroite coursive. Aussitôt, des éclats de voix leur parvinrent.

— Amiral, vous pensez vraiment ce que vous dites ?

Tout en restant à couvert dans le passage, Storine jeta un coup d'œil dans la pièce. Elle distingua les hautes colonnes torsadées, les deux blocs de gradins sur lesquels se tenaient les pirates lors des réunions, le sol dallé décoré de fresques représentant des animaux de légende, des planètes, des étoiles en fusion. Loin au-dessus de sa tête, elle aperçut aussi les toits vitrés de la grande salle.

« Ce passage secret conduit dans l'hémi-cycle », songea-t-elle en contenant difficile-ment le tremblement de ses mains.

La salle des Braves. Cet endroit mythique où elle avait, pour la première fois, croisé le regard de Marsor le pirate. En un éclair, elle se remémora tout ce qu'elle avait vécu en ces lieux. La tête du traître Torgar, décapité par Marsor, roulant sur les dalles ; Griffo, encore bébé, jouant avec ce trophée et plantant sauvagement ses petites dents pointues dans les joues du mort. Et, surtout, la cérémonie de l'Ascoria, au cours de laquelle Marsor en avait fait sa fille adoptive.

Elle contempla le symbole des pirates gravé à jamais dans la chair de son avant-bras.

— Le *Grand Centaure* ne tombera pas aux mains des impériaux !

Cette voix !

Éclairée par le scintillement des étoiles et des lointaines nébuleuses, la salle était plongée dans une douce pénombre. Storine aperçut, de dos, deux hommes penchés sur le majes-tueux fauteuil de l'amiral. Elle reconnut les fresques guerrières peintes derrière le siège ; ce mur effrayant sur lequel, disait-on, Marsor suspendait les têtes de ceux qui l'avaient trahi.

De temps en temps, une navette impériale, frôlant le navire, profilait son ombre dans la salle des Braves. Des bruits leur parvenaient, mélange de ahanements d'hommes, de cris de dépit et de mèches lasers qui entamaient l'acier de la lourde porte donnant accès à l'hémicycle.

Attirée comme un aimant par la voix de son père et ne pouvant encore croire en ce miracle, Storine sortit du passage et marcha vers lui comme une somnambule.

— Plus que deux séquences et le premier système sera enclenché, dit encore Marsor en entrant une combinaison de chiffres et de symboles sur une console digitale encastrée dans un des bras du fauteuil.

Storine s'arrêta à quelques mètres de lui.

— Attention !

Apercevant la jeune fille, six Centauriens venaient de s'exclamer en même temps.

Krôm et Marsor se retournèrent…

Pour rien au monde Éridess n'aurait voulu manquer ces retrouvailles. À ce moment précis, Astrigua, à bout de forces, glissa de l'encolure du lion, qui en profita pour jaillir hors du passage en grondant de joie. Lorsque le jeune Phobien eut traîné puis adossé Astrigua contre un pilier, il ne vit qu'un vieil homme serrant dans ses bras une longue silhouette drapée de vert surmontée d'une flamboyante chevelure orange.

Il était trop loin pour entendre ce qu'ils se disaient, mais assez proche, toutefois, pour voir que les joues de Storine étaient inondées de larmes et qu'elle hoquetait comme une enfant. Griffo gambadait autour d'eux à la façon d'un énorme lapin blanc, tandis que les autres pirates demeuraient pétrifiés de surprise.

Lorsque, enfin, il osa s'approcher à son tour, Storine et Marsor se dévisageaient toujours, les yeux dans les yeux, sans cesser de se sourire, incapables de prononcer le moindre mot. Éridess remarqua que les ombres projetées dans la salle par les navettes impériales qui encerclaient le navire découpaient Storine et Marsor en tranches régulières, noire, blanche et dorée, dans un magnifique et silencieux ballet de lumière. Inquiet, le garçon entendit aussi les grincements sinistres de la porte principale qui commençait à céder sous les efforts conjugués des soldats impériaux massés à l'extérieur.

Storine se tourna vers Krôm, ce pirate qui, le premier, l'avait autrefois menée dans la salle des Braves et s'était fait passer, au collège de Hauzarex, pour un professeur d'escrime afin de veiller sur elle. Aussi émus l'un que l'autre, poignet contre poignet, ils échangèrent le traditionnel salut pirate.

Submergé malgré lui par une bouffée de joie et de fierté, Éridess ne pouvait se résoudre à se présenter comme l'ami de Storine. Il contemplait le grand pirate et avait peine à croire qu'il s'agissait bien du célèbre Marsor.

Storine s'accrochait à son père qui, en retour, la tenait par les épaules. Elle enfouissait son visage dans le haut col de cuir de son pourpoint brun et or ; ses lèvres remuaient. Que pouvait-elle bien lui dire tout bas ?

Un pincement de jalousie serra le cœur de l'adolescent. Il n'avait jamais pu enlacer ainsi ni son père ni sa mère. Quand l'énorme porte céda soudain dans un craquement sinistre, des tirs de laser illuminèrent la salle et s'entrecroisèrent dans un chaos inextricable.

— À couvert ! hurla Marsor en poussant Storine à l'abri, dans le passage secret.

Sa joie de l'avoir enfin retrouvée était si intense, si brutale, qu'il ne mesura pas sa force. Emportée par son élan, la jeune fille se cogna le front contre la paroi et perdit connaissance. Griffo, qui l'avait suivie dans le passage, s'y précipita à son tour.

— Sto! s'écria Éridess en tentant de lui porter secours.

Mais trébuchant sur les jambes étendues d'Astrigua agonisante, il heurta tête première les dalles de métal.

— Marsor, au nom de l'Impératrice, entendit-il avant de s'évanouir, je te somme de te rendre!

Croyant Storine en sécurité, l'amiral dégaina son sabre et fit face au commandor Sériac et à la vingtaine de soldats impériaux qui venaient d'investir la salle des Braves.

Après quelques minutes de combat, Sériac lui-même ne s'y retrouvait déjà plus. Huit Centauriens, incluant Marsor, croisaient le fer contre vingt-deux soldats impériaux.

« En nous comptant, Corvéus et moi! »

— Arrière! ordonna le commandor.

Il écarta un de ses soldats et marcha droit sur Marsor, aux prises avec trois assaillants.

La salle, bien que vaste, grouillait d'hommes en armes et de cris de guerre. Le ballet des uniformes impériaux et celui des pourpoints pirates composaient une symphonie baroque au milieu de laquelle scintillaient les lames électriques et les sabres en duralium.

En soldats aguerris, les Centauriens tranchaient sans pitié. Un horrible cri de douleur s'éleva lorsqu'un soldat fut soudain amputé d'un bras par un coup de sabre bien ajusté. Saisi à bras le corps et lancé au-dessus de la mêlée par un Centaurien, un autre percuta deux de ses compagnons qui accouraient à son secours. De son côté, Corvéus se mesurait sauvagement à mains nues à un Brave. Il le déséquilibra d'un violent coup d'épaule, puis, ignorant les ruades du pirate, il referma ses grosses mains autour de son cou. Sériac sentit plus qu'il n'entendit les os du Centaurien se broyer.

« Le prince ! » se rappela-t-il soudain.

Il regarda à droite puis à gauche, bloqua une attaque d'un brusque moulinet du poignet, baissa la tête et trancha à la volée dans la cuirasse d'un grand Centaurien aux yeux gris. Le sang gicla, inondant son col, sa joue et son front.

« Votre Altesse ? »

De dos, il aperçut alors un de ses hommes qui menaçait Marsor de sa lame. Comme quatre soldats impériaux gisaient déjà aux pieds du pirate dans une mare de sang, Sériac se dit que celui-ci serait bientôt le prochain.

À dix pas de distance, un détail le figea d'effroi. Le soldat, qui portait l'instant auparavant de longs cheveux noirs, arborait à présent une courte chevelure blonde qui frisottait sur sa nuque.

— Le fou! s'écria le commandor, hors d'haleine, en se précipitant au secours du prince impérial.

Les muscles crispés à se rompre, Solarion se tenait face à Marsor. Son cœur battait si fort dans sa poitrine qu'il avait peur de le sentir brusquement remonter dans sa gorge. Bras tendus, lame pointée sur la poitrine de son adversaire, il venait d'arracher son morphocollier.

En trois secondes, sa morphologie d'emprunt se désagrégea, révélant ainsi son vrai visage.

Stupéfait devant ce prodige, Marsor baissa un instant sa garde. Ravi de constater l'efficacité de sa ruse, Solarion s'avança d'un pas et se présenta farouchement:

— Je suis Solarion de Hauzarex, prince impérial d'Ésotéria !

L'apparition, au plus fort du combat, de ce fier jeune homme aussi beau qu'un dieu tenait à la fois de l'irréel et du sublime. Les yeux du prince étaient aussi froids que la pierre. Marsor se demanda un instant pourquoi ce garçon lui vouait autant de haine. Puis, il se rappela. Solarion aspira une rapide bouffée d'air. Il allait porter le coup fatal. Marsor tenait, quant à lui, sa lame basse au niveau de l'aine de son adversaire. Pourtant, mystérieusement, il refusait d'éventrer le prince et se contenta de le fixer au fond des yeux.

— Arrêtez !

Tous deux surpris par cette soudaine injonction, ils pivotèrent et découvrirent Storine qui, surgissant du passage dérobé, se glissa entre eux, écartant ses bras et offrant à chacun son corps en guise d'écran protecteur.

— Storine ! s'exclamèrent-ils en même temps.

La jeune fille défia le prince du regard.

— Ne touche pas à mon père !

Blessé au cœur par cette brutale révélation, Solarion passa, en moins d'une seconde, de la plus grande joie au plus profond désespoir.

— Ton… père?

Son visage reflétait une totale incompréhension.

— Mon père, répéta-t-elle distinctement.

— Attention!

Voyant qu'un des soldats impériaux mettait Storine en joue, Marsor tira sa fille en arrière; le tir de laser frôla sa gorge, passa entre elle et Solarion, puis explosa contre une des colonnes en une éblouissante gerbe de flammes. Frustré d'avoir raté sa cible, le soldat rajusta sa mire.

Il n'eut pas le temps de tirer à nouveau. Saisi à l'épaule par la gueule du lion, il fut violemment projeté contre une paroi. Griffo poussa ensuite un terrible rugissement.

Tétanisés par la présence du fauve, les hommes rompirent un instant le combat. Reprenant ses esprits, Storine vit tout à la fois Griffo, dressé tel un animal de légende au centre de la mêlée, et les hommes, impériaux et pirates confondus, figés de stupeur.

Son grondement glacial déferla sur la salle. Storine ne fut pas longue à comprendre pourquoi les hommes, toujours immobiles, commençaient à pâlir sous leurs casques.

Bouche grande ouverte, ils avaient de la difficulté à respirer. Quelque chose planait sur la mêlée, invisible, impalpable mais oh! combien dangereux. Le glortex des lions blancs d'Éctaïr, cette force télépathique qui pouvait tuer à distance.

Griffo était plus intelligent qu'eux tous réunis. Voyant que ses amis s'affrontaient bêtement, il avait décidé d'agir. Déjà, une dizaine de soldats avaient laissé tomber leurs sabres et leurs boucliers énergétiques. Les morts étaient morts. Mais les autres ne bougeaient déjà plus qu'avec difficulté.

Storine pouvait ressentir leur peur, entendre leur sang bouillir dans leurs veines, les nerfs de leur cerveau se tordre entre leurs tempes, leur cœur lentement broyé par une force brutale contre laquelle ils ne pouvaient rien.

Effrayant, invincible, Griffo grondait toujours. Soulevée par un vent invisible, sa crinière battait à son encolure. Ses pattes et ses crocs étaient rouges de sang.

— Père! Solarion!

Protégé contre le glortex de son lion par sa propre force mentale, Storine s'agenouilla auprès d'eux. Fermant un instant les paupières, elle embrassa le jeune homme qu'elle aimait tant et qui, incapable du moindre mouvement, la regardait, ébahi, les yeux noyés de larmes.

Puis elle prit sa décision.

— Nous allons partir. Je t'en prie, Solarion, laisse-nous partir.

S'appuyant contre l'épaule de Marsor, elle le souleva. La lourde épée que tenait l'amiral glissa de sa main et rebondit sur les dalles d'acier. Tous entendirent ce bruit si singulier dans le silence ténébreux, mais personne n'eut la force de réagir.

Le rugissement du lion résonnait toujours aux quatre coins de la salle. Griffo comprenait parfaitement les intentions de sa jeune maîtresse, et il modulait la force de son glortex de manière à blesser le moins d'hommes possible.

Avant de tourner le dos à son fiancé, Storine l'embrassa encore et lui murmura, d'une toute petite voix :

— Pardonne-moi…

Son cœur était si lourd qu'elle se crut incapable de soutenir son père jusqu'au passage dérobé. Parmi les hommes frappés de stupeur qui la fixaient de leurs regards fièvreux, elle reconnut le commandor Sériac ainsi que le géant Corvéus. Elle avait si mal dans son âme qu'elle ne prit pas garde à Éridess, allongé face contre terre auprès d'Astrigua, dont le masque mortuaire contemplait les étoiles sans plus les voir. Rêvait-elle ou bien Éridess lui tenait-il la main ?

Avant de disparaître dans le passage secret, elle jeta un dernier regard à Solarion, toujours paralysé par le glortex de Griffo. L'expression de ses yeux si bleus lui causa un tel chagrin qu'elle détourna vivement la tête.

Les effets du glortex s'atténuèrent en quelques minutes, mais il était trop tard, désormais. Scellant le passage derrière eux, Storine, Marsor et Griffo n'étaient plus que des fugitifs.

Anastara avait vu toute la scène par les yeux du soldat qui, sous son impulsion télépathique, avait tenté d'assassiner Storine. En sortant de sa transe, elle éclata d'un rire hystérique.

« Storine est la fille de Marsor le pirate ! Je la tiens ! Quoi qu'il fasse à présent, Solarion ne pourra plus rien pour elle. »

Se précipitant sur son communicateur de poche, elle entra en contact avec Thessala.

— Amiral ! Marsor est définitivement vaincu. Vous pouvez maintenant ordonner l'assaut général.

20

La fuite

Marsor détacha du mur une des torches électroniques qui éclairaient l'étroit couloir. Il fallait faire vite, car les Impériaux ne tarderaient pas à faire sauter la cloison qu'il venait de sceller.

« À moins qu'ils n'aient compris que le temps, désormais, leur est compté. »

En fin stratège, le commandor Sériac ne pouvait pas avoir manqué de le comprendre, et il prendrait immédiatement les mesures nécessaires.

« Ce qui nous laisse une petite chance de réussir… »

Malgré la précarité de la situation, il s'arrêta, alluma sa torche et se retourna. Storine, qui le suivait de près, lui sourit. En lui caressant doucement la joue du dos de sa main rugueuse, Marsor réalisa qu'elle pleurait. Mais étaient-ce des larmes de joies ou de désespoir?

Le cœur gonflé de bonheur, de tendresse et de fierté, il ne put s'empêcher de la serrer contre lui.

— Père...

Après avoir rêvé de cet instant depuis des années, c'était tout ce qu'elle était capable de lui dire.

« Quoique je n'aurai jamais imaginé qu'on allait se revoir dans de pareilles circonstances.»

— Laisse-moi te regarder!

Pendant que Griffo geignait comme un lionceau en mal d'affection, il la contempla avidement, cherchant peut-être à deviner, dans les traits de son joli visage, tous les événements de sa vie qu'il n'avait pas vécus à ses côtés.

Puis, lucide presque à en pleurer, il déclara:

— Sto, es-tu certaine d'avoir fait le bon choix? En t'affichant officiellement comme ma fille, tu perds toute chance d'épouser le prince. Tu seras pourchassée, traquée comme une bête. Et que dire de Solarion qui t'aime! Et toi qui l'adores!

« D'où sait-il tout cela ? »

Des bruits sourds leur parvinrent de la salle des Braves, distante seulement de quelques dizaines de mètres. Ils se remirent en marche.

Storine serrait les lèvres. Elle n'avait fait que réagir à la situation avec sa fougue habituelle et son sens si particulier de la justice. Avec son cœur. Sans trop penser aux conséquences.

— Ne veux-tu pas faire demi-tour et le rejoindre ? Il n'est pas encore trop tard, tu sais !

Elle scruta son visage buriné par les combats et les soucis, et lut dans ses yeux un tel amour désintéressé qu'elle en fut émue.

— Je vous ai retrouvé, père, répondit-elle dans un souffle rauque. Je reste avec vous.

Pour donner plus de poids aux paroles de sa jeune maîtresse, Griffo gratifia le grand pirate d'un affectueux coup de tête à l'épaule. Celui-ci s'essuya les yeux d'un vif mouvement de manche, prit une grande respiration, et dit :

— Alors il faut faire vite. Tout à l'heure, j'ai activé le premier système d'autodestruction, mais il me reste à régler le second.

Sa voix s'étrangla sur ces derniers mots. Il grimaça de douleur et se palpa le côté droit. Griffo et Storine n'eurent pas besoin d'examiner sa main à la lueur spectrale de la torche pour comprendre ce qui s'était passé.

— Père, vous êtes blessé?

Cela avait dû se produire dans la salle des Braves. On reçoit un coup que l'on croit insignifiant, et puis on l'oublie dans la fièvre de la bataille.

Elle songea à son ami Éridess, à sa main de guérisseur, et elle regretta que les événements se soient bousculés si vite qu'elle n'avait pu l'emmener. « Il est bien capable de croire que je l'ai abandonné! »

— Vous saignez abondamment, reprit-elle. Il faut soigner cette plaie, sinon vous ne pourrez jamais vous enfuir.

Ils se dévisagèrent et elle comprit à cet instant qu'il ne songeait nullement à fuir. Jamais il n'accepterait de survivre au *Grand Centaure*.

— Mais… pourquoi?

Cette exclamation ouvrait la voie à plusieurs interprétations. Cependant, ils savaient tous deux à quoi s'en tenir.

— Le *Grand Centaure* contient trop de secrets. Il ne doit pas tomber entre les mains des impériaux.

— Je vous ai retrouvé, je ne veux pas vous perdre à nouveau ! s'écria-t-elle.

Tant de fidélité et d'amour alors qu'ils n'avaient vécu ensemble, somme toute, que pendant une petite année !

« Mais nous sommes liés depuis si longtemps, elle et moi ! » songea Marsor en souriant à demi.

— Comme on apprend à vivre, vient un jour où il faut savoir mourir, répondit-il d'un ton sans appel.

Derrière eux éclatèrent des voix d'hommes dont ils saisirent le sens. « Ils ne sont pas loin. Sentez-vous l'odeur du lion ? Dépêchons-nous ! »

Agacé par la présence de ces soldats, Griffo se crispa. Il fit volte-face dans le corridor.

— Ils sont derrière nous ! haleta Marsor en plaquant sa main ensanglantée sur sa blessure.

Storine prit le bras de son père et murmura :

— Ne craignez rien. Nous pouvons encore leur échapper.

Dans le sourire confiant qu'elle lui lança comme un défi, il lut toute l'intelligence et le charme de la femme qu'elle ne tarderait pas à devenir.

— De la même façon que je suis venue à bord, nous pouvons nous enfuir, expliqua-t-elle.

Puis, elle récita la seconde formule de Vina :

— *Mâatos Siné Ouvouré Kosinar-tari.*

Lorsque, certains de coincer les fuyards, les soldats atteignirent l'endroit exact où ils les avaient aperçus quelques secondes plus tôt, ils restèrent saisis de stupeur, car le tunnel secret était vide.

Comme l'avait prévu Marsor, le commandor Sériac n'avait pas été long à découvrir le système d'enclenchement d'autodestruction dissimulé dans le bras du fauteuil de Marsor.

Autour de lui, dans le grand hémicycle, les soldats comptaient les morts. Les traits tirés par la fatigue et l'inquiétude, Sériac interrogea à la ronde :

— Y a-t-il des survivants parmi les pirates ?

Ses hommes retournèrent les corps. Un jeune lieutenant s'approcha du fauteuil sur lequel Sériac était penché.

— Négatif, Commandor.

L'officier serra les mâchoires, fit claquer sa cape de cuir noir, puis se dressa face au petit lieutenant.

— Alors, nous devons immédiatement abandonner le navire.

Devant l'incompréhension totale de l'officier qui avait donné l'ordre, quelques minutes plus tôt, de débloquer le passage scellé par Marsor afin de donner la chasse aux fuyards, Sériac maugréa entre ses dents :

— Il ne nous livrera pas le *Grand Centaure*. Il va le faire sauter, et nous avec.

Ces mots jetèrent l'effroi parmi les soldats.

Remis de leur engourdissement et de leur terreur, les hommes, flattés de se trouver dans ce lieu légendaire dont parlaient les médias de l'Empire, erraient entre les hautes colonnes torsadées. Certains d'entre eux, dévorés de curiosité et faisant fi des circonstances, montaient et descendaient les gradins dans lesquels les pirates s'asseyaient lors des réunions du conseil.

Solarion, qui avait reconnu Éridess, s'approcha de lui.

— Éri ! s'exclama-t-il.

Ils s'étaient tous deux connus au collège de Hauzarex, sur la planète Delax, et en dépit du fait que le jeune Phobien était toujours dans le sillage de Storine, Solarion n'avait jamais pu se résoudre à le considérer comme un ennemi. D'autant plus qu'ils avaient vécu ensemble, dans le grand parc d'animaux sauvages, quelques aventures succeptibles de cimenter entre eux une solide et franche amitié… même si Solarion soupçonnait Éridess d'être amoureux de Storine.

Malgré l'émotion qui l'étreignait encore d'avoir si soudainement appris le lien de parenté qui existait entre la jeune fille et Marsor le pirate, le prince se dit que Storine, *Tempête de lumière,* comme signifiait fort justement son prénom en ectarien, n'avait jamais suscité que de violentes passions chez les gens qu'elle rencontrait : on l'aimait ou on la détestait.

Éridess regardait le cadavre de la grande femme vêtue de cuir noir à qui il avait, durant les combats, tenu la main jusqu'à ce qu'elle meure. Les élancements de son bras gauche lui donnaient envie de hurler, mais ce n'était pas le moment de flancher. L'odeur âcre du sang flottait dans la grande salle. Beaucoup de guerriers étaient morts et, pour couronner le tout, Storine avait fui avec son père et Griffo.

L'absence de la jeune fille causait un tel vide dans son cœur que, victime d'un soudain éblouissement, il s'appuya contre une colonne. Dans sa main, il tenait le manche du sabre psychique de son amie. Des sanglots montèrent dans sa gorge : une fois de plus, Storine l'abandonnait pour quelqu'un de plus important que lui !

Solarion lui donna l'accolade.

— Éri ! répéta le prince.

« Est-il vraiment heureux de me revoir ? » se demanda le jeune Phobien en se laissant faire.

Mais un coup d'œil suffit à le rassurer. Solarion était incapable d'hypocrisie.

« Pas comme sa cousine Anastara… »

À l'évocation de cette jeune femme dangereusement belle qui l'avait manipulé sur Delax et forcé à trahir Storine, il eut encore plus mal au bras.

Solarion n'y alla pas par quatre chemins :

— Tu savais qui elle était, n'est-ce pas ?

Éridess baissa la tête.

— Elle m'avait fait jurer le secret.

Le prince contempla les parois de la salle des Braves : son regard tomba sur le sigle des pirates, gravé au-dessus d'une fresque représentant un Centaurien en train de combattre un énorme tigroïde roux.

— Je m'explique à présent le symbole tatoué dans la chair de son poignet. Elle ne m'a jamais dit ce qu'il représentait. Pourtant, je l'avais déjà vu. J'imagine que je voulais me cacher la vérité à moi-même.

Le ton était empreint de tristesse. Éridess vit briller des larmes dans les yeux du prince. Il comprit combien, malgré le choc, celui-ci aimait encore Storine.

Les secondes qui suivirent le confortèrent définitivement dans cette idée :

— Commandor ! s'exclama le prince.

— Votre Altesse.

— Je dois la retrouver.

Sériac fronça ses épais sourcils. Son teint naturellement hâlé s'assombrit davantage.

— C'est impossible, Altesse. J'ai donné l'ordre d'évacuer le navire.

— Mais… ne devez-vous pas prendre le vaisseau ?

Ils songèrent tous les deux aux exhortations d'Anastara. Son père et elle, le grand chancelier Védros Cyprian, voulaient s'emparer des technologies secrètes du *Grand Centaure*. De plus, ce vaisseau représentait un symbole. Le ramener en un seul morceau sur Ésotéria, comme un immense esclave d'acier, constituerait une arme politique de premier plan.

Solarion se demanda si cette manœuvre servirait les intérêts de sa grand-mère l'Impératrice ou bien les secrètes ambitions du père d'Anastara.

Le ton tranchant du commandor coupa net le fil de ses pensées.

— Marsor ne nous fera pas cadeau de son navire. Je le soupçonne de vouloir le faire sauter. Votre cousine a annulé mes ordres en envoyant deux unités de soldats pour prendre possession du vaisseau. Mais ce détachement-ci est sous mon commandement direct, et j'ai déjà perdu assez d'hommes.

— Mais… et Storine !

— Nous quittons le bord, Altesse, et vous aussi !

Il voulut le prendre par un bras, mais le jeune homme se rebiffa.

— Storine est en danger !

À cet instant, la question de savoir comment Storine, Griffo et Éridess avaient bien pu monter à bord traversa son esprit. Il songea un instant au *Livre de Vina*, mais la peur de perdre Storine était plus forte que sa curiosité.

« Il l'aime. Malgré le fait qu'elle s'affiche comme la fille de Marsor, il l'aime encore ! » se dit Sériac en hésitant.

Il se revit sur la planète Phobia, juste avant que n'explose la capitale. Là, déjà, il avait empêché Solarion de retrouver Storine. Mais, là aussi, elle avait survécu. « Cette fille est une battante. Peut-être même est-elle vraiment la protégée des dieux ! »

Comme Solarion faisait mine d'emprunter le passage secret, Sériac l'attrapa par le col de son uniforme.

— Vous êtes ici en tant que simple soldat et vous devez obéir aux ordres.

Mais Solarion n'avait jamais craint de lui tenir tête.

— Viens, Éri ! On ne peut pas les abandonner, déclara-t-il en songeant aussi à Griffo.

Sériac ne savait trop comment réagir car, il devait se l'avouer, lui aussi souhaitait partir à la recherche de Storine. « Je la traque depuis si longtemps ! »

La vérité était qu'il l'aimait comme un père, lui aussi ! Qu'elle ait eu le courage de se faire reconnaître officiellement comme la fille de Marsor le pirate ! Qu'elle se soit dressée, seule, pour lui venir en aide ! Qu'elle ait refusé d'abandonner cet homme que tout le monde ne songeait qu'à traquer ! Tout cela forçait l'admiration. Si Sériac s'était trouvé dans la peau du pirate, personne n'aurait eu pour lui un geste semblable.

Personne.

« Il n'y a qu'une seule Storine. »

Et, une fois encore, il envia le grand pirate.

Malgré cela, il devait prendre une décision, et vite.

Ce fut Corvéus qui, finalement, décida pour lui. S'approchant de Solarion, il l'assomma d'un revers de main, puis le hissa sur ses vastes épaules comme un vulgaire sac de pommes de terre.

— Abandonnons le navire ! ordonna alors Sériac, soulagé.

— Je n'en peux plus ! murmura Marsor en s'appuyant sur Storine.

Après avoir disparu du sombre corridor secret, ils s'étaient tous les trois rematérialisés dans la partie arrière du haut-vaisseau, dans lequel se trouvaient les appartemements des Centauriens. En se concentrant, Storine avait, durant un court instant, pensé au petit bureau que Marsor avait jadis transformé pour elle en chambre, car c'était là, dans l'énorme vaisseau, l'endroit où elle se sentait le plus en sécurité.

Comme le sang coulait à gros bouillons sur la main crispée de Marsor, elle le guida jusque dans ses appartements et l'aida à s'allonger sur son lit.

— Je vais chercher de quoi panser cette plaie, décida-t-elle, tandis que Griffo faisait le guet dans le couloir attenant.

Il la retint par le bras.

Comme son visage était pâle ! Il respirait avec peine. Un instant, elle songea que le glortex de Griffo, en s'abattant sur les hommes, n'avait pas arrangé la situation.

— Storine ?

Elle craignit d'entendre la suite.

Le vaisseau résonnait de mille bruits effrayants : craquements d'acier, éclats de voix, piétinements. Les pirates, les esclaves, ainsi que ce qui restait de l'équipage du vaisseau avaient sans doute déjà pris la fuite à bord des petites nacelles d'éjection. Storine jeta un bref regard par le hublot. Les croiseurs impériaux encerclaient toujours le *Grand Centaure*.

« Les impériaux recueilleront-ils les rescapés ou bien les abattront-ils sans pitié ? »

— Sto ! Il faut que tu te rendes dans la chambre rouge. Moi, je n'en aurai pas la force.

Puis, dans un chuchotement entrecoupé de râles et de silences inquiétants pendant lesquels Marsor reprenait son souffle, il lui expliqua comment atteindre le cœur du réacteur, trouver la chambre rouge, déjouer les systèmes de sécurité et, finalemement, actionner la seconde partie du système d'auto-destruction.

— Mais…

— Il le faut !

Elle le regardait fixement.

— Une fois le compte à rebours enclenché, il ne te restera que dix minutes pour quitter le navire.

Marsor ne s'expliquait pas comment ils avaient pu disparaître puis réapparaître, ici, en sécurité, quand il aperçut soudain *Le livre de Vina* dans les mains de Storine.

— Tu es l'Élue. Je l'ai toujours su. Depuis que je t'ai vue à bord, dans la salle des Braves, et que Griffo…

— … Que Griffo a dévoré la tête de Torgar ?

Oui, elle s'en souvenait parfaitement.

— Tu possèdes de grands pouvoirs, tu sais. Rien n'arrive jamais pour rien. Je suis très heureux de t'avoir revue.

Storine n'aima pas du tout l'emploi du passé composé dans cette phrase-là. Marsor lui prit les mains. Du sang couvrit ses doigts.

— Il faut que tu partes, à présent.

Des larmes ruisselèrent de ses yeux. C'était ridicule. La mission dont il la chargeait était ridicule.

Storine ferma les paupières, serra les mâchoires, puis, soufflant sauvagement sur ses mèches rebelles, elle jura :

— Par les cornes du *Grand Centaure*, Père, je vous promets de ne pas laisser le vaisseau tomber aux mains des impériaux. Je vais actionner le système, puis je reviendrai vous chercher. Nous quitterons le vaisseau ensemble.

Elle y croyait vraiment.

Il ne lui revint pas en mémoire que sur Phobia, elle avait déjà fait une promesse semblable à Eldride, et qu'elle avait lamentablement échoué.

— Je réussirai, Père !

Elle se leva. Avant de rejoindre Griffo, elle prit sa lourde tête dorée entre ses bras, et supplia :

— Surtout, ne mourez pas. Jurez-moi que vous ne mourrez pas !

Il lui sourit douloureusement et promit.

Rassurée, elle sortit des appartements…

21

Le compte à rebours

L'engourdissement vint peu à peu. D'abord les jambes, les bras, la colonne vertébrale, jusqu'à ce que, flottant à l'orée du sommeil, une torpeur glacée le submerge entièrement. Marsor eut ensuite l'impression de « rater une marche ». N'ayant plus assez de force pour lutter, il se laissa dériver à la surface d'un rêve paisible.

« Excuse-moi, Storine, pensa-t-il. On ne peut pas se battre indéfiniment contre l'inexorable. »

Il ne ressentait aucune douleur. C'était donc cela, la mort ! Une sorte de néant glauque, mais reposant. Mais alors, pourquoi continuait-il à penser ? Comment pouvait-il encore exister dans ce néant ? Dans l'obsédante obscurité apparut une faible lueur. Il sentit comme un appel. Alors, tel un élastique qui se détend, il fut projeté dans cette lumière.

Quelle ne fut pas sa surprise lorsqu'il reconnut les corridors du *Grand Centaure,* et, marchant à grands pas, Storine et Griffo !

«Je rêve, se dit-il. Je me suis assoupi et mon esprit voyage… »

La jeune fille tremblait de tous ses membres. Non de froid ou de peur, mais d'exaltation. Son père lui avait expliqué comment atteindre le réacteur principal du vaisseau, et elle suivait cet itinéraire à la lettre. Parfois, Griffo grondait sourdement.

Une fois, ils furent repérés par une patrouille impériale et mis en joue. Serrant les poings de rage, Storine se rendit compte qu'elle avait égaré son sabre psychique. Heureusement, Griffo projeta sur la demi-douzaine de soldats les vibrations glacées de son glortex. Paralysés, suffocants, les impériaux tombèrent à genoux et lâchèrent leurs armes. Storine et Griffo en profitèrent pour se glisser dans un turbo-lift : direction le bas-vaisseau, où se trouvait la salle des machines, et, camouflée derrière une paroi amovible, la fameuse chambre rouge dont lui avait parlé son père.

De temps en temps, elle collait son visage contre la vitre blindée d'un hublot. Le *Grand Centaure* était toujours encerclé, mais – et cela l'étonna – les appareils ennemis se tenaient à distance respectable, comme s'ils se préparaient à la prochaine attaque.

Elle se dirigeait d'instinct.

« C'est bizarre, car je ne connais pas cette partie du navire. »

À peine s'était-elle fait cette réflexion qu'elle pensa à son père. Une sérénité s'installa dans son esprit et calma ses tremblements. Une présence protectrice l'accompagnait. Elle échangea un regard avec Griffo et comprit que, lui aussi, il avait senti cette présence. Elle parvint sans encombre à la porte d'une immense salle percée en son centre d'un précipice sans fond. Heureusement, une passerelle suspendue dans le vide surplombait l'abîme.

« La salle du réacteur principal… »

Elle recula en se rappelant que cet endroit était saturé de radiations à un niveau mortel. Un coup d'œil à la jauge incrustée dans le chambranle de la porte vitrée la convainquit que pénétrer dans cette salle était bel et bien suicidaire.

— Nous devons rebrousser chemin, dit-elle à Griffo.

Mais le lion ne broncha pas.

— Je sais que c'est le chemin le plus court, mais nous n'en sortirons pas vivants. Tu comprends ?

Les yeux de Griffo brillaient d'intelligence.

— À quoi songes-tu ?

Et soudain, elle repensa à son périple sur Ébraïs, ainsi qu'à sa longue transe dans le temple des Cristalotes.

— La troisième formule ! s'exclama-t-elle en sortant *Le livre de Vina* de la doublure de sa longue cape verte.

Griffo geignit doucement et lui donna un grand coup de langue.

Malgré tout, cela restait un pari risqué. Se pouvait-il que la troisième formule ait le pouvoir de les protéger contre les radiations ?

Elle haussa les épaules.

— Essayons !

Au même instant leur parvinrent des bruits de pas et de frottements de métal sur les dalles d'acier.

— Au nom du prince impérial, halte ! ordonna un lieutenant.

Storine considéra les parois lumineuses du haut silo, le précipice qui s'ouvrait à ses pieds et enfin, l'étroite passerelle. De minuscules flammèches dorées dansaient, comme des étincelles ou des lucioles en suspension dans l'air, au-dessus du vide.

« C'est le signe que ce silo est bombardé de radiations. »

Un champ de force empêchait les radiations de se propager à l'extérieur du réacteur. La chambre rouge se trouvant de l'autre côté de la passerelle, il fallait agir vite.

— Rendez-vous ou nous ouvrons le feu !

Quelles étaient les paroles exactes que lui avait enseignées le chant de la déesse ?

Lentement, elle se les remémora tandis que les soldats, hésitant à les approcher de trop près à cause du glortex du fauve, s'étaient retranchés à une vingtaine de pas.

Storine s'approcha du panneau de contrôle du champ de force. Pressentant le pire, le lieutenant lui cria :

— Ne faites pas ça !

Un des soldats la mit en joue…

— *Âmaris Outos Kamorh-Ta Ouvouré, Âmaris Outos Kamorh-Ta Ouvouré,* déclama Storine en serrant dans ses mains le *Livre de Vina.*

Elle fut aussitôt pénétrée par une douce chaleur qui les enveloppa, Griffo et elle, dans une sorte de bulle de protection. Le tir d'un laser atteignit la paroi extérieure de cette bulle et ricocha à sa surface avec un grésillement aigu. L'instant d'après, Storine désactivait le champ de force qui isolait le silo radioactif.

Effrayés par son geste mortel, les soldats se replièrent en désordre. Les derniers assistèrent à un miracle : protégés par cette bulle ectoplasmique, Storine et Griffo traversaient, indemnes, la longue passerelle suspendue. Quelques instants plus tard, les yeux brûlés par les radiations, ces mêmes soldats hurlèrent de douleur puis, frappés à mort, tombèrent au sol comme des pantins désarticulés.

À l'autre extrémité, Storine réactiva le champ de force.

Elle avait traversé la passerelle comme sur un nuage. Ainsi donc, la troisième formule de Vina conférait à l'Élue une sorte d'invulnérabilité face aux éléments comme le feu, la foudre ou les radiations ! Fortifiée par cette découverte, elle s'engagea vivement dans une enfilade de hauts corridors et se rendit jusqu'aux portes de la chambre rouge.

Présent en esprit aux côtés de Storine et de Griffo, Marsor soupira. Storine n'avait pas, comme il le lui avait expliqué, procédé à la mise en sommeil du générateur à partir du panneau de contrôle – ce qui aurait abaissé le taux de radiation dans le silo à un niveau tolérable pour l'homme. En récitant cette formule rédigée en ancien vinorien, elle avait fait bien mieux !

Dans une sorte d'euphorie, il la vit ensuite pénétrer dans la chambre rouge, atteindre la console digitale du système d'autodestruction et encoder les deux premières séries de chiffres qu'elle avait apprises par cœur avant de le quitter.

La pièce, qui portait bien son nom, émettait une vive clarté écarlate. Située au cœur du puissant réacteur, elle contenait toutes les technologies dont voulaient s'emparer les impériaux : le secret de la force de frappe des quatre cornes de proue du *Grand Centaure*, ainsi que les diagrammes digitaux du fameux système de navigation invisible.

« Tout cela sera bientôt hors de portée des impériaux », se réjouit Marsor.

Dès que Storine eut terminé d'entrer la troisième série de chiffres, la lumière vira au jaune et un message automatique afficha, sur la console holographique, les instructions pour compléter la procédure. Le cœur battant,

Storine les lut à haute voix en s'épongeant le front avec sa manche.

Jamais elle n'aurait cru que lui incomberait un jour la pénible tâche de faire sauter le *Grand Centaure*. Tout au long de ses aventures, ce vaisseau avait toujours représenté, pour elle, une sorte de repaire secret, un lieu de légende dans lequel elle se retirait pour reprendre des forces.

Tandis que le bouton d'autodestruction affleurait sur la console, elle songeait à tout ce qu'elle aimait de ce navire pirate : sa puissance tranquille, la majesté de ses quatre cornes flamboyantes, l'appartement de son père, le piano de cristal, le bureau du pirate transformé pour elle en chambre, le hublot en forme de losange où elle avait passé tant d'heures à contempler l'espace, la bibliothèque et l'odeur des vieux livres de son père.

Fermant les yeux, elle s'aperçut qu'elle pleurait. À ses côtés, Griffo grondait. Enfin, le cœur serré, elle songea à Solarion et à Éridess.

« Ont-ils pu quitter le bord ? »

Lors de leur fuite dans les passages secrets, Marsor, louant l'esprit de déduction du commandor Sériac, le lui avait assuré.

Pourtant, minée par le doute, elle ne pouvait se résoudre à les envoyer à la mort…

Marsor fut tiré hors de sa transe à l'instant précis où Storine, le doigt posé sur le bouton de mise à feu, hésitait à commettre l'irréparable. Autour de lui, une lumière irréelle, évanescente, le baignait des pieds à la tête. Quelques secondes plus tard, un visage de femme, s'approchant du sien, lui sourit avec grâce.

« Vina ! » s'exclama-t-il.

La déesse sourit de plus belle et le baisa au front.

Baigné de sueur, il se redressa sur son séant et porta immédiatement la main à sa blessure. Il s'attendait au pire. Au lieu de cela, il constata avec stupeur que sa plaie s'était complètement cicatrisée, comme si ce voyage de l'âme, qui l'avait conduit aux frontières de la mort, avait permis à la déesse de soigner son corps de chair.

« Par quel miracle ? »

Mais l'heure n'était plus à la réflexion. Il avait espéré périr à bord du *Grand Centaure,* mais à présent que Vina était personnellement intervenue pour le soigner et apaiser son âme, il ne pouvait lui faire l'affront de se laisser mourir comme un lâche. Tout regaillardi, il se leva et passa dans la chambre mortuaire où reposait la vieille Ysinie. Il détailla le cercueil, vérifia ses niveaux d'énergie, songea aux deux bombonnes d'oxygène cachées dans un réduit, et, plus important encore, au grand hublot qui faisait directement face au cercueil. Puis, il contempla un instant le corps décharné de la pauvre Ysinie.

« Storine a sûrement enclenché le mécanisme. »

Il fit un rapide calcul mental et réalisa qu'il ne lui restait plus que quelques minutes avant l'explosion finale. Storine réussirait-elle, en moins de dix minutes, à regagner l'appartement afin qu'ils puissent fuir ensemble le *Grand Centaure*?

La mort dans l'âme, il dut admettre que le temps lui manquerait. Alors, se penchant sur le cadavre de la Vieille-Sans-Yeux, il la prit dans ses bras et alla la déposer sur le canapé du salon. En regagnant la petite chambre mortuaire, il prit dans sa main la télécommande directionnelle du cercueil, puis il s'allongea à l'intérieur.

À l'évidence, Vina ne souhaitait pas sa mort. Jamais il n'avait imaginé survivre à sa flotte, mais le doux sourire de la déesse, illuminant son âme d'une lumière nouvelle, le soulevait telle une vague céleste. Durant quelques secondes, son bonheur fut si total, si unique, qu'il cessa de respirer pour bien le sentir *vivre* en lui. Ce contact surnaturel n'avait duré que l'espace d'un instant ; pourtant, il en était certain, sa vie ne devait pas se terminer ici, maintenant, ni, surtout, de cette manière. Cette certitude était si forte qu'il n'eut pas non plus l'impression de trahir la promesse faite à Storine.

Même s'il avait étudié à fond le *Sakem* et les prophéties d'Étyss Nostruss, le plan des dieux restait pour lui un mystère. Une des célèbres épîtres parlait d'un guérisseur, d'un sage et d'un Brave aux côtés de l'Élue. Cela avait-il un rapport avec sa miraculeuse résurrection ? Une chose était certaine : Storine et lui avaient été guidés et protégés durant toutes ces années dans un but précis. Et la meilleure façon de participer à cette grande œuvre était de continuer à vivre. D'ailleurs, n'avait-il pas la conviction qu'ils allaient bientôt se retrouver ?

« Vina, tu n'auras pas affaire à un ingrat ! Pardonne-moi, ma fille ! »

Refermant sur lui la coupole vitrée du cercueil, il programma la mise à feu des réacteurs…

Quelques instants après que Storine eut appuyé sur le bouton d'autodestruction, une sonnerie stridente se déclencha. Accablée par la douleur qui lui vrillait les tempes, elle se boucha les oreilles. Très incommodé par le bruit, Griffo rugit et griffa les dalles d'acier en s'agitant comme un démon.

Un coup d'œil sur la console avertit Storine que le compte à rebours était en marche. Péniblement, elle se traîna jusqu'à la porte.

— Griffo ! s'écria-t-elle en tendant la main dans sa direction.

Le fauve gronda puis, se redressant, il sembla s'arracher à l'emprise de cette sirène abrutissante. Storine s'accrocha à son flanc et se hissa sur son dos à la force de ses bras.

Alors qu'ils s'apprêtaient à quitter la chambre rouge, un dernier système d'auto-défense s'activa brusquement.

— La porte !

Trop tard.

Emporté par son élan, Griffo se heurta à la paroi blindée qui venait de se refermer avec un bruit de mâchoires d'acier.

Le cerveau affolé par la sirène, à bout de force, Storine se crut perdue. La vie était-elle ainsi faite de brefs instants de joie et d'interminables moments de douleur ?

— Griffo ! cria-t-elle encore tandis que le lion, fou de rage et cabré comme un étalon sur ses pattes antérieures, donnait de puissants coups de griffes contre le battant.

C'est alors qu'elle aperçut, dans la lumière jaune vive qui l'aveuglait à moitié, les contours harmonieux d'un corps de femme. Clignant des paupières, elle crut rêver tout éveillée. La femme était grande et belle. Vêtue d'une ample toge mauve, elle souriait. Sa longue chevelure était parsemée d'étoiles.

— Vina ! s'écria Storine, désespérée.

« Viens à moi, ma fille… »

La déesse lui ouvrit les bras. Tirant sur la crinière de Griffo, Storine lui imposa un volte-face de quatre-vingt-dix degrés. Lorsqu'il vit l'apparition, le lion cessa de gronder et retomba lourdement sur ses pattes de devant.

«*Mâatos Siné Ouvouré Kosinar-Tari*», ânonna Storine en ouvrant ses bras à la déesse qui s'avançait vers eux.

L'instant d'après, elle sentit le *Grand Centaure* se disloquer autour d'elle, mais ce drame se jouait sur un autre plan vibratoire et ne l'atteignait pas dans sa chair. L'esprit en paix, elle ferma les yeux et se laissa emporter par la déesse.

22

Enchaînée

La puissante déflagration qui secoua l'espace sidéral éclipsa pendant quelques secondes l'éclat pourpre et mordoré des lointaines nébuleuses. Comme lors de ses précédentes expériences extradimensionnelles, Storine voyagea dans le vide, mue par l'énergie libérée grâce à la seconde formule de Vina. En un instant d'éternité, elle embrassa du regard l'immense champ de bataille.

Les débris incandescents du *Grand Centaure*, projetés en désordre sur les bâtiments impériaux croisant aux alentours, créaient à bord de ceux-ci de nombreux foyers d'incendie. Une de ses magnifiques cornes de proue, frémissante et flamboyante sous la lumière des étoiles, se figea, telle une flèche géante, dans un long croiseur d'intervention. Le choc fut si violent que le bâtiment dévia de sa trajectoire et percuta un navire voisin.

La mort du grand vaisseau pirate était aussi celle du passé de Storine. Impalpable, irréelle, chevauchant Griffo au milieu de ce vaste enfer métallique rouge et noir, elle sentait que sa vie, elle aussi, partait en lambeaux. Elle crut même entendre le cri d'agonie que poussa le fier navire au moment précis où il vola en éclats. Le cœur battant, les mains crispées dans la crinière de son lion, elle tendit l'oreille… et réalisa, stupéfaite, que ce cri de désespoir se changeait en rire de victoire… en véritable clameur face à la mort et à ce qu'elle tenait pour une humiliante défaite.

Et ce rire était celui de son père.

Peu après, le souffle qui les portait les fit changer de trajectoire. Alors qu'ils filaient dans l'espace entre les bâtiments impériaux, la jeune fille retint son souffle, car ils allaient d'un instant à l'autre pénétrer dans le flanc étincelant de l'énorme croiseur amiral.

Comme toujours, la crainte de s'écraser contre les blindages fut vite remplacée par l'exaltation et par la sensation d'un pouvoir indescriptible. Elle eut le temps, encore, d'imaginer le sourire de Solarion qu'elle allait bientôt revoir ; puis, elle se sentit soudain arrachée à Griffo et violemment projetée dans une sorte de puits obscur et glacial.

Une douleur aiguë au ventre la tira de sa torpeur. En un instant, elle revécut son court voyage interdimensionnel. L'explosion, le souffle, l'image si nette du champ de bataille, la blancheur métallique du croiseur contre lequel ils avaient été projetés…

Ouvrir les yeux. Bouger ne serait-ce qu'un doigt. Et ce poids, sur son ventre, froid comme une lame, brûlant comme un acide !

— Tu as du mal à reprendre tes esprits ?

Le ton était moqueur.

Peu à peu, Storine reprit possession de sa conscience et de son corps. Elle battit des paupières : un visage aux traits figés apparut devant ses yeux. Une bouffée de myrthaline, ce parfum suave et très onéreux dont s'aspergeaient les biens nantis de l'Empire, envahit ses narines.

— Anastara ?

La grande duchesse se tenait effective-ment devant elle. Vêtue d'une longue robe de cuir noir et mauve, elle ressemblait plus que jamais à la jeune femme ambitieuse, calculatrice et névrosée qu'elle avait toujours été.

« Qu'est-ce que je fais là ? » se demanda Storine en tentant de bouger ses bras.

Le visage lisse de la grande duchesse s'approcha du sien. Les lèvres sensuelles, fardées de noir, glissèrent de son cou jusqu'à son oreille. La douleur s'accentua.

— Je pourrais te tuer, là, maintenant. Personne ne dirait rien.

Storine vit qu'Anastara tenait dans sa main droite un court stylet dont la pointe était posée sur son ventre.

— C'est un poignard psychique, lui expliqua sa rivale. Tu ne croyais tout de même pas être la seule à pouvoir utiliser ce genre de gadget !

Storine tenta encore une fois de bouger, sans plus de succès.

L'étourdissement consécutif à son transport extradimensionnel diminuait d'intensité. Elle comprit enfin la situation. Attachée en croix sur une sorte de roue placée à la verticale, elle sentait ses poignets, sa taille et ses chevilles entravés par des bracelets métalliques.

— Tu te demandes comment tu t'es retrouvée ici et pourquoi, n'est-ce pas ?

Autour de l'instrument de torture, la salle était vide, grise et faiblement éclairée. Outre les effluves de myrthaline, Storine décela des vapeurs de carburant.

Anastara fit claquer sa longue cape de cuir.

— Vinor et Vina ne sont pas les seuls dieux au sein du panthéon impérial, tu sais. Je compte moi-même quelques amis au sein des Immortels.

« Ainsi, se dit Storine, Sakkéré est intervenu. Il m'a sûrement fait dévier de ma trajectoire, et… »

— Je vois, à ton expression, que tu commences à comprendre.

La lame du stylet remonta sur son estomac, s'insinua entre les plis de sa chemise, fendit brusquement le tissu. La lame ne fit qu'effleurer sa peau, mais sa chemise ne ressemblait plus désormais qu'à un vulgaire chiffon dénudant ses épaules et une partie de son cou.

— Griffo ? demanda Storine.

— Rassure-toi : il sera de la fête, lui aussi.

Elles se retrouvaient enfin face à face, sans règles protocolaires pour les empêcher, comme cela avait été le cas au collège, de se mesurer l'une à l'autre. «Sauf que, se dit Anastara, je dispose de quelques avantages…»

Les lèvres serrées, le regard dur, Storine réalisa enfin toute la haine que lui vouait la grande duchesse. À cause de Solarion, bien sûr, et aussi parce que… elle ne pouvait mettre son idée en mots mais, étrangement, il lui semblait que son existence même constituait une insulte pour Anastara.

— Pourquoi suis-je enchaînée?

Faisant fi de ses angoisses et de ses questionnements, vinrent alors la colère, la rage froide et la féroce agressivité des lions blancs d'Éctaïr. Storine en reconnut les prémisses et elle en frissonna de joie. Ses yeux si clairs s'injectèrent d'une encre noire.

Devant elle, Anastara souriait.

«Bientôt, se promit Storine, elle va avoir mal, mal à hurler!»

Le sourire de la grande duchesse s'accentua, et une étincelle de tendresse passa dans ses yeux mauves.

— Oh! Le glortex, la force télépathique des lions blancs. Ma pauvre petite!

Alors que sa colère montait dans sa colonne vertébrale, Storine sentit une douleur aiguë lui percer les tempes. Ses membres se raidirent. Elle poussa un cri atroce.

— J'ai oublié de te dire que tu portes sur le front un cérébron. (Elle exhiba dans sa main la petite couronne ciselée que Lâane avait offerte à Storine.) Le cérébron ne permet pas, comme celle-ci, de léviter ; il fait en sorte de retourner contre toi la force de ton propre glortex. Plus tu essaies de le diriger contre moi, plus tu risques la congestion cérébrale. Ingénieux, n'est-ce pas ?

Storine ravala durement sa salive.

— Que me veux-tu ?

Anastara haussa ses fines épaules et lui fit une moue suave.

— Comme je te l'ai dit, je pourrais t'éventrer, mais ce ne serait pas assez. Réfléchis un peu à la situation : le gouvernement impérial a investi du temps et d'énormes sommes pour capturer Marsor, sa flotte et son navire. Cette entreprise constitue un important enjeu politique. Le comprends-tu ?

Au regard froid que lui rendit Storine, elle en douta. « Cette fille n'est qu'une boule de feu. Qu'est-ce que Solarion peut bien lui trouver ? »

— … Mais notre mission a tourné court, ajouta-t-elle. La flotte pirate est bien détruite, nous avons fait quelques prisonniers parmi les lieutenants pirates, mais le *Grand Centaure,* que nous cherchions à tout prix à épargner, est perdu à jamais. Et, plus que tout, Marsor a péri. Dans toute histoire, il y a un vainqueur et un vaincu, mais notre vaincu nous a échappé. Heureusement que, toi, tu es là…

Anastara éclata de rire.

Un sergent s'approcha. Storine mit quelques instants à sentir sa présence, car le cérébon, en lui envoyant des décharges électriques dans le cerveau, la maintenait dans un état semi-comateux.

— Votre Grâce, nous pouvons y aller, déclara le sergent.

— Certes, lui répondit Anastara en retrouvant son maintien majestueux.

Storine avait la bouche pâteuse. Les muscles de ses bras et de ses jambes l'élançaient horriblement. Elle avait soif. La grande duchesse sortit de la poche de sa cape un objet rectangulaire couleur bourgogne, qu'elle brandit sous le nez de la jeune fille.

— Ceci! Ceci est à moi! Tu ne l'as eu que par accident.

Storine cligna des paupières et reconnut *Le Livre de Vina.* Anastara s'approcha plus près encore. Sa longue main fine et blanche caressa le cou de sa rivale, puis ses doigts se refermèrent sur le médaillon que lui avait offert Solarion sur la planète Delax. Avec rage, la grande duchesse le lui arracha en la foudroyant du regard. Elle rangea précieusement le médaillon et sa chaîne en argent dans la poche de sa longue cape.

— Ça aussi, c'est à moi! Faites-les entrer, maintenant, ordonna-t-elle au sergent en faisant un gracieux demi-tour. Et n'oubliez pas d'amener aussi le fauve.

À ce dernier mot, Storine redressa la tête. Griffo allait venir. Il restait donc un espoir…

Une double porte coulissa dans l'une des parois, et de puissants projecteurs illuminèrent la grande salle qui devait servir habituellement de hangar.

« Nous nous trouvons donc dans les soutes du croiseur », se dit la jeune fille en voyant s'avancer un gros cube vitré d'environ huit mètres de longueur par cinq de largeur et trois de hauteur, posé sur une base circulaire à sustentation magnétique.

Le vert de ses yeux se figea, quand elle reconnut la silhouette blanche prisonnière de cette cage blindée.

— Griffo, laissa tomber Anastara en se délectant du désespoir de sa rivale.

La cage fut placée vis-à-vis de la roue sur laquelle Storine était toujours écartelée.

— Où veux-tu en venir, à la fin ?

— Ta naïveté m'étonnera toujours. Regarde autour de la cage !

Storine peina à tourner la tête sur le côté. Découvrant le flux magnétique qui isolait le cube, elle comprit que Griffo ne pourrait pas se servir de la force de son glortex pour les tirer d'affaire.

Un à un, des hommes pénétrèrent dans le hangar par trois portes latérales. Silencieux, le visage sombre, seuls ou par petits groupes, ils s'approchèrent de la suppliciée.

— Une dernière chose ! À ta place, je ne compterais pas trop sur Solarion. Il est à bord, bien sûr, mais il ne viendra pas. Tu l'as affreusement déçu.

Sur cette ultime perfidie, elle lui sourit. Puis, faisant volte-face, elle accueillit l'amiral Thessala et son état-major qui s'avançaient.

Bientôt, le hangar fut rempli d'hommes. Assaillie par toutes ces odeurs, toutes ces présences qui la dévisageaient froidement, Storine s'aperçut que son pantalon noir était plein d'accrocs, ses bottines sales et sa chemise en lambeaux, tachée par la transpiration.

Les hommes, des soldats pour la plupart, se hissaient sur la pointe des pieds pour mieux la dévisager. Certains riaient en voyant le fauve tourner en rond dans sa cage de verre. D'autres fixaient la jeune fille en serrant les lèvres.

« Ils me haïssent, songea-t-elle. Pourquoi ? »

Et soudain, la gorge desséchée, elle comprit.

La voix d'Anastara claqua comme un coup de fouet :

— Messieurs, je vous présente Storine Fendora d'Ectaïr, la fille cachée de Marsor le pirate !

Les soldats s'approchèrent davantage ; la plupart d'entre eux avaient souffert des raids de Marsor. Ils avaient perdu des proches dans cette guerre, notamment durant le dernier assaut lancé contre le *Grand Centaure*. Pour certains autres, la curiosité était la plus forte. À trois mètres d'elle, l'état-major murmurait, sans la quitter des yeux.

— Quelle prise de choix ! entendit-elle. Il va falloir être prudent dans la façon de l'utiliser. En tout cas, l'honneur est sauf !

Et ces mots, qui lui firent encore plus mal :

— Dire qu'elle a failli se fiancer au prince et devenir une Altesse impériale…

Dans la foule, elle aperçut soudain Éridess, qui pleurait doucement. Les yeux noirs du garçon étaient, en cet instant de totale humiliation, son seul réconfort. Partageant la même tristesse, le même désespoir, la même colère, ils se regardèrent longuement.

Après quelques secondes, cependant, ce regard triste de vaincu la révolta. Non, il ne fallait pas baisser les yeux. Elle était la fille de Marsor, soit ! Alors elle devait leur montrer à tous ce qu'être une Brave signifiait.

Cambrant les reins, elle redressa le menton et, sans ciller, soutint le regard des soldats. Stupéfaits par ce qu'ils prenaient pour de l'orgueil, certains d'entre eux se sentirent insultés. Trois hommes gravirent les marches qui conduisaient à la roue, prêts à lui cracher au visage ou bien à la gifler, quand un mouvement, dans la foule, fit s'écarter les soldats.

Jaillissant tel un diable, Corvéus jeta à terre les trois soldats, puis, dégainant un long cimeterre électrifié, il se planta devant Storine pour lui faire un rempart de son corps. Décontenancés par la réaction de ce colosse qu'ils considéraient comme un simple d'esprit, les soldats reculèrent.

— Commandor, retenez votre homme! ordonna l'amiral Thessala.

La foule reflua respectueusement sur les côtés devant le commandor Sériac. Aussi étonnée que les soldats, Storine voulut fusiller des yeux le garde du corps personnel de Solarion. N'était-il pas, depuis des années, son plus féroce adversaire et l'ennemi juré de son père?

Mais quand elle vit les yeux brillants de larmes du commandor, elle n'y tint plus et se laissa sombrer dans l'inconscience…

La cellule de Storine mesurait deux mètres sur quatre. Outre l'exiguïté des lieux et le frémissement constant et rougeâtre du champ magnétique qui lui interdisait l'emploi de son glortex, ce qui lui manquait le plus était une vue sur l'espace. Ne pas voir les étoiles, ne pas sentir vivre le cosmos aggravait son état dépressif.

Depuis combien d'heures ou de jours la retenait-on prisonnière? Où l'emmenait-on?

Les propos d'Anastara dans le hangar laissaient clairement entendre qu'on allait l'accuser de complicité dans la perte du *Grand Centaure*, mais également d'usurpation d'identité – n'était-elle pas la fille du défunt Marsor ? Elle serait encore exhibée, cette fois-ci devant le peuple de l'Empire et les médias. Le croiseur regagnait Ésotéria, la planète-mère. C'est là que se déroulerait son procès.

En tournant dans sa cellule comme une lionne en cage, Storine se demandait pourquoi la déesse Vina l'avait ainsi trahie. Pourquoi, après l'avoir guidée tout au long de son périple sur Ébraïs, l'avait-elle lâchement abandonnée aux mains de ses ennemis ?

Pendant des heures, elle avait attendu que *Le Livre de Vina* réapparaisse de lui-même dans sa cellule. Elle aurait ainsi eu la preuve que Vina ne l'avait pas abandonnée.

« J'en ai assez d'être leur marionnette ! » songea-t-elle en pensant à ceux qu'Anastara appelait respecteusement « les Immortels ».

Quelques moments d'étonnement, – comme l'acte de bravoure de ce stupide Corvéus, dans le hangar – et les larmes dans les yeux de Sériac le disputaient à une joie passagère : Éridess avait survécu à la destruction du *Grand Centaure*. Mais rien ne la consolait lorsqu'elle pensait à son père mort et à Solarion ; et aussi, à Griffo, avec qui elle ne pouvait plus communiquer par téléphatie.

« Dois-je croire Anastara quand elle dit que Solarion ne m'aime plus ? Qu'il est déçu ? Qu'il me déteste ? »

Elle repensait à tous ces instants de bonheur qu'ils avaient connus, aux moments intimes et magiques de plaisir partagé, à ces heures de tendresse et d'amour qu'ils avaient vécu ensemble sur Delax, et elle pleurait sans pouvoir retenir ses larmes. Elle pleurait et, en même temps, elle s'en voulait. Cela ne pouvait pas finir comme ça. Cela ne devait pas ! Anastara avait-elle vraiment le pouvoir de la traduire en justice pour la seule raison qu'elle était la fille de Marsor ?

« Dans chaque affaire, lui avait confié sa rivale, il faut que quelqu'un porte le chapeau. Et dans cette affaire-ci, c'est toi. »

Elle pensa à maître Santus, qui l'avait guidée depuis la planète Yrex.

« Lui aussi, il m'a abandonnée. Lui aussi, il m'a menti. Ils m'ont tous menti ! »

La colère, comme une flamme dévorante, l'embrasa. Aussitôt, la douleur revint au galop. Elle tenta sans succès d'ôter de son front le bandeau magnétique, collé à même la peau.

À cause du cérébron, elle ne pouvait même pas utiliser la seconde formule de Vina qui lui aurait permis de sortir de sa cellule. Alors comment délivrer Griffo et fuir tous ces gens qui l'avaient trahie ?

Soudain, la porte de sa cellule glissa dans la paroi et une jeune soldate lui apporta de quoi se laver et se vêtir.

Storine haussa les épaules.

— Que me vaut cet honneur ? s'enquit-elle, tandis que la femme jetait un regard méprisant sur la cellule, dans laquelle il n'y avait qu'une table encastrée dans la paroi, un nécessaire de toilette, un banc et une couche grinçante.

La soldate ressortit en lui intimant l'ordre de se laver et de passer ces nouveaux vêtements – sans doute un uniforme de prisonnière. Lentement, Storine ôta sa vieille chemise déchirée. Le contact de sa peau avec du savon et de l'eau claire lui redonna un brin de fierté toute féminine. Puis, elle déplia la veste en toile rugueuse et le pantalon beige assorti.

Elle venait à peine d'ajuster le col de sa nouvelle veste que la porte de la cellule s'ouvrit de nouveau.

— Anastara !

La grande duchesse se tenait dans l'embrasure, si belle que Storine eut l'impression de n'être qu'un vulgaire ver de terre. Mais elle ne devait pas se laisser impressionner par l'allure princière de cette fille cruelle. Toute son attention concentrée sur sa rivale, Storine ne prêta aucune attention au garde qui accompagnait la grande duchesse.

— Que me veux-tu ?

— Assister à ta déchéance, bien sûr. M'en délecter chaque minute.

Le seul fait d'avoir été aimée par Solarion pouvait-il lui valoir autant de haine ? Elle était la fille de Marsor, d'accord, mais cela ne concernait pas directement la grande duchesse. Alors pourquoi cette rage ?

Comme si elle avait lu dans son esprit, Anastara répondit :

— Tu te le demandes encore, n'est-ce pas ? Tu l'apprendras bien un jour. Pour le moment, sache seulement une chose : nous allons bientôt franchir la porte interdimensionnelle de Napta. Nous atteindrons ensuite le système d'Ésotéria. En ce moment même, la presse interstellaire trépigne d'impatience. Ils ont cru que tu deviendrais une princesse impériale. Ensuite, ils ont appris que ton lion et toi, vous vous étiez perdus corps et âme dans le triangle d'Ébraïs. Ils vont être surpris d'apprendre qu'en fait de princesse, tu n'es en vérité que la fille d'un infâme criminel. La fille de l'homme le plus détesté de l'Empire. Que penses-tu de ma petite surprise ?

Storine hésita à lui répondre. Que répondre, d'ailleurs ? Trop de mots se bousculaient dans sa tête. Et trop confusément pour qu'elle puisse les exprimer avec autant d'élégance qu'Anastara. Elle résolut de garder le silence. Soudain, elle vit le garde s'approcher de la grande duchesse, sortir de son uniforme une sorte de seringue et l'appuyer délicatement sur la nuque d'Anastara…

Stupéfaite, elle le regarda soutenir dans ses bras la jeune femme qui perdait connaissance et la traîner hors de la cellule, dans le corridor. Quand le soldat revint dans la prison, ses yeux noirs brillaient intensément. Alors, Storine remarqua l'étrange collier de pierre qu'il portait autour du cou.

Lorsqu'il le retira, ses traits se brouillèrent pendant quelques instants. N'osant comprendre, Storine vit son visage se métamorphoser lentement. Son cœur fit un bond en reconnaissant celui qu'elle aimait depuis si longtemps.

— Solarion ! s'exclama-t-elle, le souffle court, tant la surprise était totale…

23

La conjuration

Storine respira avec plaisir l'odeur à la fois fraîche et épicée de la peau du prince.

« Solarion est venu ! Il est là ! » se dit-elle, les yeux mi-clos, émue et tout émerveillée de le savoir si proche.

Le jeune homme la regardait fixement. Il tenait toujours à la main le morphocollier qui avait abusé Anastara. Qu'il semblait emprunté, dans cet uniforme gris et bleu de soldat impérial !

« Et mal à l'aise, aussi. »

Mais rien d'autre ne comptait pour elle que la blondeur de ses cheveux et sa chaude proximité. Lentement, leurs mains se nouèrent. Le morphocollier tomba au sol, au ralenti, lui sembla-t-il, comme si le temps suspendait son vol. Leurs doigts s'entrelacèrent sans qu'ils ne cessent une seconde de se boire des yeux.

Solarion baissa la tête. C'était plus fort que lui : il ne pouvait plus la regarder ainsi. Alors, doucement, en évitant de la fixer, il sortit une minuscule commande en cristal de la poche de son uniforme. Puis, il déverrouilla électroniquement le cérébron que Storine portait toujours sur le front. Lorsqu'elle fut libérée de ce diadème qui annihilait la force de son glortex, il fit un pas en arrière.

Storine sourit. Il était venu la délivrer de son enfer. Soudain, elle fronça les sourcils.

— Qu'y a-t-il ?

Elle réalisa à quel point elle était pauvrement vêtue comparé à Anastara. Pour la première fois depuis qu'elle s'était réveillée à bord du croiseur impérial, elle se sentit vraiment laide et négligée. Solarion esquissa le geste de lui reprendre les mains, mais il interrompit son geste.

— Tu dois m'en vouloir atrocement de t'avoir laissé exhiber comme une bête sauvage devant tout l'état-major, bredouilla-t-il, les yeux mi-clos, fixant ses bottes de soldat. Il se tut, ravala sa salive et reprit tout aussi piteusement.

— Tu as le droit de m'en vouloir. Si tu veux te servir de ton glortex…

Appréhendant la douleur dans sa tête, il serra les dents et crispa les épaules. Mais Storine était tout sourire. Elle avait craint d'être reniée et voilà qu'après l'avoir libérée, Solarion s'exposait, sans défense, à son courroux. N'était-ce pas la meilleure preuve que, malgré tout, il l'aimait toujours? Sans plus attendre, elle lui sauta au cou.

Il la reçut contre sa poitrine et, tout étonné, redressa la tête. Les pupilles de Storine étaient si vertes, si pâles, que malgré ce qu'il considérait comme sa propre trahison, il se sentit inondé de joie.

Ils commencèrent à s'embrasser, doucement, puis de plus en plus vite, sans plus pouvoir s'arrêter. Enlacés, la peau brûlante, ils se mirent à trembler l'un contre l'autre.

— Si tu savais comme je m'en veux, dit Solarion.

— Et moi, et moi, dans la salle des Braves… Oh! Solarion!

Ils sentaient trop la chaleur de leur peau et la douceur de leurs lèvres pour discuter plus longtemps. Il est des instants où parler n'est plus qu'une horrible et inutile torture. Goûtant avec délice la fièvre qui montait dans leurs corps, ils renoncèrent à s'expliquer, pour vivre intensément cette magie qui les submergeait tous deux chaque fois qu'ils se retrouvaient dans une même pièce.

— Non, ne bouge pas, restons ainsi, murmura Storine, le visage enfoui dans les cheveux de Solarion.

Il était brûlant. Elle aussi. Et inondée de sueur. Et encore haletante. La température de la petite cellule avait-elle augmenté d'au moins cent degrés ?

« Je suis comme un tomaro mûr à point, songea-t-elle en souriant à la pensée de ce fruit gorgé d'un jus à la fois sucré, tiède et rafraîchissant. Et mon corps, lui, se sent comme si une étoile lui était passée dessus. »

— Je vais… Il faut… commença Solarion sans pouvoir achever sa phrase tant Storine avait raison : rester ainsi sans bouger, c'était meilleur encore ! Il ravala sa salive, embrassa le petit grain de beauté qu'elle portait sous la lèvre inférieure.

— Il faut fuir, Sto.

— Oh oui, fuyons ! Ce rôle de prince héritier, c'est pas pour toi ! Fuyons !

Et elle l'embrassa, encore, encore et encore.

— Anastara va bientôt reprendre connaissance…

Le nom de sa rivale, prononcé au cœur de ce moment si tendre, si parfait, résonna comme une fausse note au milieu d'une magnifique symphonie. Un bruit venu de l'extérieur attira son attention. Repensant à la manière dont Solarion avait traîné Anastara évanouie dans le corridor tout à l'heure, elle demanda :

— Il y a quelqu'un ?

— J'ai tout organisé, lui répondit Solarion en abrégeant à contrecœur un long baiser.

Il enfouit son visage dans les longs cheveux orange de la jeune femme et saisit ses mains dans les siennes :

— J'ai fait préparer une navette. En ce moment même, Éridess est parti délivrer Griffo, et…

— Éridess ? s'esclaffa Storine en imaginant le Phobien seul devant Griffo, qui devait être fou de rage.

— J'ai bien pensé que ce serait dangereux pour lui, mais il a insisté.

Elle haussa les épaules.

— Griffo risque de le mettre en pièces.

Devant cette effrayante perspective, elle se redressa et, intimant le silence à son amant, elle ferma les yeux. Dans son esprit, elle visualisa son lion. Elle eut tôt fait de nouer avec lui un contact téléphatique. Satisfaite des images qu'elle recevait dans sa tête, elle se lova plus étroitement dans les bras de Solarion.

— Griffo a compris qu'Éri était là pour l'aider à me retrouver. Et ensuite, quel est ton plan ?

Un autre bruit, dans le corridor, l'inquiéta. Mais le moment était encore trop sensuel, trop doux pour être gâché par des soupçons.

— Storine, je t'aime. Je t'aime tant ! Il faut me croire, chuchota le prince.

Elle lui sourit. Il caressait la chaînette et le médaillon qu'il avait repris à Anastara pour le redonner à la jeune fille. Trop émue pour répondre, elle lui embrassa les doigts avec passion. En cet instant magique, elle se sentait vivante, vraiment vivante, extraordinairement vivante, comme on peut l'être à deux ou trois rares occasions dans sa vie.

— Anastara ne va pas s'en tenir là, Sto. Elle est tenace, et rancunière, et si cruelle, parfois !

— Je n'ai pas peur d'elle. Et toi ?

Un bruit de pas suivi d'un froissement de cape se fit entendre dans le corridor. Le profil du commandor Sériac se dessina soudain dans l'encadrement d'acier de la cellule.

Storine eut envie de rire en voyant son expression se figer.

« Ça doit lui en flanquer un coup de nous voir, enlacés, sur le petit matelas qu'on a jeté par terre, avec tous nos vêtements éparpillés n'importe comment sur le sol de la cellule ! »

Savourant ce qu'elle considérait comme une revanche sur cet homme énigmatique qui l'avait traquée pendant des années, elle le fixa sans rougir et sans prendre la peine de remonter la couverture sur ses épaules nues.

Sériac finit par revenir de sa surprise et déclara :

— Le temps presse, Votre Altesse. Anastara ne restera pas inconsciente bien longtemps, et sa suite va s'inquiéter de son absence.

Solarion frissonna, comme s'il avait froid.

— Nous arrivons.

Avant de faire demi-tour, Sériac dévisagea Storine. La jeune fille fut très étonnée de voir s'épanouir, sur le visage du commandor, un sourire quasi paternel. Elle fut touchée de cette surprenante sollicitude et souffla sur ses mèches rebelles. Elle aurait tant voulu que Marsor, son père, puisse se trouver à cet instant à la place du commandor ! Tandis qu'elle se rhabillait, cette dernière pensée lui causa un vif chagrin.

Pendant qu'elle rentrait dans son pantalon la magnifique chemise de cuir jaune et noir que le prince lui avait apportée, Solarion bouclait de son côté la ceinture de son uniforme de garde. Quelle était la suite du plan imaginé par son amoureux ? Tout excitée à l'idée de fuir avec lui, elle songea en un éclair à cent projets tous plus farfelus les uns que les autres. Solarion s'extasia devant sa magnifique chevelure que Deana, le soleil bleu de Delax, avait légèrement foncée depuis son séjour au collège.

Il inspira profondément et lui prit la main.

— Sto, je suis désolé, tu sais.

Elle le dévisagea sans comprendre.

— Tu vas devenir une fugitive recherchée par toutes les polices de l'espace. Si tu savais comme je m'en veux !

Comme elle ne semblait toujours pas comprendre et qu'elle restait, bras ballants, devant lui, il la prit par la taille, l'attira dans ses bras et enfouit son visage dans ses longs cheveux orange.

— Tu verras, la navette est tout équipée. Mais il faut faire vite. En te libérant, je risque gros.

— Que veux-tu dire ? déclara-t-elle en sentant son cœur s'arrêter de battre.

— Mais que ta fuite va déclencher un scandale monstre dans tout l'Empire !

— Ma... fuite ?

Réalisant soudain qu'elle avait cru qu'ils fuiraient ensemble, Solarion tenta de l'embrasser, mais elle s'écarta vivement.

— Ma *fuite*, répéta-t-elle, encore éberluée.

— Mais bien sûr ! Je suis le prince impérial. Je ne peux pas m'enfuir comme un...

Craignant de prononcer un mot qu'il risquait de regretter, il se tut, le cœur brisé par le visage tendu de Storine, par ses yeux verts qui s'assombrissaient de seconde en seconde.

— Comme un quoi ? Un *quoi* ? s'écria-t-elle en se mettant à trembler.

Il faisait très froid, soudain, dans cette cellule misérable, et son corps était lourd et glacé. Elle se sentait à nouveau laide, sale, souillée. Claquant des dents sans pouvoir s'arrêter, elle ferma les yeux et tenta de se calmer.

— Comme un pirate ? termina-t-elle d'un ton sec.

— Oui, un pirate, répéta Solarion, presque malgré lui.

— Je suis la fille de Marsor et toi, tu es le futur empereur, reprit-elle d'une voix étranglée. J'ai toujours su. J'ai toujours su que…

Derrière la porte, n'osant pas intervenir, le commandor s'impatientait. À ses côtés apparut Corvéus qui tenait dans ses bras le long corps d'Anastara, toujours évanouie, enroulée comme dans un linceuil à l'intérieur de sa cape de cuir noir.

Agacé, Solarion fit claquer sa langue :

— Que veux-tu que je fasse d'autre ? Que je trahisse ma famille ? Que j'abandonne la mission de ma vie ?

Celui qu'elle aimait passionnément n'avait rien à voir avec ce garçon qui se tenait, pitoyable, dans son ridicule uniforme de soldat impérial.

— Mon père était un pirate, mais c'était un brave ! Et il était bon. Toi, tu n'es qu'un melou.

— Sto ! Je t'en prie…

— Un lâche ! répéta-t-elle, arrachant le collier qu'elle s'était rattachée autour du cou et le jetant rageusement sur le sol.

Elle repoussa Solarion, écarta également le commandor pétrifié, planté sur le seuil de la porte. Elle dévisagea, sans vraiment les voir, Corvéus et Anastara. Elle tremblait. De froid.

De chagrin. De désespoir. De colère. Impossible de démêler tout ça maintenant. Une main se referma sur son avant-bras. Sériac l'entraîna dans le corridor sans qu'elle offre la moindre résistance.

«Je me sens comme une marionnette. Le cœur vide, l'âme vide, le corps vide.»

— Sto?

Solarion sortit à son tour de la cellule. Il vivait un terrible combat intérieur; il avait les traits tirés et le regard fixes.

— Ton père était bon, dis-tu? Ma mère, mon père et d'autres membres de ma famille l'étaient, eux aussi! Et ils sont morts, massacrés par Marsor quand je n'avais que trois ans! Moi-même, je n'ai survécu que par miracle. Tu le savais, ça?

Mais Storine n'écoutait pas. Elle venait de vivre le plus beau moment de sa vie, et quelques instants plus tard, elle vivait le plus horrible. Le pire, c'était que cette douleur lui faisait déjà oublier les moments de tendresse et de passion qui l'avaient précédé. Cette idée, plus que tout, lui faisait mal à en hurler.

Encadrée par Sériac et Corvéus, Storine marchait dans une sorte de néant spongieux à l'intérieur duquel elle s'enfonçait comme une morte vivante. La vue de Griffo, au détour d'une coursive, l'éblouit tel un rayon de soleil. Sans réfléchir, elle se jeta contre lui et se blottit entre ses pattes de devant, ses mains accrochées à sa longue crinière blanche. Devinant son désespoir, Griffo gronda doucement et lui lécha le cuir chevelu.

— Il faut nous hâter, déclara Sériac en jetant de brefs coups d'œil aux soldats interloqués qui voyaient passer la prisonnière et le fauve qu'ils devaient livrer aux autorités d'Ésotéria.

— Il a raison, Sto, ajouta Éridess, vêtu de neuf, en sortant de l'ombre de Griffo.

Toute à son chagrin, Storine ne l'avait même pas aperçu.

— Place! Place! ordonna Sériac en écartant un sergent trop curieux. Puis, en chuchotant presque, il ajouta: «Je vous conduis à l'embarcadère.»

Ils reprirent leur marche le long des coursives. Sortant de leurs quartiers, des soldats les dévisageaient d'un air soupçonneux. Devant la menace d'être repris malgré la présence à leurs côtés du commandor Sériac, Griffo retroussa les babines, et, exposant des crocs redoutables, se mit à gronder. Bientôt, de minces effluves de glortex planèrent dans les corridors…

Tout excité par ce retournement de situation, Éridess ne cessait de discourir, sans se rendre compte de l'état de Storine.

— Solarion a été super. C'est lui qui a organisé notre fuite. Une navette nous attend. Tiens, regarde ! Il lui montra une petite bague en cristalium qu'il portait autour de l'index droit. Avec ça, on pourra acheter tout ce dont on aura besoin. Solarion s'est arrangé pour qu'on puisse avoir des crédits d'orex suffisants. Bien sûr, il y en a une pour toi aussi !

Il lui passa la seconde bague autour du doigt.

— On la dirait faite pour toi !

Toujours accrochée à l'encolure de Griffo, Storine semblait en transe. Des haut-parleurs annoncèrent que le croiseur et son escorte allaient bientôt arriver à proximité de la station de contrôle qui leur ouvrirait la porte inter-dimensionnelle de Napta.

Soudain, comme un des soldats faisait mine de se mettre en travers de leur chemin, Griffo poussa un rugissement qui résonna longtemps dans la coursive. Placé à l'arrière du petit cortège, Corvéus, son lourd sabre électrique à la main, en menaça deux autres.

— Ça se gâte, marmonna Sériac entre ses dents. Heureusement, l'embarcadère n'est plus très loin. Faites place, par ordre du prince impérial ! s'écria-t-il, espérant que l'amiral Thessala ne serait pas informé des événements avant qu'il ait pu faire embarquer Storine, Griffo et Éridess…

Car le beau plan imaginé par Solarion pour sauver Storine pouvait encore s'effondrer.

Anastara battit nerveusement des paupières. Elle rêvait qu'un homme très musclé la tenait serrée dans ses bras mais, en même temps, son instinct lui criait qu'il fallait qu'elle se réveille, et vite ! Dans les derniers instants de son rêve, elle crut même entendre la voix impérieuse de Sakkéré, le dieu des Ténèbres, qui l'exhortait à l'action.

Émergeant de son sommeil cataleptique, elle se redressa.

— Tout doux !

Elle vit tout à la fois le grand lit – le sien – et le prince Solarion assis à ses côtés. Elle se trouvait donc dans ses appartements. Un instant, elle ressentit un violent étourdissement.

« J'étais dans la cellule de Storine et je me suis écroulée. On m'a droguée ! » se dit-elle.

Anastara vit que Solarion portait un uniforme de soldat impérial.

Alors, toutes les pièces du puzzle se mirent en place. Solarion avait feint d'accepter l'arrestation de Storine. Et, en même temps, il complotait pour la sauver.

Elle se rappela aussi que le soldat qui l'avait accompagnée dans la cellule de Storine portait un collier non réglementaire qui l'avait intriguée. Ses yeux mauves s'assombrirent. Elle ouvrit la bouche.

— C'était toi !

Ils étaient si proches l'un de l'autre, dans la pénombre, qu'Anastara souhaita, l'espace d'un instant, que Solarion n'avait pas trahi la cause impériale. Mais l'odeur de Storine était omniprésente, sur la peau et dans les cheveux du prince. Une grimace de dégoût peinte sur son visage, elle se leva d'un bond.

— Tu n'as pas fait ce que je crois que tu as fait, n'est-ce pas ?

Comme Solarion n'était pas certain de ce qu'elle voulait dire, il se contenta de la fixer comme un enfant buté.

— Tu ne l'as pas fait évader ? précisa la grande duchesse dans un souffle rauque.

Devant le silence de son impérial cousin, elle se mordit les lèvres jusqu'au sang.

— Tu te rends compte, j'espère, de l'énormité de ton acte et de ses conséquences médiatiques et politiques !

— Il est trop tard pour revenir en arrière, lui répondit le jeune homme d'une voix teintée d'ironie.

— Tu savais pourtant que puisque nous n'avions ni Marsor ni le *Grand Centaure*, seule l'arrestation de Storine pouvait empêcher les ennemis de grand-mère de critiquer le pouvoir impérial ! Tu le savais !

— Il est trop tard, répéta Solarion.

— Tu n'es qu'un lâche, un inconscient !

« Décidément, songea-t-il, on m'aura traité de tous les noms, aujourd'hui. » Pourtant, il avait agi selon son cœur. Il ne pouvait pas livrer Storine à la vindicte populaire et il ne pouvait pas s'enfuir avec elle.

— Trop tard...

Sans plus le regarder, Anastara passa une longue cape de satin dorée sur ses épaules et sortit de ses appartements en courant.

— C'est ce qu'on va voir ! lui cria-t-elle rageusement.

24

Âmaris Outos Kamorh-Ta Ouvouré

À la vue de toutes ces navettes impériales alignées dans le gigantesque hangar, Storine sentit que ses mains recommençaient à trembler. Pour ne pas montrer son trouble, elle les glissa dans la crinière de Griffo.

Surpris par l'arrivée inopinée du petit groupe, la dizaine de mécaniciens recula prudemment hors d'atteinte du grand lion blanc.

« Ainsi donc, se dit Storine en se laissant guider entre les appareils par le commandor, c'est ici que se termine ma belle histoire d'amour. »

Elle se revit face à Solarion dans le corridor gris et sale qui jouxtait sa cellule. Elle entendit résonner dans sa tête leurs dernières paroles. Les jambes aussi lourdes que son cœur, elle se traînait plus qu'elle ne marchait.

« Après tant d'amour, tant d'espoir, se quitter comme ça, misérablement, dans un couloir encore plus triste, plus froid et plus lugubre que la mort elle-même… »

C'est à peine si elle entendit la voix d'Éridess qui lui disait, l'air faussement enjoué : « Solarion a même demandé à ce que des quartiers de viande de gronovore soient embarqués à bord pour que Griffo ne nous bouffe pas en chemin ! »

Emmurée dans sa douleur, elle ne songea même pas à lui en vouloir pour son trait d'humour déplacé.

— C'est celle-ci, déclara Sériac en s'arrêtant devant une navette au fuselage gris métallique et aux ailes recourbées.

Ce n'était pas à proprement parler une navette d'interception ni un chasseur. Anonyme, elle ne payait pas de mine, à côté des autres appareils astiqués comme des sous neufs.

— Elle a l'air un peu vieillotte comme ça, mais Solarion l'a choisie exprès car ainsi, vous passerez plus aisément inaperçus. Et puis, elle est équipée des dernières technologies de pointe en matière de propulsion et de système de repérage. Son autonomie a été artificiellement augmentée de soixante pour cent…

Sériac s'interrompit, se tourna vers Storine et la prit par les épaules.

— Jeune fille, il ne faut pas que tu en veuilles à Solarion. En te faisant évader à la barbe de l'amiral Thessala, il prend de gros risques.

Devant l'apathie de la jeune fille, il songea : « Sans parler de ceux que nous prenons, Corvéus et moi, en ce moment ! »

Il s'aperçut alors qu'elle le dévisageait froidement.

— Et qu'est-ce que ça vous rapporte, à vous, Commandor ? questionna-t-elle.

Peiné qu'elle le considère toujours comme un ennemi – il pensait pourtant, depuis la planète Delax, lui avoir donné des preuves de sa loyauté ! –, il sentit son cœur se serrer. Surpris et furieux de constater que l'opinion de Storine était importante pour lui, il fronça les sourcils. En une fraction de seconde, il se revit, sur la planète Éctaïr, dans la maison des grands-parents adoptifs de la jeune fille, puis lorsqu'il l'avait enlevée dans l'espace à bord de sa navette. Il revit tout cela et il eut honte de lui.

Les haut-parleurs annoncèrent, pour la deuxième fois, que la flotte impériale approchait de la porte de Napta. «Bientôt, se dit Sériac, nous passerons la grille interdimensionnelle.»

— Le temps presse, déclara-t-il, sur un ton péremptoire, en libérant la rampe d'accès de la navette.

Comme Éridess montait sur la rampe, Storine le retint par le bras.

— Éri?

Ils se dévisagèrent. Le Phobien baissa les yeux le premier. Ceux de Storine étaient clairs, mais ses traits étaient si durs qu'il en eut la chair de poule.

— Je pars, Éri, mais je pars seule.

Il avala sa salive, ouvrit la bouche toute grande…

— Pardonne-moi, ajouta-t-elle.

Le premier choc passé, Éridess, qui n'en croyait pas ses oreilles, protesta :

— Tu es dingue ! Que vas-tu faire, toute seule ? On a toujours été ensemble ! Tu as besoin de moi. Et puis… bredouilla-t-il, Solarion t'a confiée à moi. Il m'a dit «promets-moi de veiller sur elle comme un frère». J'ai… je lui ai donné ma parole, Sto !

Mais devant la mâchoire crispée et les yeux fixes de Storine, il comprit qu'aucune force dans l'univers ne pourrait la faire changer d'avis et qu'elle se comportait, à cet instant plus qu'à aucun autre, comme une véritable tête de gronovore. Pourtant, elle semblait triste et lasse.

« Elle crève de tristesse, et c'est ça, le plus grave ! »

Il fit la synthèse des derniers événements : leurs extraordinaires aventures sur Ébraïs, leur retour dans l'espace normal, ses retrouvailles avec Marsor, la destruction du *Grand Centaure*, la mort de son père qu'elle souhaitait tant retrouver, l'humiliation qu'elle venait de subir à cause de cette diablesse d'Anastara… Et, pour finir, sa séparation d'avec Solarion, après avoir tant cru qu'elle deviendrait une Altesse impériale.

« Il y a vraiment de quoi péter les plombs ! »

Tout à coup, il se sentit très malheureux. Et pitoyable, aussi. Storine, qui semblait avoir suivi dans ses yeux le cheminement de sa pensée, lui ouvrit les bras. Elle le serra très fort, posa un court instant sa tête au creux de son épaule droite et murmura dans ses cheveux gras :

— Merci d'être mon ami, Éri.

Puis, très vite, elle fit demi-tour et, devancée par Griffo, elle monta sur la passerelle métallique.

— Attends !

Éridess la rejoignit.

— Tiens, ceci est à toi.

Il lui tendit le manche de son sabre psychique. Un instant, Storine hésita. Le dernier sang qui avait souillé cette lame, celui d'Astrigua, lui restait encore sur le cœur. Devinant la cause de ses hésitations, le jeune Phobien reprit :

— Avant de mourir, elle m'a dit quelque chose…

Une petite lueur s'alluma dans le regard fixe de Storine.

— Elle a dit «Tu es son ami. C'est bien. Je suis contente pour elle. » Elle a souri, puis elle est morte.

Le commandor tapait impatiemment du pied. En voyant son ancien sabre passer de la main d'Éridess à celle de Storine, il ressentit un bref pincement au cœur. Mais il s'abstint de tout commentaire. Dans le chambranle de l'écoutille d'accès, Storine hésita une seconde, puis elle disparut dans la navette sans se retourner.

Quelques minutes plus tard, alors qu'Éridess, les larmes aux yeux – il les cachait derrière ses longues mèches noires –, refusait l'accolade consolatrice que voulait lui offrir le géant Corvéus, la navette grise et sale de Storine fut éjectée dans l'espace…

Surgissant telle une tigresse dans la timonerie du croiseur amiral, Anastara se dirigea vers la console des armes. La douzaine d'officiers présents, hésitant à lui adresser la moindre remarque, se mirent au garde-à-vous.

La jeune femme se posta derrière l'épaule du sergent responsable et étudia quelques instants le spectrogramme holographique. Comme elle était en nage, son eau de toilette à base de myrtaline étourdissait le jeune officier abasourdi. La grande duchesse mémorisa la position des différents bâtiments de la flotte, puis, voyant pulser un indicateur rouge sur la plaque, elle s'écria :

— C'est elle ?

Le canonnier venait effectivement de remarquer un point fugitif sur son écran.

Selon toute vraissemblance, cette petite navette venait d'être éjectée des flancs de leur croiseur. Il avait bien tenté de communiquer avec l'embarcadère afin d'obtenir le numéro de confirmation autorisant un tel décollage, mais il n'avait pu joindre personne. « À croire qu'ils sont tous saouls. »

— Ouvrez le feu et détruisez ce bâtiment, ordonna Anastara dans un souffle.

— Votre Grâce ! s'écria l'un des officiers présents.

— Détruisez-le ! Je vous l'ordonne ! répéta-t-elle, les yeux exorbités.

Comme le canonnier hésitait toujours, elle le poussa violemment de côté et ajusta elle-même les réglages nécessaires. Sans prêter attention aux officiers qui, éberlués, s'interrogeaient du regard sur la conduite à tenir, elle entra le code d'accès qui s'affichait sur l'écran.

— Vous risquez d'atteindre un de nos bâtiments, bredouilla le canonnier en tentant de lui reprendre le contrôle de son arme.

Le giflant à toute volée, elle s'installa à sa place, puis elle tira coup sur coup six bordées de torpilles lasers. Chacune d'entre elles atteignit sa cible dans d'immenses gerbes rouge et or qui illuminèrent les flancs des croiseurs voisins.

Satisfaite, elle poussa un soupir de soulagement qui se changea aussitôt en un râle de déception lorsqu'elle se rendit compte que malgré les explosions, la navette fugitive n'avait pas été détruite.

Décontenancée par cette aberration de la nature, elle tira, encore et encore. Mais si les torpilles atteignaient leur cible – et explosaient bel et bien ! –, la navette n'était pas détruite pour autant.

Devant ce miracle, les officiers présents poussèrent des exclamations où se mêlaient admiration et surperstition. Désespérée, ivre de colère, Anastara n'entendit pas la porte coulisser ; elle ne vit pas Solarion, hors d'haleine, débouler à son tour dans la timonerie.

« Elle utilise les formules de Vina, se dit-elle en se mordant les lèvres. »

Comprenant la situation en un éclair, Solarion éclata de rire. Lorsqu'Anastara aperçut son cousin, elle marcha sur lui et se dressa, menaçante…

— Tu as perdu, lui dit le prince en contenant à grand-peine son soulagement.

L'expression méprisante de son impériale cousine lui fit néanmoins ravaler sa joie.

— Te rends-tu compte que tu viens stupidement de saboter notre seule chance de sauver l'honneur de l'armée et, plus encore, la politique de grand-mère !

Douché par la duplicité d'Anastara qui était une comploteuse et une manipulatrice-née, le jeune homme lui rétorqua d'une voix tremblante d'indignation :

— La politique de grand-mère ou bien celle de ton père ?

— Je pourrais te faire accuser de haute trahison, lui murmura-t-elle en pâlissant devant l'audace de ses propres paroles.

Alors, Solarion, qui n'était pas le melou que Storine imaginait, lui serra les mains à lui faire craquer les os et la défia, d'une voix blanche :

— Chiche !

Comprenant qu'elle venait de perdre une bataille mais sûrement pas la guerre, Anastara lui rétorqua dans un claquement de sa longue cape de cuir :

— Elle ne trouvera pas un seul instant de repos. Elle sera traquée. Partout. Personne ne lui donnera asile. Et la prochaine fois, tu ne pourras rien pour elle. J'en fais le serment.

Parcouru d'un frisson glacé, Solarion s'adossa à une console. Anastara avait toujours le dernier mot. Mais, au-delà de ce détail, il songea soudain à quel point lui manquait la présence rassurante, l'humour et l'intelligence de maître Santus.

« Il aurait sans doute pu empêcher cet affreux fiasco », se dit-il à voix basse.

La question restait de savoir pourquoi le maître missionnaire, qui semblait pourtant si attaché au destin de Storine, avait mystérieusement regagné Ésotéria juste après la disparition de la jeune fille dans le triangle d'Ébraïs…

— *Âmaris Outos Kamorh-Ta Ouvouré, Âmaris Outos Kamorh-Ta Ouvouré.*

Épuisée par sa transe, Storine se tassa sur son siège de pilotage. Peu à peu, la tension qui l'habitait reflua à l'extérieur de son corps. L'énergie décuplée par la troisième formule se résorbait lentement. Griffo, qui avait assisté au phénomène, gémissait pour soutenir le moral de sa jeune maîtresse.

La magie générée par la troisième formule avait permis à la navette d'être invulnérable aux lasers du croiseur impérial.

Exténuée, Storine voyait, sur son écran digital, la « porte de Napta » s'ouvrir comme une gigantesque fleur, et les bâtiments de la flotte impériale disparaître dans ses chairs, à la queue leu leu, tels des canards suivant leur mère.

De nouveau vierge de toute trace de combat et de barbarie humaine, l'espace retrouva son calme et sa sérénité coutumières. Storine s'aperçut que ses doigts, tendus par la concentration, étaient crispés autour des manettes de commande. Avec d'infinies précautions, elle ouvrit les mains et prit le petit manuscrit à la reliure bourgogne posé sur ses genoux.

Alors que l'espace scintillait des premiers tirs de laser, *Le Livre de Vina* s'était à nouveau matérialisé à ses côtés, preuve irréfutable que la déesse n'avait pas abandonné Storine.

Elle jeta un regard circulaire dans le cockpit et accueillit ce vide, cette tranquillité, comme un onguent bienveillant sur une blessure à vif. Elle se sentait trop lasse pour supporter les sempiternels discours qu'Éridess n'aurait pas manqué de prononcer s'il avait été présent à ses côtés. Malgré ses craintes inavouées de se retrouver complètement seule, elle ne regrettait pas sa décision.

Tandis qu'elle maintenait la navette en vol stationnaire, elle réalisa à quel point était précieuse cette troisième formule que lui avait offerte la déesse Vina. Et, justement, en parlant de la déesse, Storine se souvint de sa promesse faite dans le grand temple des Cristalotes, sur Ébraïs.

« De quelle planète s'agissait-il donc ? » se demanda-t-elle à haute voix en souriant à Griffo.

Le grand lion blanc dodelina de la tête ; ses longs yeux rouges se plissèrent de tendresse. Dans la petite cabine adjacente au poste de pilotage, il avait trouvé un endroit où il pourrait dormir au pied de la couche de la jeune fille. Storine vit dans ses pupilles écarlates qui brillaient d'intelligence que le lion aussi était fatigué ; comme s'il avait pris sur lui une partie du fardeau que portait sa maîtresse.

— Mon pauvre Griffo, je t'en fais vivre, des aventures ! Regrettes-tu tes femelles, restées sur Delax, et tes petits ?

Tout dans l'attitude du lion blanc lui disait au contraire que se tenir aux côtés de sa jeune maîtresse restait le grand bonheur de sa vie. Cette certitude fit monter des larmes aux yeux de Storine. Elle s'accroupit contre le flanc chaud du fauve et le caressa longuement.

— Si je me rappelle bien, Vina a parlé d'une planète où les gens s'habillait de rouge à l'occasion d'une fête spéciale.

Songeuse, elle décida d'interroger l'ordinateur de bord. Quelques secondes après avoir entré sa question au moyen de son clavier digital, plusieurs noms de planètes s'inscrivirent sur l'écran. Un seul éveilla son intérêt.

— Les planétoïdes d'Argonir, déclara-t-elle. C'est là que nous allons, Griffo !

Elle se sentait soulagée, mais nerveusement épuisée.

« Surtout, ne pas penser à tout ce qui vient d'arriver. Pas maintenant : je deviendrais folle. Oublier. Dormir. Oui, tout oublier… »

Machinalement, elle effectua les réglages de mise à feu des moteurs au brinium qui les propulseraient dans l'hyperespace. Elle entra également les coordonnées tridimensionnelles de la position du mini-système d'Argonir, situé à environ trois point six années-lumière de sa présente position. Puis, elle enclencha le système de pilotage automatique.

Les paroles de la déesse coulaient à ses oreilles comme un baume :

« Sur Argonir, je te révélerai ta mission. »

« Enfin. Tout, plutôt que de penser à *ça* », se dit-elle, sans oser prononcer le nom de Solarion.

L'assurance que les dieux tenaient leurs engagements lui mit du baume au cœur. De quelles épreuves allait être faite cette… mission dont elle entendait parler depuis le Marécage de l'Âme, sur la planète Phobia ? Prise d'un funeste pressentiment, elle frissonna, augmenta le chauffage de la cabine, se dévêtit et se glissa voluptueusement entre ses draps. Griffo se coucha à ses pieds. Elle jeta par le hublot un dernier regard sur l'espace infini. Puis, tandis que le lion blanc ronronnait de bonheur, elle murmura en caressant sa crinière :

— Cette fois-ci, mon bébé, c'est juste toi et moi.

Lisez la suite dans le volume sept:

STORINE, L'ORPHELINE DES ÉTOILES VII
Le secret des prophètes

Sur Argonia, au milieu des bourrasques de neige et des longues processions de fidèles vêtus de tuniques rouges, Storine rencontre une vieille médium qui prétend être l'incarnation de la déesse Vina. Capturée par deux chasseurs de têtes, Storine et Griffo se retrouvent ensuite à bord de la station orbitale Critone, où les attend un peuple de mutants qui acclame la jeune fille comme leur libératrice.

Se souvenant des révélations de la vieille prophétesse, Storine accepte d'accomplir sur Critone son premier miracle qui doit, tel qu'annoncé par les prophéties, lui apporter la gloire et la reconnaissance des peuples de l'Empire, mais aussi la haine farouche du grand chancelier Védros Cyprian, le père d'Anastara.

Storine saura-t-elle mener chacune de ses missions à terme et déjouer les pièges et les ruses de la grande duchesse, son ennemie, qui a lancé une phalange de guerriers noirs à ses trousses ?

Publication prévue :
printemps 2006

Également dans le volume sept :

- Assiste à la guérison miraculeuse de milliers de personnes.
- Sois présent lors de la grande révélation de maître Santus.
- Retrouve Marsor le pirate.

Écris à l'auteur à <u>storine@sprint.ca</u> et tu recevras gratuitement, par courriel, une image inédite du prince Solarion, ainsi que des chapitres inédits des volumes un, deux et trois.

Index des personnages principaux

Marsor : célèbre pirate, père adoptif de Storine.

Sentinelle* : policier robot chargé de la sécurité sur Totonia.

Sériac : commandor de l'armée et garde du corps personnel du prince Solarion.

Solarion : prince impérial d'Ésotéria, amoureux de Storine.

Storine : notre héroïne.

Thessala : tribun de Quouandéra, amiral impérial.

Var Korum* : sage et prophète totonite, père de Biouk.

Védros Cyprian : grand chancelier impérial, père d'Anastara.

Ysinie ou Vieille-Sans-Yeux : esclave qui avait recueilli Storine lors de son séjour à bord du *Grand Centaure*.

---

* Nouveaux personnages.

Glossaire

Ceinture atmosphérique: contient un micro-générateur de champ de force protégeant l'utilisateur contre les intempéries.

Cérébron: bandeau métallique cérébral qui empêche Storine d'utiliser la force de son glortex.

Cristalia: grand temple de la civilisation Cristalote.

Cristalotes: personnages de race minérale vivant sur Ébraïs.

Deana: étoile bleue du système planétaire de Delax.

Ébraïs: lune invisible n'existant que sur un plan vibratoire plus subtil.

Formules de Vina: chacune de ces formules permet à Storine d'en apprendre davantage sur sa mission et de se sortir de mauvais pas. Première formule (Oudjah): *Manourah Atis Kamarh-Ta Ouvouré*; deuxième formule (Dredjah): *Mâato Siné Ouvouré Kosinar-Tari*; troisième formule (Ridjah): *Âmaris Outos Kamorth-Ta Ouvouré.*

Glortex : force mentale des lions blancs d'Ectaïr.

Grand Centaure : vaisseau légendaire de Marsor le pirate.

Lévito-technologie : technologie permettant à un sujet au fort potentiel mental de léviter en canalisant son énergie au moyen d'une couronne de lévitation.

Mnénotron : casque à visière projetant en trois dimensions dans l'esprit de l'utilisateur des informations contenues dans le micro-ordinateur de l'appareil.

Morphocollier : objet permettant à son utilisateur de changer de visage à volonté.

Napta : porte interdimensionnelle de Napta ; autoroute spatiale située aux abords du système planétaire de Delax.

Pellastiline : substance médicale utilisée comme tranquillisant.

Pôdre : instrument de mesure temporelle totonite.

Sakkéré : dieu des Ténèbres, frère du dieu Vinor.

Totonia : capitale des totonites.

Totonites : race d'êtres robots vivant sur Ébraïs.

Triangle d'Ébraïs : périmètre spatial aux dangereux courants magnétiques, situé au large de la planète Delax et constitué de trois lunes mortes en orbite les unes autour des autres.

Vinoros : nom du dieu Vinor pour les peuples d'Ébraïs.

TABLE DES MATIÈRES

Fredrick D'Anterny

Né à Nice, en France, Fredrick D'Anterny a vécu sa jeunesse sous le soleil de Provence. Amateur de grandes séries de science-fiction et de dessins animés japonais, il arrive au Québec à l'âge de dix-sept ans. Peu de temps après, il crée le personnage de Storine et travaille depuis plus de quinze ans sur cette série. Il publie également des livres pour les adultes et écrit des scénarios.

COLLECTION CHACAL

1. *Doubles jeux*
   Pierre Boileau (1997)

2. *L'œuf des dieux*
   Christian Martin (1997)

3. *L'ombre du sorcier*
   Frédérick Durand (1997)

4. *La fugue d'Antoine*
   Danielle Rochette (1997 – finaliste
   au Prix du Gouverneur général 1998)

5. *Le voyage insolite*
   Frédérick Durand (1998)

6. *Les ailes de lumière*
   Jean-François Somain (1998)

7. *Le jardin des ténèbres*
   Margaret Buffie, traduit de l'anglais
   par Martine Gagnon (1998)

8. *La maudite*
   Daniel Mativat (1999)

9. *Demain, les étoiles*
   Jean-Louis Trudel (2000)

10. *L'Arbre-Roi*
    Gaëtan Picard (2000)